徳間文庫

海商

鈴峯紅也

徳間書店

目次

序 5
第一章 10
第二章 66
第三章 132
第四章 195
第五章 254
第六章 322
終章 398
引用・参考文献 469

序

黄浦江は、堆積する土砂が流入を繰り返し、常に黄色く濁っている河である。

長江の呉淞口から、畑と沼地の間を流れる黄浦江を遡上すると、葦の生い茂った沼地の先、蘇州河と交わる辺りに視野が開ける。

そこが上海。正しくは上海に上陸した諸外国人によって作られた上海租界である。

一八六二年六月二日早暁、黄浦江を遡り上海に近づく三本マストの帆船があった。マストにはためく船籍旗は白地に大きな赤い丸。船の名は、千歳丸といった。日本人乗組員は、長崎奉行支配調役並の沼間平四郎を筆頭に五十一人。中には、いまだ年若く従者の身分ではあったが、長州の高杉晋作、佐賀の中牟田倉之助・納富介次郎、薩摩の五代才助ら、幕末維新に輝くそうそうたる男達の名もあった。

千歳丸は開国後、幕府が初めて通商の目的を持って海外に派遣した船である。

才人高杉晋作はこのときの上海の様子を〈外情探索録〉の中で、〈支那南辺の海隅僻地にして、嘗て英夷に奪はれし地、津港繁栄と雖も、皆外国人商船多き故なり〉と断定し、硬骨漢の納富介次郎は上海城の城門警護が英仏二国の兵隊であることに憤慨した。

通商に関しての実りは皆無であったが、若き俊才達は皆、見聞を広め、知識を吸収することに忙しかった。

そのうちの二人、中牟田倉之助と五代才助が、忙しい中にもおかしな行動をとる。

二人はイギリス租界の黄浦江岸、いわゆるバンドの中心にあるデント商会に一人の日本人を訪ねた。

千歳丸の上海入港後、初めての雨が降る日の、午後のことであった。

——音サンハ、イマスカ。日本人デス。

中牟田ははっきりとした英語で、対応に出たデント商会の社員にそう訊ねたという。

当時の日本ではまだまだ習う者の少なかった英語を、中牟田は八年前から学んでいた。

八年前とは嘉永七年（一八五四年）、英国スターリング艦隊が長崎に入港、日英和親条約が締結された年である。

この翌年、安政二年七月二十九日に、海軍設立の重要性を痛感した幕府は長崎に海軍伝習所を設立する。諸藩も参加を許されたので、噂を聞きつけた藩の俊英達は前年から続々と長崎に集まり始めていたのである。

中牟田も五代も、その俊英達の一人として長崎に入り、偶然このスターリング艦隊の来訪に出会した。そして、旗艦ウインチェスター号に乗って颯爽と現れ、自らを尾州の漂流民であると堂々と言い放ち、艦隊の通訳として常にスターリングの脇に立って、長崎奉行水野筑後守を始めとする幕府要人に対し一歩も退かなかった、〈音〉という人物に強く惹かれていたのだ。

――音さん？　ああ、ミスター・オトソンですか。残念でしたね。支店長は、ああいや、元支店長はもう、ここにはいません。

青い目の社員は滑らかな英語で二人に話した。

社員の話によれば音は移住し、すでに上海にはいないということであった。

落胆を隠さずデント商会を辞した二人だったが、どうしても諦め切れぬのか、およそひと月後、間もなく帰国という段になってもう一度デント商会を訪れ、音の移住先を訊ねたという。

――シンガポール。ここからだいたい二二〇〇マイル。ははっ、ちょっと遠いですかね。でも東から西から、人に限らず物に限らず、なんでも集まるいいところですよ。

二二〇〇マイルという現実の距離にか、それをちょっとと笑う異人の感覚にかは知らず、中牟田も五代も深い溜め息をついた。

中牟田は佐賀海軍を創始して明治期には海軍中将子爵に列せられる男であり、五代は大阪財界の指導者として、のちに大阪商法会議所初代会頭となる男である。

維新に燦然と輝ける二人の好漢に二度の訪問を受け、出会えぬことに溜め息までつかせる音、オトソンとは一体いかなる人物か。

音は自身でも云った通り、尾州知多郡小野浦村の漂流民であった。弁才船宝順丸に乗り、弱冠十四歳で異国に流れ、時の流れにもてあそばれ異人達の思惑に翻弄されながらも己の才覚で道を切り開き、一流の商人として上海に、シンガポールに名を馳せた男であった。

ただジョン万次郎、ジョセフ・ヒコに比して、音の名を後世に伝える日本の書は少ない。

浦賀と鹿児島で打ち払われたモリソン号に乗っていたにもかかわらず、公式に許されてロンドンの地を踏んだ最初の日本人であるにもかかわらず、マリナー号やスターリング艦隊の通訳として日本に現れたにもかかわらず、来日直前のペリー艦隊と上海において、サスケハナ号に乗る日本人漂流民についてひと騒動起こしているにもかかわらず、である。

それは異国の最新知識や言語を備え、歓迎されて帰国した万次郎や彦と違い、音が異国に根を下ろし、終生本当の意味での帰国をすることがなかったからだろう。

音に帰国の意思がなかったわけではない。ただ、万次郎や彦より、二十年早くに音は漂流した。

異国船打ち払い令の直中である。わずかに二十年早かっただけで、日本という国は音の帰国を許さなかった。

哀しみもあっただろう。悔しさもあっただろう。だが、音はすべてを呑み込み、己の才覚で異国に道を切り開く。

時まさに、世界は動乱の時代であった。アヘン戦争、アメリカ・メキシコ戦争、蒸気船投入による新たな航路の開発、クリミア戦争、太平天国の乱、セポイの反乱。島国日本だけが避けようのない維新回天に向け、日々命を題材の悲喜劇を繰り返していたわけではないのだ。

本邦の歴史に名は残らなくとも、そんな激動の時代に、動乱の異国を身一つで駆け抜けた日本人がたしかにいた。

狭い島国を離れ、世界を相手の海商となった音、オトソン。

一代の傑物、ジョン・マシュー・オトソン、山本音吉の話をしよう。

第一章

一八五二年、正月である。アヘン戦争の爪痕すら今はもうない。南京条約によって広東、厦門、福州、寧波とともに上海が開港され、すでに八年が過ぎていた。

バウ・スプリットに色とりどりの国旗をはためかせながら碇泊する帆船の群れと、岸近くをひっきりなしに行き交う清国のジャンクと、西洋建築の建ち並ぶ町並み。

上海は、人種と熱気が渦巻く街であった。

その黄浦江岸、イギリス租界の領事館寄りにジャーディン・マセソン商会はあった。西側の窓から差し入る陽が、二階最奥の部屋を一面の赤に染め上げていた。

支店長室である。時刻は四時を過ぎた頃であった。

「すでに一月も二十日を過ぎたね。ゴーランド君、朗報は一体いつになったら届くのだろう」

上海支店長のエドワード・キルビーは、指先で机を忙しく叩きながら云った。歳は四十代後半か。大きな鷲鼻と薄い唇に癇性が露わな男である。

「間もなくです、間違いありませんよ、支店長。買弁の洪文元が云うには、大運河を通って北京からここまでは二十日もあれば着くと。まあ、どこで襲うかによるでしょうが、正月に入って北京を出たとしても、二十五日を超えることはないでしょう」

マホガニーの机を挟み、肉付きだけでなく口元から顎に掛けての髭が厚いゴーランドが胸を張った。

買弁とは外商に雇われ、清国からの輸出品の仲介をしたり、銭荘と呼ばれる清国の両替商に対して外商の信用を保証することを生業とする清国人のことである。月給は数十元から数百元と多くはないが、彼らはその他に交易の仲介料を手にすることが出来た。

優秀な買弁になれば引く手あまたである。交易総額が数千万両に上る大商社の仲介に携われれば、一パーセントだとしても年間数十万両の収益を上げることも夢ではなかった。

「ゴーランド君。万が一にも、失敗はないだろうね」

「ご心配なく。ごろつきの寄せ集めではありません。洪文元に大枚払って雇った、なんといっても紅幇の精鋭ですし、新式銃も与えてあります」

紅幇とは近年起こった、元軍属を中心とする山賊団の呼称であった。幇、幇会はもともとは清国の結社、ギルドのことだが、時代が下がるに従って、次第に犯罪組織的な意味合いが強くなっていた。

「ふん。軍からこぼれたくせに、意気だけは盛んにあれだ、なんと云った。そう、梁山泊とやらを気取る者達か」

　キルビーは吐き捨てた。こつこつと机を叩く指の動きがせわしない。

「そもそも私は、国を問わず軍というものを信用しない。軍にいたというだけで信用しない。どいつもこいつも、居丈高にして生産性の欠片もない奴らばかりだ」

「まあ、そうおっしゃらず。生産性がないからこそ、命一つ身体一つで危ない橋を渡るんでしょう。お陰で、私達が直接手を汚さずにすむ」

　ゴーランドは両手を広げて笑って見せた。余裕を見せたつもりなのだろうが、一瞥を与えるだけでキルビーは答えず、指の動きも止まらなかった。

「ジョン・マシュー・オトソンめ」

　燃え立つ夕陽を浴びながら低く呟く。

　支店長室での密議は、デント商会の、現在の上海支店長である音吉の謀殺についてであった。

　キルビーは音吉が嫌いだった。ちょうど四年前、デントの広州支店から、新設なったばかりの上海支店に倉庫管理責任者として赴任してきたときは、大して気にも留めなかった。倉庫管理責任者といえば支店長に次ぐ上級社員であるが特段の感想もない。それよりもデント一の切れ者と評判のビールが、支店長兼清国貿易総責任者として上海にやってきたことの方が、キルビーにとっては重要であった。

広州十三行街での広東貿易以来、ジャーディン・マセソン商会は居並ぶ外商の中で、どの地域でもトップの貿易高を誇ってきた。それが数年前、広州で初めて不動の座を明け渡した。その相手が、どこでも常に二番手に甘んじていたはずのデント商会であり、支店長がビールであった。

ジャーディン・マセソン商会は厳しい。抜かれた広州支店長のモレルは次の辞令で降格となり、二年と経ずにどこかに消えた。

上海でもトップはジャーディン・マセソン商会であり、二番手がデント商会であった。三番手のラッセル商会や四番手のアスピノール・コーンズ商会などは問題外である。

キルビーが気に掛けるべきは唯一デント商会だけ、支店長のビールだけであった。が、キルビーの関心をよそにビールは各支店を巡って上海に腰を落ち着けることはなかった。支店長としてより全体の統括に重きを置いたものか。ならばキルビーは安泰、ジャーディン・マセソン商会上海支店は安泰、のはずであった。

それが、本社はまだ知らないが二年と経たずにあっさりと抜かれた。キルビーには、まさに驚天動地の一大事であった。

交易高で確実に勝っていたから動揺しながらもなんとか粉飾は出来たが、純利では大幅に抜かれていた。

油断では絶対にない。上海にいるときのビールの動向には細心の注意を払っていた。目立った動きは皆無であった。

支店長が動かぬ支店になぜ抜かれるのか。キルビーは部下や買弁の洪文元を使って密かに調べさせた。

その答えがなんと、倉庫管理責任者として赴任してきたジョン・マシュー・オトソンであった。

日本からの漂流民であり、十数カ国語を自在に操り、なによりビールの信任を得て上海支店内で自由裁量権を持つという。

「それでは、まるで奴が支店長ではないかっ」

キルビーは報告を聞くなり、椅子を蹴立てて叫んだ。

それにしても、実際に聞くオトソンの働きには目を見張るものがあった。広州でのデントの躍進の原動力は、間違いなくオトソンのようであった。

洪文元の話に拠れば、まず倉庫が見違えるようになったらしい。どう積めばどう道筋をつければ効率的で安全かを、適材適所を見極め限られた人数ですべてこなす。オトソンの言を借りれば船の道理を持ち込んだということらしい。今に見る物流、パレット・システムの原型である。

キルビーも暗愚ではない。一を聞けば十を理解する。

倉庫の改革は商品の無駄をなくし、季節雇いの苦力(クーリー)を半減させてなお効率のよい、つまりそれだけで純利を大幅に引き上げる優れたものであった。

しかも、優れたものであると認めつつ、歯嚙(はが)みしてもキルビーには出来ぬシステムである。いや、ビールでもそれは無理だろう。欧米人(おうべいじん)にはきっと無理だ。

上海に限らず、どの商社のどの支店にも配属の正式社員はさほど多くない。必然として商品の搬入搬出その他の雑事は清国人苦力の仕事となる。苦力によく理解させなければ、それは動かぬシステムなのだ。

オトソンは率先して倉庫に汗水を垂らし、暇が出来ればそのまま地べたに車座になり、清国人達と一つ器(うつわ)で、キルビーにとっては嫌な臭(にお)いしかしない清国の酒を廻し呑むらしい。そうして北京語で、福建語(ふっけんご)で、広東語で、仕事の話をしつつ、苦力一人一人の特性やモチベーションを読むという。

キルビーには出来ない。無理である。まず、買弁を介さなければ言葉が上手(うま)く伝わらないし、その買弁すらを含む清国人達の表情や態度からなにも感じ取れないのだ。

だから、ともに酒を酌(く)むことなど考えられない。キルビーには、あの薄ら笑いと冷ややかな細い目に囲まれ晒(さら)されることなど我慢出来ない。

キルビーら欧米人に出来ることは、ただ伝え、理解しようとしまいと効率よく動かぬ者を首にすることだけである。

加えてオトソンは驚くべきことに、単身租界を出て上海知県（長官）の、呉道台のところにも顔を出すらしい。気に入られてもいるようだ。その伝手で、ときに買弁を介さず直接生産者から商品を買い付けることもあるという。

これも、キルビーら欧米人には絶対に無理なことであった。租界の外には匪賊やら馬賊やらがうようよしている。彼らにとって租界は富財が唸っている場所であり、外国人はその扉を開ける鍵にも等しいのだ。租界の外に出れば、命など幾つあっても足りはしない。

キルビーには手の出せぬところで、さらにオトソンは素軽く動き回る。

その最たるものが、三年前からの北京行きである。純利でデント商会にジャーディン・マセソン商会が抜かれた大きな要因、高麗人参の買い付けであった。

オトソンを、なんとしても止めなければならない。止めなければ、近い将来きっとキルビーの元に降格を記した辞令が届く。

冗談ではない。キルビーは自他共に認める優秀な男である。だからこそジャーディン・マセソン商会の上海支店長にまでなれたのだ。だが、それが終着点などではない。キルビーの明確なビジョンには、近い将来の東アジア統括、ゆくゆくは本社に不動の地位を得ることも入っている。こんなところで、日本などから転がり出て来た路傍の石につまずくわけにはいかない。

「ジョン・マシュー・オトソンめ」

キルビーはもう一度低く呟きながら机を叩いた。目の前にゴーランドを立たせたままであることなど忘れていた。

ゴーランドが軽く咳払いで気付かせようとするが、キルビーにはまるで届かなかった。

夕陽を浴びているからだけでなく、キルビーの目は怒りに燃えて、真っ赤であった。


同じ時刻。赤く煌めく黄浦江に、岸に建ち並ぶ西洋建築の影が伸び始めていた。

黄浦江の岸辺は海の干満に影響され、ぬかるんだ道、外灘を現す。苦力達がそこを曳航路として使っていたため、開港当初に上海に入った西欧人は三〇フィート下がったところに家を建てた。

この曳航路が、後のバンドである。

デント商会上海支店は、そのほぼ中心にあった。奥深いベランダを持つバンガロー様式の建物である。

ビールはベランダに面した二階の支店長室で今、紅茶にブランデーを垂らすところであった。

　五日前に上海に帰ったビールはこの日、午前中に前年末四半期の帳簿類を見終えたばかりである。精査する帳簿は、上海支店開設以来続く、期待を裏切らぬものであった。

　午後になって、ビールは久し振りに店舗に出た。裏の倉庫に山と積んである商品のサンプルが所狭しと並べられ、商談スペースは売り買いのせめぎ合いで熱を帯びていた。

「ようこそ、デント商会へ。お望みの物はなんでも御座いましょう」

　店に立つときの、それがビールの掛け声であった。熱くなるのは仕方ないが、熱くなりすぎていいことはなにもない。

　欲と欲のせめぎ合いに流す一陣の涼風。ビールは自分の掛け声をそう評していた。

　三時間あまりを店舗で過ごし、先ほどビールは支店長室に戻ったばかりであった。

　今日の船はもうなく、今日の商いも、まもなく終わりの時刻である。

　紅茶に垂らす一滴二滴の至福。

　ビールは支店長室の椅子に腰を下ろした。勝手に帰り、本来の主がいないのをいいことにこの五日ばかりは気儘に使っている机であり椅子である。

　――云うことないね。

褒め言葉にも飽きが来て、肩をすくめながらそう今の支店長に告げるのが上海に帰るたびの儀式のようなものであったが、この時期、褒めるべき相手、音吉がいるかいないかは運であった。

音吉は、冬至前に朝鮮から献上品を持って北京を訪れる冬至使一行に必ず従ってくる朝鮮商人から、紅参と呼ばれる高麗人参を買い付けるのだと云って、毎年十二月から一月にかけては、わずかな供揃えだけで北京に出向いていた。

日本人である音吉ならではの発案であり、思い立ったら時違うことなく動き出す音吉ならではの行動であったろう。

亜麻色の髪、亜麻色の口髭、青い目のビールには思いもよらない。ビールは租界を離れては生きていけない。

広州支店時代もそうであった。音吉は、単身でふらりと広州を出ては近在の農家や旅商人達と驚くほどの商いをしては帰ってきた。

とにかく、清国人は商売に信頼と信用を重んじ、多くは異国人というだけで毛嫌いする。買弁が間に入ってさえ駄目な時は駄目なのだ。

似ているというだけで、音吉はれっきとした異国人である。外に出られる、言葉がわかるというだけでまとめられるほど、清国人との商売は絶対に甘くない。

その才覚を認め、ビールは支店長権限で音吉を上級社員に引き上げた。

——なにか提案はないかね。

すると、音吉は爽やかに笑って裏の倉庫を指差した。

——あそこに、船のシステムを持ち込もうと思う。

綺麗なキングズ・イングリッシュで云い、音吉はビールの答えも待たず倉庫に入った。

苦力達と一緒に埃を被り、なにかを語らい、ともに飲み食いし、笑い合い、そうして幾月も経ぬうちに、音吉は鉛色の倉庫を輝く黄金に変えた。ジャーディン・マセソン商会の目さえ眩ますほどの。

その後届いた一通の辞令は、広州支店の業績を正しく評価するものであった。

すなわち、〈ビールを清国貿易総責任者兼上海支店長に。オトソンを上海支店倉庫管理責任者に〉であった。

ビールは兼任であることを理由に、上海に入った当初から音吉に支店を任せた。

——音さん。好きにやっていいんだが、わかっているね。

デント商会だけに限らず、音吉を知る者は皆親しみを込めて、音さんと日本式の呼び方をする。それが変じて、音吉はオトソンの洋名を名乗ることになる。

ビールの問い掛けに音吉は軽く頷いた。内心でビールは驚いたものだ。

デント商会に限らず、洋商の商いの主力はアヘンである。ビールにしてからが、心に刺さるものがないといえば嘘(うそ)であったが、音吉はあからさまに毛嫌いした。苦楽をともにした同じ漂流民の仲間が、香港(ホンコン)のアヘン窟(くつ)で非業の死を遂げたという。聞いて、押し切る言葉をビールは持たなかった。甘いといえば甘いかも知れないが、甘さも、時には、人によっては、原動力になるだろう。

――それならそれで、音さんは扱わなくてもいい。だが、仕事は仕事だ。

代わりにパレット・システムだけでなく、売上高を上げるなにかをビールは音吉に求めた。

――北京に行こうと思う。

上海に入り、倉庫が輝きを帯び始めた矢先、音吉はビールに云った。

高麗人参を清国人は不老草と呼ぶ。漢方薬にはなくてはならない材料である。昔は自生種しかなかったが、栽培量産に成功してからは、朝鮮に巨万の富をもたらす唯一無二の商品になった。以来、人参は官許による国家の専売品である。妥当(だとう)な価格で手に入るなら、たしかにいい商売になるだろう。

それを音吉は、買い付けるという。

――大丈夫かい。

云い掛けて、ビールは続けるべき言葉を呑んだ。

北京までのおよそ八〇〇マイルに潜(ひそ)む危険、人参を待つ北京の薬種問屋との対立等々。

不安は数え上げれば切りがなかったが、いずれにしても有言を以て実行しようとする者を押し止めるのは、上に立つ者のすることではない。まして、云う相手は自分で上海を任せると決めた男である。

——何故、人参なんだね。

答えは簡単明瞭であった。

——アヘンと違って、人参は人を生かす。

この十二月から正月に掛けての商いの結果は、四月のデント商会に清国でいう福の神を呼び込むものであった。

一月内に戻った音吉は、たしかに質のよい紅参を北京から持ち帰った。

ジャンクから港に荷揚げされた人参を見てわずかにビールは眉をひそめた。

ささやかな一山。清国の量計にして十斤二十包、人参はわずか二八〇ポンド（一二七キロ）ばかりであった。

一斤銀四十両、総計で銀八千両（およそ三億円）は少ない商いではない。が、それだけで上海支店の交易高に目立った桁を積むわけでもなかった。

それでも黙って音吉の行動を見守ると、二月に入って音吉は荷車に人参を積んでどこかに出掛けていった。

帰ってきたときは手ぶらである。人参はどうしたんだねと聞くと、

——ばらまいた。まあ、仕上げをご覧じろだ。

と云って片目を瞑って見せた。

支店を廻って四月初旬、上海に帰ったビールは音吉に誘われて租界の西、バリヤー・ロードの途中にあるレンガ積みの大きな倉庫に入った。

——他にも三カ所借りた。入り切らなくて。

ビールは唖然として立ち尽くした。倉庫の中には、これ以上入れようのないほどの生糸が積まれていた。

産業革命の発展で〈世界の工場〉と呼ばれるようになるイギリスでは、生糸の需要は増える一方であった。

清国は生糸の一大産出国である。茶とともに生糸は清国から西洋に運ばれる重要な商品であり、常に洋商間で奪い合いになる品であった。

生糸が市場に出回るのは四月から五月にかけてだけである。時が経ちすぎると色が変わって値崩れを起こすからだ。洋商はそうなる前に出来るだけ多くの生糸を搔き集めるべく必死になる。

その生糸が、出回り始めたばかりの四月初旬で倉庫を埋めている。同じような倉庫があと三カ所あるという。

これならば間違いなく交易高を押し上げる。上海でもジャーディン・マセソン商会を抜くかも知れない。

――どんな魔法を使ったんだい。

――人参をばらまいただけさ。

音吉は北京で買い付けた高麗人参を、主に浙江省の糸行や、牙帖商人と呼ばれる生糸問屋に無償で贈ったのだ。

――損して得取れということだ。

高価にして、それ以上に北京に集中することから、高麗人参は幾ら金を出そうが浙江以南ではなかなか手に入らない。たしかに贈られて喜ばぬ者はいないだろう。

四月に入り、人参を贈られた生糸商人達は、こぞってデント商会の前に、音吉の前に生糸を積み上げたということであった。

――ジャーディン・マセソン商会の、なんといったか、そう、キルビー君の青ざめた顔が目に浮かぶね。

軽口にビールは云ったが、音吉は口元に小さな笑みを浮かべるだけで答えなかった。

「さて、今年はどれくらいの人参を買い付けて戻るのかな」

主不在の支店長室でビールは一人呟き、ブランデー入りの紅茶に口を付けた。

あと十日は上海に腰を落ち着ける。

ビールは、音吉の帰りが楽しみであった。

喉を湿らせ心を潤しながら、机の上に置かれた〈チャイニーズ・レポジトリー（中国叢報）〉紙を手に取る。

一八三二年にマカオで創刊した、清国初の月刊定期刊行物である。当初は在華プロテスタントの互助通信であったが、次第に時事や作物相場や為替動向に比重が移り、この頃には立派に新聞としての役割を果たすようになっていた。

ビールの充足とは裏腹に、紙面を埋めるのは過ぐる年に蜂起した、洪秀全を教主と仰ぐ異端のキリスト教軍、拝上帝会軍の動きについてであった。

十三年の長きに亘って続き、のちに大清国の人口が半減したとまで云われる大乱、いわゆる太平天国の乱の始まりである。

清国正規軍と一進一退を繰り返しながらも、前年九月二十五日には永安州の州城を落として王府と定めたというところで紙面は終わるが、その後、正月に入っても一万余の兵で官軍の圧迫によく耐え、様々な制度や官職を調えて国家の態をなし始めていることを支店廻りの際に聞いてビールは知っていた。

（すぐには終わるまい。というより、どれほど長く掛かるものか）

ビールは〈チャイニーズ・レポジトリー〉紙を放り出した。

「やれやれ。商いが生まれるのはいいが、儲けだけがすべてではなし。忙しいことだ」

溜め息混じりに紅茶の残りに手を伸ばす。

そのときであった。

「ビ、ビールさん。大変ですっ」

ノックもせずにミュラーが支店長室の扉を開けた。半年前から上海支店に配属になった年若い、プロシア出身の社員である。

「なんだねミュラー君、騒々しい。県城に拝上帝会の軍でも攻め込んできたかい」

読み終えたばかりの内容を冗談交じりに口にする。それは、いずれ冗談ではなく現実となるのだが、今はまだ遠い。

「大運河から蘇州河に入った辺りで、昼過ぎに銃撃戦が。音さんに違いないって、下でみんな騒いでますっ」

バネ仕掛けのようにビールの尻が椅子から浮く。

「なんだって！　誰が」

「今、遅れて港に入ったジャンクの男達が。今日の午後一番で入るはずだった荷船です。急ぎに急いで追い抜かしてきた船、ええ、三艘連なっていたそうですが、船の上に清国の衣裳を着て西洋のパイプをふかす、おかしな男がいたと。で、追い抜いてからしばらくして、どうもその船の辺りから何発もの銃声が起こったとか」

机に身を乗り出し、ミュラーは一気呵成に捲し立てた。

「……それなら多分、間違いないね」

大きく息を吐いてビールは椅子に腰を下ろした。

「音さんだ」

清国の装束である旗袍に身を包み、旗帽に弁髪でないことを隠し、ジャンクの上に立つ音吉の姿が脳裏に浮かぶ。

「どうしましょう、ビールさんっ」

「落ち着きたまえ。昼過ぎの話なら、今さらどうしようもないだろう」

ビールは自身の動揺を押し隠し、ミュラーを落ち着かせるべく努めてゆっくりとした口調で云った。自分が慌てれば、上海支店全体が揺れる。

「それにね、ミュラー君。大丈夫。音さんならなんとかするさ。君だって聞いているだろう。彼はそう信じるに足る、激動の人生を送ってきた男だ」

「それはまあ、たしかにそうですけど」

幾分の落ち着きを取り戻してミュラーは頷いた。

「心配はわかる。君だけじゃなく、みんな音さんが好きなんだ」

ビールは席を立ってベランダに面した窓を開けた。かすかに潮を含んだ冷たい風が部屋に吹き込んだ。

髪の乱れを整えながら外を眺める。

黄浦江の上を、赤く染まった一叢の雲が流れていた。

（総責任者としての命令だ。音さん、明日には無事で、帰れ）

雲に命じ、ビールは部屋内を振り返った。

いまだ不安そうなミュラーの目があった。

「さて、階下を静めに行こうか」

ミュラーの肩に手を置き、ビールは先に立って支店長室をあとにした。


時遡り、およそ三時間ほど前のことであった。

総延長九三〇マイルあまりに及ぶ京杭大運河に別れを告げ、蘇州河に三〇マイルばかり入った辺りである。

音吉は蘇州河を列になって下るジャンクの殿、三艘目の高く切れ上がった艫垣に寄り掛かり、手のパイプをぷかりとやった。

紫煙が、柔らかな川風に流れる。旗帽は被っていたが、風に揺れる後れ毛の黒が、陽光の下に露わであった。

川面に向ける顔は表情こそ穏やかであったが、眉が太く、黒目勝ちの目に精気が驚くほどに濃く、鼻筋は通っていたが裾に広く、厚めの唇がどっしりと受けて意志の強さを表していた。

　いい男というよりは、全体として男臭い顔である。

　背丈は五フィート六インチ（一六七センチ）ほどだが、肘まで捲り上げた旗袍から突き出た腕は肉に縄目がよって厚く、顔も腕も赤銅色に焼けて艶さえあった。

　いまだ海の男であることを自認する、音吉三十四歳の姿である。

　見渡す限りに雲一つない、よい日和であった。一月にしては陽差しも暖かかった。川幅およそ一〇〇フィートの対岸に舫われた小舟の群れが、流れにゆったりとした浮沈を繰り返す。

　眠気をもよおすほどの穏やかさだ。

「いい天気なんだがな」

　呟きが洩れる。伸びのある声にして、綺麗な英語であった。

　荷を満載にして急ぎ足のジャンクが一艘、六人の漕手が汗を光らせながら音吉の船を追い越してゆく。

「音さん、また抜かれましたけど。いいんですか」

　徐潤が先にゆくジャンクを睨みながら広東語で云った。

　徐潤はデント商会の買弁、徐鈺亭の血縁として商会に雇用され、去年から買弁見習いをしている少年である。

租界の外であれば、音吉以外に異国人はいない。デント商会の者は音吉と徐潤、それと一艘目二艘目にそれぞれ、倉庫で高麗人参の管理を任せている苦力二人が乗るばかりである。各船に乗るあとの五人ずつは、すべて蘇州で雇った水夫であった。

「これじゃあ、陽のあるうちには着けませんよ」

実際蘇州で、七艘連ねた大運河の小舟からジャンクへの積み替えにやけに手間取った。陽のあるうちに上海に着けるかどうかははなはだ疑問であった。

「徐潤」

音吉はたしなめるように云って口に指を当てた。

「あっ。――ソウダッタ。スイマセン」

辿々しい英語で徐潤が頭を下げた。うっかりすると徐潤はすぐ広東語になる。音吉はどちらでもよかったが、買弁になるなら英語の熟達は必須であった。徐潤のために、音吉はその都度注意した。

「ソレデ、イインデスカ。抜カレマシタガ」

「いいんだ。急がば回れってこともある」

音吉はパイプの灰を船縁に叩き、吸い口を吹いて革袋に入れた。

「さて、そろそろいったん船を止めようか」

「エッ。止メルンデスカ」

「止める。一艘目を岸側に着けて横並びに。出来るだけ固まってね。前の二艘に伝えてくれ」

音吉は云って艫の板間に寝そべった。釈然とせぬままに徐潤が舳先に走る。

「ああ、それと徐潤。止めてしばらくは、念のために身を低くしていた方がいい」

声が徐潤を追い掛ける。戸惑いだけがあるのか、明確な答えは返らなかった。

やがて、かすかな軋みとともに船が止まる。

聞き咎めるべき音はない。風が岸辺の葦をざわめかせるだけの、静寂であった。

(それにしても、今年は安かったな)

船の浮沈に身を委ね、音吉はのたりと北京を思った。

今年の人参は豊作であったらしく、朝鮮商人と北京の薬種問屋達が取り決めた一斤の値は三十両であった。

もっとも、音吉は朝鮮商人から直接買い付けるわけではない。音吉が買うのは、冬至使一行二百人の供揃いからである。

人参は専売品ではあるが、一斤でも北京に持ち込めさえすれば、叩かれはするが必ず買い手がつき、家族がゆうに三カ月は暮らせる金が手に入る。だから、危険はあったが目端が利く者は、必ずわずかながらにこっそりと持ってきた。ようするに密輸である。

音吉が買い付けるのは、そういう者達からであった。しかも音吉は買い叩かない。公の上々品ではなかったが北京の相場で買ってやった。一人二人から買うと人伝に広がり、三人目からは向こうから音吉を探して持ってきた。一昨年、昨年と十斤二十包を集めるのは簡単であった。

いきなり現れ、人参をどこかに持ち去る音吉に、今のところ薬種問屋らの横槍はなかった。全体から見れば微々たる量でもあり、密輸品を相場で買おうという馬鹿は音吉くらいのものだろう。

今年は安さに、調子よくさらに二十包を買い増そうとしたが、それは音吉に合わせるかのように北京に入っていた胡雪岩に止められた。

――過ぎてはよくない。薬種問屋に睨まれたら、来年からは一包も手に入らなくなりますよ。

胡雪岩は音吉が上海に栄転してすぐ、買弁の徐鈺亭を介して知り合った阜康銭荘の主である。清朝の高官によく通じ、上海だけでなく北京や寧波、広東にも支店を持ち、手広くやっているらしい。如才ない男で、初めて会ったときから音吉とは馬があった。以来、音吉は租界の外によく胡雪岩を訪ねた。話の流れの中で、北京での買い付けの銀両は阜康銭荘に一任することになった。

右も左もわからぬ北京へ入り、あまつさえ商売らしきことが出来たのはすべて、阜康銭荘北京支店の手引きがあったからである。

上海に帰った音吉に、胡雪岩は人参をばらまくべき糸行や牙帖商人を教えてくれた。それとなくデント商会と音吉の名を吹聴しながら率先して配り歩いたのも、主には阜康銭荘の男達である。

こちらはこれといった取り決めもない、いうなれば無償であった。が、商人の無償ほど怖いものはない。

(始めるんだろうな、きっと)

音吉は胡雪岩に、生糸商いに関する関心をありありと感じた。

(わざわざ北京までなにを見に来た。市場か、私か。来年あたりが、怖いな)

音吉は晴れ空に目を細めて小さく笑った。

そのときである。遠くから何発かの銃声が轟然として起こり、岸側のジャンクから男の苦鳴が上がった。

「なっ！　大当たりはいいがっ」

音吉は跳ね起き、艫から飛び降りて左舷に寄った。

「撃たれたのかっ。誰だ」

「廷さんですっ」

頭を抱えて徐潤が駆け寄ってくる。

並ぶジャンクの一艘目、岸に一番近い船の帆柱近くに、左肩の辺りを押さえながら転げ回る苦力が見えた。上海支店開設以来のデント商会雇いの男、廷祥志であった。

見る限り、とりあえず命に別状はないようである。

「怪我ならまだ。少なくとも、誰の死も私の予測にはない」

密かに胸を撫で下ろし、音吉は大きく息を吸った。

「なにをしている、銃撃だっ。備えろ！」

ただ呆然と立ち尽くす水夫達に滑らかな広東語で声を張る。

我に返れば水夫らの動きは素早かった。初めから申し合わせてあったかのように、十五人は積み込みのライフル銃を手にして船上を走った。一艘目の左舷に七人が寄り、舷側を飛び渡りながらそれぞれのジャンクの舳と艫に一人ずつがうずくまり、残る二人は、一人が予備の実包を配って廻り、一人が廷祥志の手当てである。

「音さんっ。船を出しましょうっ。早く！」

徐潤が広東語に戻っているが、さすがに今は音吉も咎めなかった。

「出さない。というか、出せないよ」

逆に音吉が広東語に合わせる。

「なんでですかっ」

徐潤の語気が荒い。

音吉は指先を前方に伸ばした。

「この先に大きな渡橋があるだろう。あの上から狙われたらひとたまりもない」

「！　……だから、船を止めたんですか」

徐潤は目を剝いた。歳のわりに聡い子である。一を聞いて、五までは知る。

「そう。蘇州での荷積みのもたつきがどうにも気になった。この辺りで二、三時間も船を止めれば、なにか起こるなら始まるだろうし、何事もなければ夜走りでもいいと思ったんだが」

音吉は身体を左舷に振り向けた。

「撃たれたままでは舐められるぞっ。どこでも構わないから何発か撃ち込めっ」

音吉の指示にすぐさま何挺かのライフルが火を噴く。

「敵は匪賊ですかね。それにしても、こっちの水夫達の手並みはなんなんですか」

銃声の余韻が静まるのを待って、水夫達に感心しつつ徐潤が聞く。

「向こうの連中は匪賊ではない、紅幇だ。ジャーディン・マセソン商会差し回しのね」

「えっ。ジャーディン・マセソン商会が！」

「上海を出る前に徐鈺亭が調べてきた。なにやらゴーランドと上海の紅幇が焦臭いようだとね。ふふっ、ミスター・キルビーはそれを知らないだろう。あちらの洪文元も私の周りをこそこそと嗅ぎ廻っていたようだが、徐鈺亭の方がはるかに優秀だ」

「間違いないんですか」

「なんだ、徐潤は最初の銃声を聞かなかったのか。この前、試射しただろう。あれは、最新式のエンフィールド銃だ。匪賊に持てる銃ではない」

一を聞いて五を悟る徐潤は、そこまで聞いてお手上げといったふうに肩をすくめた。

「そう。そして、去年エンフィールド銃を仕入れたのは、うちともう一社しかない。さて」

音吉はそこまで云うと、ふたたび艫に上がって寝転んだ。

「軍属くずれの紅幇なら、新式銃の射程の長さを頼んでなかなかには寄ってこないだろう。無駄弾も勿体ないし、もう怪我人もご免だ。長期戦といこう。徐潤、三十分に一回くらい威嚇するだけでいいと皆に云っておいてくれ」

「そんな悠長な。長期戦といったって、時を稼いで一体なにが変わるというんです」

「まぁ、待てば海路の日和ありだ」

敵方から一斉射撃が起こり、何発かが三艘目までを削る。

「音さんっ」

徐潤は腹這いになり、悲鳴に近い声を上げて音吉に近づいた。

「ああ、全くもうこの人はっ」

毒づきながら天を仰ぐ。

剛胆にも、音吉は鼾を掻きながらすでに寝入っていた。


キルビーの目に怒りが赤々と燃え、ビールが往く雲に無事の帰還を祈る頃、音吉は船上にゆっくりと目覚めた。

ちょうど、命じてあった威嚇射撃の頃合いのようであった。四発の銃声が上がり、爆煙が岸側から川中に流れた。

音吉は目に染みる煙を散らしながら大きく伸びをした。風が随分冷たくなっていた。熟寝の間に間にも、船縁に五度の斉射を聞いた気がする。ならば今ので六度目。時刻は四時を回った頃であろう。

空に陽を探せば、太陽は蘇州河の西に落ちかかっていた。

間もなく、黄昏時が訪れる。

「音さんっ」

動き出した音吉に気付いて徐潤が駆け寄ってきた。

「やあ、おはよう。変わりはないようだね」

「ないようだねじゃないですっ。なさ過ぎです！　云われた通りにしてましたけど、海路の日和って、待ってもなにも起こらないじゃないですか」

　身を低くして葦（あし）の原を指し示す。

「さっき何人かが見えました。じりじりと近寄ってきてますよ。夜になったら襲ってくるんじゃないですか。少しでいいです。今のうちに船を岸から離しましょう」

　徐潤は捲（まく）し立てた。

「そう慌てるな、徐潤。慌てる者は必ず損をする。商いの鉄則だ」

「商いじゃないですっ。命の問題ですよ」

　音吉は苦笑しつつ革袋からパイプを取り出した。

「冬の陽は、落ちるのが早い」

　煙草（たばこ）を詰めながら西陽を見遣（みや）る。徐潤も釣（つ）られて目を動かした。

　太陽は、すでに隠れ始めていた。東に闇（やみ）が忍び寄り、西に光が薄い。

「もうすぐ黄昏時だ。日本ではね、彼誰時（かわたれどき）とも云う。誰が誰か、一番わかりづらい時刻だ」

　音吉は艫の右舷に寄り掛かり、今日四本目の黄燐（おうりん）マッチを船縁に擦（こす）った。

「なにかするなら、私だったらそのときだね。心配ないよ、徐潤。もうすぐだ」

　煙草に火を移し、燃え続けるマッチを背越しに蘇州河に放る。

　すると、

「危ないな、爺叔(イエシュー)」

川面から、低く響きのよい声が聞こえた。

飛び上がらんばかりに驚いて徐潤が船縁から覗(のぞ)き込む。

音吉はひと口パイプを吸い付けてからゆっくりと振り返って見下ろした。

対岸に舫(もや)われていたはずの小舟が一艘、三人の男達を乗せて、いつの間にかジャンクの右舷に寄り添っていた。

「さすがに、いい頃合いだ。わかっているね」

「そういう仕事に、生きている」

先ほどと同じ声を、真ん中の男が発した。

薄暮である。男達の表情は読めなかったが、どうやら真ん中の男は笑ったようであった。

「音さん、この人達は」

「ああ、徐潤は知らなかったか。漕幇(そうほう)の男達、あの真ん中が松江(しょうこう)の魏老五(ぎろうご)だ」

「えっ、魏老五！」

目を丸くして徐潤が叫ぶ。それは上海で働く以上、十四歳の少年にしてからが知る名であった。

漕幇。幇会の一つで、主に水上運輸を担う江湖(こうこ)の船乗り達の結社である。

当時、北京の食料はすべて蘇州・杭州（こうしゅう）地域から調達され、北京へと運ぶために京杭大運河を使った。この、北京への食料を管理する仕事を〈漕運（そううん）〉と呼んだ。漕運に従事する船乗り達は官吏（かんり）や軍の搾取（さくしゅ）に抵抗するため、団結して結社を作った。漕幇の始まりである。

が、大運河には、開削以来の長い年月により土砂が堆積して、この頃までには小舟以外航行不能な場所が何カ所も出来ていた。故（ゆえ）に、アヘン戦争後、五港が開港し沿海に航路が開けると、物資は上海経由で海上輸送する方が便利であった。

海路輸送の隆盛に比例し、大運河での水上輸送は衰微し始める。

大運河の船乗り達は、だからといって海に職を求めることはしなかったし、出来なかった。江湖と海では船の造りも扱いもまるで違うのだ。

アヘンや塩の密売、恐喝強盗、博打（ばくち）、私娼窟（ししょうくつ）。食うために生き残るために、漕幇は次第に犯罪結社への道を歩み始め、上海へと進出してゆく。

この漕幇から発展したのが、後に清国全土のアヘン流通を一手に握ったとされる、世に名高い青幇（チンパン）である。

魏老五はそんな漕幇の有力な分派の一つである、江蘇（こうそ）省は松江漕幇の大頭目であった。

知り合った切っ掛けは、胡雪岩である。

――なにごとにも裏と表、光と影。音さん、清国内をうろつくなら、知り合っておいて損はない男ですよ。

そう云って連れてきたのが、魏老五であった。

歳は、音吉より少し上だという。細い目、細い鼻筋、細い顎。酷薄非情をありありと見せる顔つきの男であったが、話せば仄かな温もりを感じる男でもあった。義であり、俠であったろうか。

一目見て、音吉は魏老五が気に入った。気に入ったからこそ聞いた。

――あんた達もアヘンの密売をやるのか。

――やる。

――いいのか。アヘンは万人を殺す。

――よくはない。が、食わねばならん、生きるためだ。

――ならやめろ。代わりの仕事をやる。

――やめる。食えるのなら、生きていけるのなら。

以来音吉は、清国内地から江湖を通じて上海に集まる商品の輸送をすべて魏老五に任せた。

甘いことは絶対に云わないが、大雨、大風、匪賊の襲撃、なにごとがあろうともまたひと言も云わず納期を厳守する魏老五の仕事に音吉は満足であった。魏老五も、音吉を介してデント商会から得る収入に不満はないようである。

事実、胡雪岩の商い品を北京に運び、空船に天津で私塩を積んで江西・湖広で売り、デント扱いの内地の品を積んで上海へと廻る松江漕幇は潤い、アヘンからは手を引いた。

「今回の水夫達もね、徐潤。全員漕幇、この魏老五に借りた男達だ」

「えっ。ああ、それであんなに手際が」

「そう、このジャンクは、蘇州からすでに守られている」

「ふふっ。それにしても爺叔、恐れ入った」

小舟で魏老五が明らかに笑った。

爺叔。先にも魏老五が云った爺叔とは、漕幇ではない友人に対する最上級の呼び名である。

「襲撃は爺叔が云った通り、帰りの蘇州河に入ってからだった。賭けは俺の負けだが、なぜわかった」

「簡単なことだ。紅幇は発起したばかりで金がない。ジャーディン・マセソン商会は、おそらく自分らでは大枚と思っているだろうが恐ろしくけちだ。ならば、わざわざ人手と日数を掛けて北へ遠出するより、人参を積んだ帰路、出来るだけ上海近くで待ち伏せるのが一番儲かると、私が紅幇だったら考えるからね」

音吉は岸辺に広がる、今は黒々と闇に染まり始めた葦の原に目を細めた。静かすぎるほどに静かである。その中に、ひっそりと蠢く紅幇がいる。

「さて、そろそろかな」

音吉は紫煙を吐きながら振り返り、船縁から小舟を見下ろした。

「大頭目。手配りは」

小舟の真ん中で、影がはっきりと頷いた。

「一時間前には終わった。闇に紛れて張り付いている。全員にな」

「なら、決めようか。二百両」

音吉の言葉に、船下の影は両手を広げた。

「三百両」

「二百五十両」

「よかろう」

簡単な値決めは、互いの信を表すものだろう。

「で、賭けは私の勝ちだから、その半分だな」

「仕方あるまい。そもそもが金額ではない。江湖は我らの縄張りだ。紅幇の好きにはさせられん。だが、次は勝つ。——おい」

魏老五は隣の男に合図した。男が懐からなにかを取り出し、天に向ける。短銃であった。

宵闇に銃火が光を差し、轟音が黄昏の空に響き渡る。

途端、葦原のあちこちから断末魔の悲鳴が上がった。紅幇の男達のものだろう。一番近くは、すでに一艘目の左舷から一五〇フィートと離れてはいなかった。

銃声は聞こえなかった。刃物で仕留めているのだろう。

闇に銃を使わないのは正しい。流れ弾による同士撃ちが怖い。

合図の銃声が風に余韻を消し去った後は、ふたたびの静寂が辺りを支配していた。

すべては、あっという間の出来事であった。

このわずかの間に、葦原の中に捨て置きの軀が一体幾つ生まれたのだろう。

――そういう仕事に、生きている。

魏老五の言葉が、重く深い。

「ご苦労さん」

煙草の灰を、音吉は船縁に叩いて落とした。

川面で残り火が、かすかに砕けた。

船縁に有りっ丈の洋燈を灯し、三艘のジャンクは夜の八時を過ぎて上海の港に入った。

外灘に面した商館の多くはすでに一階と二階を消灯していた。明かりが洩(も)れているのは三階、上海に家を持っていない社員達の居住階だけである。

デント商会は、まだすべての階に煌々(こうこう)とした明かりがあった。雇いの苦力はもういないだろうが、社員は皆働いているようであった。

「音さん、無事だったか」

ジャンクの帰還を知り、まず真っ先に飛び出してきたのはビールであった。

「音さんっ」

「よくご無事でっ」

ミュラーを含む十数人がわらわらと駆け寄ってくる。今商会の建物にいる、きっとそれで全員であった。

いかに船着き場から商会が五〇フィートしか離れていないとはいえ、徐潤を先に船から降ろし、知らせに走らせてから三分と経ってはいない。皆音吉の安否を気遣い、仕事など上の空であったに違いない。

「やあ、みんな。心配掛けて悪かったな」

音吉は笑顔でジャンクから飛び降りた。

「無事ならなにも、物騒な夜走りではなく帰りは明日でもよかったのに」

ビールの言葉に音吉は緩(ゆる)く首を振った。

「そんなことをしたら、みんな寝不足になる。うちの支店はこうして、起きて待つ者達ばかりじゃないか。それに」

　真顔になって背後を振り返る。板に乗せられて青い顔の廷祥志が、仲間の苦力の手によって運び出されるところであった。

「紅幇の奴らに撃たれた。出来るだけ早く医者にと思ってね」

「おっ、それは」

　ビールは廷祥志に近づき、肩口の銃創を素早く調べた。

「命に別状はないようだね。なにより応急の処置がいい」

「水夫達は皆、漕幇だからな」

「なるほど」

　合点がいったか、ビールは深く頷いた。

「で、何者だったんだ。匪賊か、まさか拝上帝会の」

「直接の襲撃はそんなものだ。誰が誰でも代わり映えはしない。ただ、指示を出したのはそれよりもっと、ずっと始末に負えない奴らだね」

　溜め息とともにビールは肩をすくめた。

「やれやれ。ジャーディン・マセソン商会の、キルビーか」

　答えず、音吉はビールに背を向けた。

「徐潤、いるかい」

居並ぶ社員達の後ろに少年を呼ぶ。

「ハイ。タダ今」

英語で答え、人を掻き分けるようにして徐潤が出て来た。

「廷祥志について行って家族に見舞いを。そうだな、人参五斤」

「ハイ。えっ、そんなに沢山(たくさん)ですか」

英語で答えることを忘れ、徐潤は飛び上がって驚いた。

一斤三十両の人参を五斤。売り方さえ間違えなければ、家族がゆうに二年は食える額になる。

「徐潤、こういう時にけちったら駄目だ。今回の北京行きはもともと危険が大きかった。廷祥志の怪我(けが)は、仕事上の怪我なんだ。五斤、いいじゃないか。一所懸命仕事をした者は、報われなければならない」

「ハイ。ワカリマシタ」

「それとな、遅くなって悪いが、そのあと呂善(ろぜん)のところに廻って明日から来なくていいと伝えてくれ」

「エッ。呂善ッテ、一緒ニ帰ッテキタ呂善デスカ」

「そうだ」

呂善は二番船に乗っていた苦力である。三年前からデント商会に働き、一年半前から一部、人参の管理をさせている男であった。清国人には多いが特に、呂善は人の目のあるなしによって裏表がはっきりとした男であったが、上手く使えば抜群の働きを見せた。

「さっき廷祥志を運ぶときに姿が見えなかった。今頃なにをしているかはわかっている。蘇州で積み替えの手配をしたのはあいつだ。お前が行って解雇を告げたとしても、奴は怒ることもせずただ青くなって震えるだけだろう。徐潤、奴は悪(ワル)だが、小者だ」

音吉は旗帽を徐潤に放り、川風に髪を掻き上げた。

「馬鹿な奴だ。悪なら悪で、ひと財産築くような悪なら買えるが、信義なき損得だけで、しかも一夜の飲み代ほどの微々たる金で動くような小者は、デント商会には要(い)らない」

音吉は強く云うと、港通りの北に足を踏み出した。

「ビール、荷揚げは明日にしよう。今夜は、漕幇の男達が寝ずの番をしてくれる。これは魏老五のサービスだ」

肩越しに手を振りながらビールに告げる。

「それは有り難いし、わかったが、音さんはどこへ」

「なぁに。すぐそこまで、挨拶(あいさつ)に」

「……そうか。気持ちはわかるが、ほどほどにな」

「そうだ、音さん。香港から手紙が来ていたんで、家の方に届けておきましたよ」

ビールとミュラーの声を背に聞きつつ、音吉は真っ直ぐに前を見て歩いた。

右手の黄浦江は闇に沈み、ときおり月影に漆黒の艶を返すばかりであった。左手に並ぶ商館の、まだ仕事をしているのだろう建物から伸びる明かりだけが、まるで歯の抜けた櫛のように通りに這っていた。

港通りのほぼ最北に近い辺りに、ジャーディン・マセソン商会上海支店はあった。洩れる明かりが、いびつであった。一階はすでに暗く、明かりを落とすのは二階と三階だけである。三階は居住区だが、最前、ジャンクが帰港する時には二階の、たしか応接室だと聞く部屋に明かりなどなかったことを音吉は見て取っていた。

ジャーディン・マセソン商会の、応接室が通りに振りまく明かりの中に音吉は足を踏み入れた。

淡い光を受け、朧な影が黄浦江に伸びて落ちる。

うっそりと立って、音吉は二階を斜めに見上げた。

応接室の光の中に人影があった。背に受ける明かりに影は、切り絵の人型を思わせて全くの黒である。しかし、誰であるかは歴然であった。

人型は、音吉の視線を受けて明らかに一歩退いた。

「キルビー。お前も小者だ」

聞こえるはずのない声を港通りに流し、音吉は二階に向けて拳を突き出した。

「小者は小者らしく、大人しくしていろ。聞こえてくるぞ。ジャーディン・マセソン商会の統括を目指すだと。大それた夢を見るな。いや、夢は寝て見ろ」

音吉は親指を立て、拳を首元に引き寄せた。

「それでもと云うなら、どうしてもと云うなら、自分で来い」

首に親指を向け、左から右にゆっくりと引いてゆく。

「受けてやる」

侮辱にも等しい、音吉の明らかな意思表示である。胆ある者なら前に出るだろう。

だが、

「ははっ。やっぱりお前は、小者だ」

二階の影は、両腕をばたつかせながら室内に消えた。

音吉は目を細め、キルビーの消えた辺りをしばらく見ていた。


ゴーランドが応接室に入ってきたのは、ちょうどそのときであった。

「お、おい、ゴーランド君。奴はなにかしたぞ。私に向かってなにかしたぞっ。い、いや、それよりどうなっているんだっ。なぜ奴が上海にいるんだ！」

キルビーは応接室の中を落ち着きなく歩き廻りながら、扉を背にして立つゴーランドに捲し立てた。

朱を散らして彷徨う目は一度もゴーランドを見ない。見えていないと云った方が正しいか。

「結果から云えば、失敗しました」

手を後ろに組み、扉の前から動くことなく、ゴーランドは努めて事務的に云った。

ゴーランドにしても、夕暮れまでの余裕はどこにもなかった。

「金をつかませて手伝わせた向こうの苦力の話によれば、漕幇だそうです。松江漕幇の魏老五という男が奴についていたとか」

「誰だそれは。知らんっ」

喚きながら倒れ込むようにしてソファに腰を落とす。

背が、丸まっていた。足も怒りにか怯えにか震え、靴の踵が立てる音が不連続に部屋内を騒がせた。

「早口の広東語が聞きづらくてよくはわかりませんが、大物だそうです。苦力は、とにかく金は返すと云って放り投げていきました」

「そんな端金がなんだと云うんだね。ゴーランド君、なら失敗した紅幇からも返してもらいたまえ。君の責任だ」

ゴーランドは溜め息混じりに首を振った。

「無理でしょう」

「なぜだね。失敗なんだぞっ」

「ひと口に紅幇といっても大勢いまして。私が接触したのはそのうちの二、三人です。清国人は、自分の一派以外に金が流れるのを怖れます。我が社からの依頼すら、知る他の紅幇はいないに違いありません」

「他の者など関係ないっ。金を払った当の本人に返してもらえばいいだけの話だっ」

キルビーは当たり散らすようにしてテーブルを強く叩いた。

「だから、それが無理だと云っているんですっ」

ゴーランドの口調がキルビーの苛つきに同調して荒くなる。

「呂善が喚いていました。おそらく殲滅だそうです。いいですか。誰一人として生き残ってはいないんですよ。なら、一体誰に返してくれと云えばいいんですっ」

畳み掛ける勢いにキルビーは一瞬たじろいだ。

なにも云い返さず、おもむろに爪を噛み始める。沈黙は長かった。

「オトソンを止めるのは、無理なのだろうか」

「……無理ではないでしょう。ジャーディン・マセソン商会が負けるなどあり得ません。ただ」

息を整えながらゴーランドは云った。

「ただ、なんだね」

キルビーは爪を嚙み続け、ゴーランドを見もしない。

「時間は掛かるでしょう。同じアジア人だからでしょうか。清国の様々な地方の言語に通じているからでしょうか。なんにしても、オトソンには人脈があります。我々西欧人にはない人脈が」

「それがなんだね。なら」

「ならば、それに負けない人脈を作ればいいではないか、と」

ゴーランドはわかりきった話の先を攫(さら)い、キルビーに云わせなかった。

「云えば簡単ですが、そう上手くはいかないでしょう。黒くない目の、黒くない髪の、黄色くない肌の我々に、清国人は上辺(うわべ)では媚(こ)びへつらって見せますが、彼らの笑顔はどこか冷たい。我々は顔を見ながら、目を見ながら、買弁を通じて直接に話をしてさえ、彼らがそのときなにを考えているのかわからない。笑顔の裏側がわからない。というか、考えたこともない。あなただってそうでしょう。だから、時間が掛かります。人脈云々(うんぬん)の前に、我々には時間が必要なのです」

ゴーランドは云い終えて口を噤(つぐ)んだ。キルビーに視線を向けず、壁のランプに炎の揺れを見る。

ふたたびの沈黙が、部屋内を支配した。

「で、聡明なゴーランド君は、どれくらいの時間が掛かると思うのかね。是非とも教えを乞いたいものだ」

先に口を開いたのは、やはりキルビーであった。多分に皮肉混じりである。ゴーランドの口元がわずかに歪む。

「さて、三年掛かるでしょうか、五年掛かるでしょうか」

「ふっふっ。馬鹿な。遅すぎる」

キルビーは吐き捨てた。

「本社も無能ばかりではない。そこまで掛かっては、もう確実に私はここにいないではないか。あの広州支店長のモレルのように」

「だからといって、ジャーディン・マセソン商会が負けるわけではありません」

ゴーランドが目を細める。皮肉に返す、揶揄であったろうか。

「それは、あなた個人の負けです」

口辺に冷笑を浮かべ、一礼してゴーランドは応接室を出て行った。

キルビーは結局最初から最後まで、一度もゴーランドを見なかった。ソファに座り、テーブルに燃える目を据え当て、一人爪を嚙み続ける。

「賢しらに、よく云った。ジャーディン・マセソン商会は負けないか。正論だよ、ゴーランド君。正論過ぎるほどに正論だ」

いなくなった部下の名を口にするが、一人語りであることは明らかだ。

「だが、私は負けないよ、ゴーランド君。オトソンなどに、君などに」

孤独な部屋に、夜気が忍び寄る。

「いっ！」

突如、激しい痛みに顔をしかめ、キルビーは親指から口を離した。

見れば噛み続けの爪が、肉を晒して真っ二つであった。


ビールや外に家がある者達をまず帰し、社員らを三階に見送ってから、音吉は一人執務室で旗袍から洋装に着替えた。

光沢のある黒いズボン、白いシャツ、金の留め金がついた革の靴。

旗袍を着ればどこから見ても清国人であったが、洋装に変われば堂々とした押し出しの、音吉は明らかに異国人であった。

フロックコートに袖を通し、帰るだけであったからさすがにタイは結ばなかったが、シルクハットを頭に乗せて支店を出る。

労うつもりで廻った船着き場の漕艀達から、音吉の変わりように感嘆が洩れた。

「なにもないとは思うが、よろしくな」

一人一人に視線を送り、音吉はようやく久方振りの家路に就いた。

夜空には青陽の月があり、冴え冴えとした光を地上に落としていた。

音吉の家はイギリス租界の南端にしてフランス租界との境にある、洋涇浜クリーク沿いのロープ・ウォーク・ロードを入ったところにあった。

二年後発行の、一八五四年版ノース・チャイナ・ヘラルドの上海借地人表によれば、住所はロット・ナンバー九六となっている。デント商会上海支店からは半マイル。歩いても十五分とは掛からなかった。

五アールを超える敷地に、リビングとダイニングを除いて六部屋を数える洋風の二階屋である。白い壁が、淡い月明かりを集めて庭の芝生に仄かな色を与えていた。

玄関までの石畳に足を踏み入れる。

ふと、音吉は誰かの視線を感じてシルクハットの鍔を上げた。

隣家の二階に、窓に寄ってこちらを見下ろす男の影があった。

「またか」

苦笑いしながら呟く。

男は隣家の主、レイノルズであった。音吉の赴任に遅れること二カ月で上海にやってきた、個人の貿易商である。

やけに腰の低い初老の男ではあったが、一見したときから音吉は、レイノルズの瞳に媚びの艶めきを見て取った。人を人として見ない、野心家に多い冷たい媚びである。デント商会と縁を結びたがっているのは明らかであった。隣に居を構えたのも、隣家がデント商会のジョン・マシュー・オトソンであったからかもしれない。

当初は何かにつけては寄ってきたが、音吉は一切相手にしなかった。

擦り寄るべき相手と会社を間違えたと悟ったレイノルズの変わり身は素早かった。いつの間にかジャーディン・マセソン商会に接触し、気がつけば音吉の近辺を嗅ぎ廻る、キルビーの走狗であった。

「生き方も様々。否定はしないが」

視線を追い散らすように手を振る。レイノルズは荒々しくカーテンを閉めた。

肩をすくめ、音吉は石畳に靴音を立てた。

玄関の扉を押し開ける。

「ただい――」

「オ帰リナサイッ」

音吉が云うより早く、辿々しいが元気のいい英語と、なにかが焼けるいい匂いが出迎えた。

音吉の同居人にして料理番、林開芳の声と、おそらく開芳の得意料理、塩焗鶏の匂いであろう。

「早いな。誰が教えてくれたんだい」

「コナーズサンガ」

コナーズは四十過ぎの、古参の社員である。気の優しい男で、どうやら帰路に回り道をしてくれたらしい。

シルクハットを置き、コートを掛け、暖かな居間に入る。ソファに座れば居間の奥に、台所の端で椅子に乗り、中華鍋（なべ）と格闘する小さな料理人の姿が見えた。

開芳は徐潤より若い、まだ十一歳の少年であった。

「在リ合ワセデスケド、モウスグ小籠包（ショウロンポウ）モ出来マスカラネ」

云いながら中華鍋を持ったまま椅子から飛び降り、中身をテーブルの上の皿に移す。

音吉の思った通り、匂いの元は塩焗鶏であった。

普通の塩焗鶏は塩蒸しした鶏を少し辛めの醤（ジャン）で食べるが、開芳は蒸した後に必ず軽く焼く。その芳（こう）ばしさが、開芳が両親から受け継いだ特製の醤に合うのだという。

開芳の塩焗鶏は、絶品であった。

音吉と開芳の出会いは二年前に遡る。開芳はデント商会寧波支店の、大人達に混じって力仕事に精を出す幼い苦力であった。所用があって出掛けた寧波支店で、音吉は初めて開芳を見た。

たまたまの食事時であった。支店の荷捌（にさば）き場に組んだ簡素な火台で中華鍋を振るう少年の前に、大の大人達が皿を抱えて並んでいた。

いい匂いがした。近場に皿を見つけ、何気なく音吉も並んだ。

商会の社員が苦力の飯に並ぶのが珍しいのだろう。誰もが音吉をちらちらと見るが、気にするものではなかった。上海ではいつものことである。

——少し、おまけしますね。

音吉の順番になり、少年は北京語で無邪気に云った。

持ち寄ったかその辺で買ってきたか、いずれにしても食材に凝(こ)っているわけでは決してない。苦力の飯である。

だが、いい味だった。

——美味(うま)いな。

音吉の一言に、少年は笑顔で頭を下げた。

聞けばもともと開芳という名の少年は、寧波で飯店を営む家に生まれた一人息子であった。三代続くという店は一度傾き掛けたが、開芳の両親の才能と努力で順調に盛り返しつつあったらしい。

それが十年前の、アヘン戦争でおかしくなった。開芳の父は寧波の団練(だんれん)、いわゆる義勇軍に入っていた。鎮海(ちんかい)、寧波を怒濤(どとう)の勢いで攻めるイギリス軍と戦い、開芳の父は死んだという。

夫に先立たれた妻は、女手一つで必死に店と幼子を守った。そして、開芳が八歳になった日、母は早朝の仕込みの最中に倒れ、そのまま二度と目を覚まさなかった。過労死であった。

当然のように店は潰れた。

——手伝うと母さんは嬉しそうでした。料理はいいですね。母さんだけじゃない。僕が料理を作ると、みんなが幸せそうな顔になる。

夢中になって料理を食べる皆を眺め、噴き出す汗を拭いながらも、開芳は嬉しそうであった。

——いいのか。ここは、戦争を仕掛けた国の商社だぞ。

音吉は問い掛けた。

——関係ありません。この国もそうです。みんながみんな戦争屋じゃないし、好きで行くわけでもない。それに、デント商会は僕に仕事をくれました。

——夢はあるか。

——はい。出来れば寧波で、父母のように店を開きたいです。

音吉は微笑みながら頷いた。

開芳は聡明であり、礼儀を知り、なにより、間違いなく両親から料理に関する豊かな才能を受け継いだ少年であった。

――いつからでもいい。上海に来い。

音吉は阜康銭荘の切手を渡し、開芳を上海に誘った。

開芳が小さな手荷物一つで上海にやってきたのは、それからひと月後のことだった。

以来、開芳は音吉の同居人にして、得難い料理番であった。

「オ待タセシマシタ。サア、食ベマショウ」

テーブルに手際よく料理を並べ、開芳は音吉を食堂に呼んだ。

「アッ、音サンニハ、アレダッタ。シバラクイナカッタカラ、忘レテマシタ」

手を打ち、開芳はもう一度台所に入った。しばらくして戻る開芳の手には、カットグラスと青磁の壺があった。

音吉の向かいに座り、壺を掲げる。

「オ帰リナサイ、音サン」

グラスに注がれる酒はスコッチよりも濃い、茶に近い琥珀であった。

最上級の紹興酒である。胡雪岩が度々、部下を使って運ばせてくれる逸品であった。

阜康銭荘の本店は杭州にあり、胡雪岩の妻や家族もいる。そこから、中華八大銘酒に数えられる酒を生む江南の小さな町、紹興までは指呼の距離であった。

「デモ、イイナァ、北京。砂鍋居ノ三白、マタ食ベタカッタナァ」

砂鍋居は天安門近くにある、創業百年を超える北京料理の店の名であり、三白はこの店の名物鍋の名である。

音吉は開芳をただ料理番として囲うために上海に呼んだわけではない。人として料理人として、あらゆる経験を積ませ、いずれは開芳に投資し、望み通り寧波に店を持たせてやりたいと考えていた。

音吉にはそれだけの資産があった。支店長としての十分な給金だけでなく、デント商会本社からは売り上げに応じた分配金も正しく支給され、今の音吉の財力をもってすれば、開芳が望むほどの店の五軒や六軒はそれこそ余裕であった。

だから、味を学ぶために去年は北京に連れて行った。今年は、はなから危険を承知の旅だから置いていっただけの話である。北京だけではない。福州、広州、マカオと、デント商会の支店がある場所には、仕事と合わせてときおり連れて行った。

英語も、その経験の一つだ。覚える覚えないは開芳次第だが、内地四川(シセン)でというならば強(し)いて英語は教えない。しかし、開芳が店を望む寧波は諸外国に開かれた港である。英語は、開芳にとって武器になると音吉は考えていた。

「東来苑(ドンライユエン)ノ素菜(スーツアイ)モイイナ」

塩焗鶏を頬張(ほおば)りながら夢想に遊ぶ。

取り留めのない話を、音吉は紹興酒を舐めながら聞いた。スコッチよりも舌に柔らかく、甘さを残して喉に滑る。最高級の紹興酒の味は、やはり極上であった。

仕事は思い通りに上手くし遂げられた。ほどよい疲労を身に、達成感を胸に、しばし極上の紹興酒と絶品の塩焗鶏を味わう。

これ以上は、なにも要らない。いや、これ以上、失うものなどなにもない。

「アッ、モウ一ツ忘レテマシタ」

口をもごつかせながら開芳が居間に走る。

「音サン、コレヲ。香港カラデス」

開芳の手には、分厚い一通の手紙があった。そういえば、船着き場でミュラーも云っていたことを思い出す。

「おっ、楫取からか」

手紙の差出人は香港に住む掛け替えのない仲間、岩吉であった。

楫取は、今も音吉が使う岩吉の呼称である。音吉の兄吉次郎も含め、総勢十四人で鳥羽の港を出港した弁才船宝順丸の、岩吉は楫取であった。

一年二カ月の過酷な漂流の果てに、生きて陸に上がれたのは岩吉と久吉と、音吉の三人だけだった。他は皆、死んだ。

岩吉は、漂流中いつ訪れるか知れぬ死の恐怖とともに戦い、励まし合い、アメリカ大陸に上陸した後も続く、流転に次ぐ流転の喜びや悲しみを分け合った仲間である。

――旅は終わらない。日本に帰るまで、儂(わし)らの旅は終わらない。

岩吉の口癖(くちぐせ)である。宝順丸が漂流したのは自分の責任だと今でも思っている。

弁才船は岡廻(おかまわり)、水主頭(かこがしら)、楫取を以て三役と呼ぶ。舳先に立って航路を示す三役の楫取が、まだ宝順丸の航海は終わらないと云う以上、音吉にとって岩吉はいつまで経っても楫取であった。

岩吉は、音吉もかつてマカオで世話になった、今は香港にあるイギリス政府の出先機関、貿易監督庁に通訳の職を得ている。

音吉は封蠟(ふうろう)を切り、紹興酒を呑みながら紙面に文字を追った。細かく書き込まれた、便箋(びんせん)五枚からなる手紙であった。

簡単な挨拶に始まり、太平天国の動静、華南(かなん)における作物相場の予想、香港を通る各商社の船舶の積載量と積み荷の傾向、等々。

折りにつけ送られてくる岩吉の情報は、音吉にとって有り難かった。

グラス二杯を傾けて四枚を読み、最後の紙面に目を落として音吉は大きく息を吐いた。

「そうか、年が明けたんだったな。もうすぐ半年か」

手紙は、前年八月に逝去(せいきょ)した元イギリス貿易監督庁の通訳官にして舟山島(しゅうざんとう)や乍浦(チャープー)の民政長官、チャールス・ギュツラフの一周忌の手筈(てはず)で締め括(くく)られていた。

音吉達とギュツラフの縁は、一八三五年にマカオに上陸して以来の長きに亘るものである。ギュツラフは異国にあって、父にも等しい男であった。

「時の経つのは、早いものだ」

ギュツラフの死を鍵として、胸中で開く哀しみの扉があった。

生まれ出ずる小さな命と引き替えの、妻エリーゼの死から四年。母を恋い慕うように逝った、一人娘エミリーの死から三年。

喜びも悲しみも、忘れはしないが、時の流れに色褪せる。

思わず強く握り締める手紙を、テーブルに落とすためにはもう二杯ばかりの酒が必要であった。

熱い息とともに視線を動かせば、テーブルの向こうで開芳が軽い寝息を立てていた。

時刻は、すでに十一時を大きく廻っていた。

いつもより遅い食事であり、久し振りに気の張った仕度だったのだろう。

「相変わらず、美味かった。お前の料理だけが今、家に帰る唯一の楽しみだ」

聞いているはずもない開芳に声を掛け、音吉は腕まくりしながら席を立った。

「後片づけは、私がやるよ」

音吉の囁きに、開芳が小さく頷くようにして船を漕いだ。

第二章

八月初旬、音吉(おときち)は洋上を進むシップ型帆船、アデン号の上にいた。

ギュッラフの一周忌に向かうためであるが、音吉の所在は甲板(かんぱん)、ではない。上甲板からおよそ一〇〇フィートの高み。三本マストの最前列、フォアマストのトップボード(檣楼(しょうろう))の上であった。

音吉は、無造作に切り飛ばした半切りのシャツとズボン姿で腰に望遠鏡を携え、風と揺(ゆ)れをもろに受けながらも命綱などつけず微動もせず、遥(はる)かな水平線に目を凝(こ)らして立っていた。

その姿は、どこから見てもただの水夫であった。船が客船であれば、誰も音吉をデント商会の上海(シャンハイ)支店長だとは思うまい。

ただ、アデン号はデント商会のチャイナ・クリッパーであった。別名ティー・クリッパーとも呼ばれる、清(しん)国の茶をロンドンに運ぶ快速帆船である。デント商会は、アデン号のほかにもう五隻(せき)のクリッパーを所有していた。

アデン号に限らず、定期的に清国とイギリスを行き来するこれら商船の、船長を始めとするたいがいの船員と音吉は顔なじみであった。

ビールは主に客船を使ったが、音吉は公用私用に分けることなく、特に緊急の用事でもない限り、そのとき上海にクリッパーがあれば好んで乗船した。客船に比べて速く、なにより船賃がかからないのがよかった。

純然たる客室はないが、アッパーガンデッキには音吉がふんぞり返って船旅を楽しむほどの個室はあった。普段は掌帆長や航海長が使う個室である。

だが、音吉は客扱いを好まなかった。そもそもが海の男なのだ。

他の水夫に混じって風通しの悪い、下甲板にすし詰めのハンモックで眠り、飯はといえば、歯が折れそうな固いビスケットや塩辛い豚肉をビールやワインで流し込む。そんな荒々しく大雑把な海の男の暮らしが、音吉は好きだった。

勝手に甲板をうろつき、いきなりマストに張られたシュラウド（左右の静索）に取り付くと、どの船の船長も決まって最初は渋い顔をしたし、水夫達は冷ややかに見た。が、音吉がするするとマストに登り、トップボードに外から這い上がると、一転して皆拍手と喝采を送った。

――やるねぇ。支店長。

トップボードのマスト際にはラバーホールと呼ばれる登り口が開けられている。そこを使わず外からトップボードに登るのは、勇気を誇示する英国(イギリス)の船乗りの習慣であった。

ラバーは、臆病者(おくびょうもの)の俗語(スラング)でもある。

習慣を知り、しかも身を以(もっ)て示す音吉は、一瞬にして彼らの仲間であった。

「おっ」

そのとき、音吉は左舷(さげん)前方の水平線辺りになにかを見つけた。望遠鏡を目に当て、真(ま)っ直(す)ぐ波の彼方(かなた)に向ける。

空と海の境で、波が白く騒(さわ)いでいた。

「左舷前方、水平線にキャッツポー。白が濃い、急げよっ」

音吉は上甲板に声を投げ下ろした。キャッツポーとは、風の兆候として海面に立つ小さな波のことである。

——左舷前方、確認しろっ。

——左舷前方、キャッツポー。

——メインマスト、セール開けっ。

伝令と指示が甲板を走り、シュラウドに展帆員(てんぱんいん)がわらわらと取り付く。

「相変わらず早いねえ、支店長」

後方、メインマストの檣楼から声が掛かる。見れば、檣楼員のケインが望遠鏡で肩を叩きながら、お手上げといったふうに片手を上げていた。

「全くわかりませんでしたよ」

船長以下船乗り達は、音吉の行動になにも云わないだけでなく、同船すると云えば音吉の働きを当てにした。一人前以上の船乗りとして。

トップボードに上がれば、音吉は誰よりも早く風と潮流を探り当てた。

「大きく小さく、広く狭くだ、ケイン。漠然と見ていては、いつまで経ってもわからないぞ」

「それが難しいんでさ」

ケインは潮焼けの顔に皺を寄せて笑った。

「それにしてもなあ。商人にしとくのは惜しいよ、支店長」

「私は船乗りだよ。船乗りだから、商人になれたのさ」

海と商いは、どこか似ている。一見なにもないところにほんのわずかな兆候を捉え、経験と勘でもって先を予見しなければならない。外れれば徒労ばかりで疲弊し、見逃せば突然の大風や激流に翻弄されるのは、道理としてどちらも一緒だ。

加えて、頻繁に現れる海賊も税を取り立てる役人も搾取するだけとくれば、取り巻く環境の酷似には笑うしかない。

一流の船乗りなら一流の商人に、なれるかもしれない。逆もまた真である。

音吉は片目を瞑(つむ)ってケインに応え、遥かな波の前方に目を移した。

アデン号は上海を出航し、寧波(ニンポー)と福州(ふくしゅう)に寄って清国からの荷を積み、今は台湾(たいわん)海峡を抜けるところであった。次の寄港地は厦門(アモイ)である。

台湾海峡は小島が多く、いきなり海賊が現れる危険領域であった。云うなれば、海賊団と檣楼員の駆け引き、勝負の場所である。

昨日、今日と、音吉は都合三度、島陰に息を潜めるようにして隠れた小船団を見つけた。

一度は船首を東に振り、二度は勢いに任せて突っ切った。小島から突如として行く手に出没するからこその危険であって、遥かに見つけてしまえば海賊船など特に、快速を誇るチャイナ・クリッパーの敵ではなかった。

檣楼員と海賊団の勝負、今回はトップボードに音吉がいることが、海賊団には不運であったろう。

左舷からの風が、音吉の観測の正しさを示して次第に強まり始めていた。

帆が風を孕(はら)み、海猫(うみねこ)の鳴き声よろしくマストを軋(きし)ませる。

船にぐんと行き足がつき、クリッパーが洋上に波を切り、船尾に泡立(あわだ)つ水脈(みお)を長く引いた。

アデン号が、台湾海峡を駆け抜ける。

「よう揃お」

トップボードの手摺りに肘を乗せ、音吉は呟いた。日本語である。よう揃うとは、舳先と目標が一致したことを知らせる合図であった。

――おもかぁじ。

――せぇ。

――とりかぁじ。

――せぇ。

――よぉう揃おう。

――よお、そろ。

潮の流れを考え、刻々と変わる風向きを読みながら発せられる梶取の指示に、水主が最後まで応じきらねば聞くことが出来ぬ言葉である。海の男の、褒め言葉。音吉が好きな言葉であった。

「梶取、もうすぐだ」

廈門の次は音吉の目的地、香港である。アデン号はその後、シンガポールからマラッカ海峡を越え、一路フランスのル・アーブルを目指す。

航海に大きなずれはない。至極順調であった。

〈八月九日、正午より、貿易監督庁とその他の関係者が散会した後、我らだけでひっ

そりと〉

岩吉からの手紙にはそうあった。

アデン号の出航を待ってぎりぎりまで上海にいたが、間に合わないということはなさそうだ。

風が、さらに強まった。アデン号の茶けた麻帆は、今や順風を受けてすべてが満帆であった。

「セール、か」

音吉は呟きながら左舷に目を細めた。

――楫取、帆柱はマスト、帆はセール、横帆桁はヤード、縦帆桁はブームと云うらしいぞ。

頰を紅潮させ、岩吉や久吉に得意気に話したのはいつだっただろう。

一人、音吉は笑う。

遥かな昔、少年だった日。異国の船を深く知るほどに、帰国は近いと信じた頃。

左舷の遥かにある島国、日本。

上海からなら香港より近く、そして、遠い故郷。

「十八、いや、もう十九年になるのか」

台湾海峡を抜けてしまえば航路にさしたる危険はない。甲板上からも、安堵の気配が緩やかに立ち上ってくるようだ。

音吉は、誰よりも高いところで潮風に吹かれながら、激動であった自らの道程を振り返る。

長い回想になりそうだったが、船が廈門に着くまでには、まだ十分に時間があった。


天保三年（一八三二年）九月二十八日。

音吉は、尾張国知多郡小野浦の浜から初めての航海に出た。十四歳であった。

知多半島は海運業の盛んなところであり、音吉の家も代々の船乗りであった。父、山本武右衛門は船主福嶋源六の持ち船、福寿丸に雇われる沖船頭（船長）である。長兄は父を継ぐべくともに福寿丸にあり、次兄吉次郎は二年前から宝順丸に乗っていた。

知多半島でも東浦と、小野浦が属する西浦とでは商いが違った。公米搬送の運賃積みに利益を求める東浦と違い、西浦の商売は自積みの商売を第一とした。兵庫の港で買い入れた米や瀬戸内の塩を江戸で売り、空船に小豆や油を積んで上り荷としたのである。行って利、帰って利のこの商売は、〈のこぎり商内〉と呼ばれた。

博打に近いところはあったが、当たれば大儲けが出来た。もちろん、そんなときは賃金以上の手当が船主から出る。

であったから、西浦の船乗り達はただの水主であっても相場を睨み、算盤に親しみ、必要とあれば三役と船頭の話にまで首を突っ込んだ。

音吉のデント商会における商才も、この〈のこぎり商内〉を幼い頃から身近に見るうちに、知らず磨かれたのかもしれない。

いずれにせよ、音吉は運命の日、運命の船に乗り込んだ。千五百石積みの弁才船、宝順丸である。

宝順丸は父の知己、船主の樋口重右衛門が船頭を兼ねる直乗りの弁才船であった。

直船頭　重右衛門
楫取　岩吉
岡廻　六右衛門
水主頭　仁右衛門
水主　利七
水主　三四郎
水主　常次郎
水主　政吉
水主　仙之助
水主　辰蔵

炊頭　勝五郎

それに炊の、兄吉次郎、音吉、幼なじみの久吉を加えた十四人が、宝順丸の総員であった。炊は飯炊き、いわゆる雑用である。

弁才船は、水主を束ねる水主頭、金銭と積み荷を扱う岡廻、そして、航海のすべてを取り仕切る楫取を以て三役と呼ぶ。船乗りを志す者にとっては、なかでも風を見極め潮を読み、舳先に立って号令を掛ける楫取は憧れの地位であった。

音吉も、岩吉の背に憧れの眼差しを向けながら宝順丸に働いた。

――風がおかしな動きをしている。大西風が出るかもしれねぇ。親方、もう一日待たねぇか。

兵庫で米を積み、鳥羽の港で風待ちをする宝順丸の二の間の合羽（甲板）で、岩吉が重右衛門に云った。大西風とは季節柄、台風、嵐のことである。

――お前ぇの云うことだが、これ以上は待てねぇ。

板子一枚の下は地獄、とは弁才船乗りならば誰でも知ることだが、すでにこの日までに三日、楫取の言を入れて鳥羽を動かなかった重右衛門には、もう聞けなかったのだろう。

船中掟の第一は、親方大事、である。重右衛門が出ると決めれば、たとえ楫取といえど逆らうことは出来なかった。

だが、この時のことがいつまでも岩吉を苛むことになる。

十月十一日、宝順丸は風を満帆に受けて鳥羽の港を出た。しばらくは順調な航海であった。

天候が一変したのは伊良子水道を抜け、遠州灘に入った辺りであった。遠州灘であったこともいけない。遠州灘は、名にし負う海の難所である。どこまでも続く山裾と浅瀬の浜に、弁才船が逃げ込む場所はなかった。

湧き出した雲は瞬く間に宝順丸を包み込み、強烈な風と雨で船体を翻弄した。黒々とした波のうねりは、まるで山であった。

踏立板を並べただけの合羽から船内に淦（海水）が入り、九畳敷きの脆い楫板が消し飛び、刎ね荷と称して満載の荷を捨て、果ては、

——帆柱、斬れぇっ。

重右衛門の声が飛んだ。漂流するための手順といえば、運命の神の思うつぼか。とはいえ、七十尺になんなんとする帆柱を斬って重心を下げねば、楫板を失って不安定な弁才船は間違いなく転覆する。

——帆柱斬れぇ。淦汲めぇ。すっぽんだぁっ。

すっぽんは淦を汲むための、いわば大きな水鉄砲である。柱道の物見戸の中に据

え付けられ、招（梶棒）を操って淦を引く。

——帆柱斬れぇ。淦汲めぇっ。

誰かがすっぽんを使い、誰かが帆柱に斧を振るう。だが帆柱は中心に杉の大木を使い、周りに檜材を打ち付けた、径三尺にもなる松明柱である。波穏やかな海上にあっても、簡単に斬り倒せる太さではないのだ。

——急げっ。斬れ。淦、くっ。

大波が宝順丸を喰らう。重右衛門は、最後の指示を言いきることは出来なかった。命が二つ持っていかれた。重右衛門と、炊頭の勝五郎である。

風雨に叩かれ、波に揉まれながら、誰もが必死に戦っていた。重右衛門らを気に掛ける余裕などなかった。

三刻過ぎたか、四刻経ったか。昼か夜かすら定かではなかった。雨はますます強く、風は天の咆吼のようである。

だから、作業に没頭することだけが恐怖を振り払う術の宝順丸に、岩吉の危険を告げる声や、帆柱が倒れる軋みは響かなかった。

合羽を舐めるように二度転がって海中に没する帆柱に、ふたたび三つの命が磨り潰された。仁右衛門と仙之助と、そして音吉の兄、吉次郎である。

結局、宝順丸は天候の回復までにもう一つ、常次郎の命を海に放った。

沈没だけは免れた八人は、海に捧げた六つの命を悼むことすら出来ず、泥のように眠った。

やがて蒼天から降り落ちる陽光に目覚め、しかし、喜ぶ者は誰一人としていなかった。

宝順丸は無惨な船体を晒しながら、悲しいほどに海また海の絶海の中を、ただ一艘で漂っていた。

後で思えば、太平洋であった。アメリカの蒸気船でさえが、石炭の補給を受けねば渡れぬ大海である。

向きを定める楫もなければ、推力を得る帆も帆柱もなく、宝順丸は大海原を潮流に任せて漂った。

六人が海の藻屑と化したことは不幸であったが、乗員が半数ほどに激減したことは不幸中の幸いであった。刎ね荷はしたが、そのくらいの人数がしばらくは食い繋げるだけの米や味噌、野菜は残っていたのである。

水はらんびきで手に入れた。らんびきとは、塩水を濾過して真水を作る仕組みのことである。海水を火に掛け、昇る蒸気を竹筒を通して桶に集めるのだ。雑な仕組みでは一日中火を焚いても一升すら得られないが、上手く集めれば三、四刻で三升にもなった。薪が大量に必要ではあったが、宝順丸のたいがいの部材が薪であった。漂うだけの破船である。ようは沈みさえしなければいいのだ。

舳先の弥帆柱に麾を上げた。通りかかる船に漂流を知らせ、救助を求める旗である。

食料は、四カ月分あった。飲み水は、幾らでも作れた。麾さえ上げておけばきっと、すぐにでも何処かの、誰かの、弁才船が見つけてくれるはずだった。

だが、いつまで経っても救いの手は現れなかった。

いつまで経っても島影一つ、船影一つ見出せなかった。青と蒼の空と海が続くばかりである。

宝順丸は、いつまでもどこまでも、漂流を続けた。

潮流に乗って、東へ、東へ。

夜や雨風だけが人の心に根元的な恐怖を呼ぶのではない。蒼天の下にあっても、いつ果てるともしれぬ漂流の孤独はそれだけで人の心を蝕み、殺す。

四カ月分の食料は、最終的に倍以上保った。

二カ月を過ぎた頃に二人が自ら海に飛び込み、四カ月目に入って一人が後を追ったのである。

——先に逝くぜぇ。

——岡廻、楫取、勘弁な。

最初は、政吉と辰蔵であった。

――もう、駄目だ。すまねえ、許してくれ。

後の一人は、三四郎であった。

三人とも、死の間際には笑っていた。漂流の孤独や恐怖に比べれば、自ら決める死は解放、であるのかもしれない。

――馬鹿野郎。明日海なら明後日、明後日も海なら明々後日、その先もずっと海なら、そのずっと先の次の日に陸が見えるんだ。流れとればいつかきっとどこかに着く。どこかに着けば、帰れるんだ。

岩吉の叫びがなければ、音吉もどうしていたかはわからない。楫取の言葉は、残る五人の命をかろうじて宝順丸に縫い止めた。

三人の命の分軽くなったとて、それで行き足がつくわけでもなく、宝順丸は変わらぬ絶海に変わらぬ漂流を続けた。

九カ月か十カ月か、その辺になるとはっきりとした月日の流れは、誰にも、もうわからなかった。

食料はとうに尽きていた。音吉と久吉が交代でらんびきに水を得るだけである。飢えは、勝手に合羽に上がってくる飛魚を齧って凌いだ。

この頃には皆、動くことが億劫になっていた。といって気力が萎えたわけではなかった。

まず六右衛門が床につき、続いて利七が倒れた。二人とも胸に染みが出来、次第に広がり、手足がむくんで、やがて歯が抜け落ちた。

壊血病であった。

――血ぃ、絞る。音、久、二人を押さえとけ。暴れるぞ。

岩吉に云われるままに手足をおさえる。七輪に炙った小刀が肉に潜り、絶叫と真っ黒な血飛沫が辺りに飛び散った。一応の手当てが終わり晒しを巻く間も、二人は呻き続けた。

――た、助けてくれっ。死にたくねえ。か、帰りてえよぉ、楫取ぃ。

利七は泣いた。

――こ、こうなっては終いじゃ。も、もう、構うな。お前らの、命が、削れる。

六右衛門は消え入りそうなか細い声で云った。

岩吉は二人に対し黙ったままであった。それ以上出来ることはなにもなかったに違いない。事実、なにもしなかった。

悶え苦しみ、日毎夜毎絶叫を放ち、最後は腐れた黒い血を吐きながら二人は順繰りに死んだ。

残る三人は、黙って二人の死を見送った。遅いか早いかの違いだけであった。三人の身体にも、いつのまにか黒い染みが出来ていたのだ。

十一人が死に、残る三人も死を待つだけの宝順丸は、生と死の境があまりにも曖昧であった。

三人が飲むだけならと、らんびきは五日に一度の作業になり、十日に一度の作業になって久吉が倒れた。

――お、音。怖ぇよぉ。いっそのこと、こ、殺してくれよぉ。

――なに云うとる。久、諦めるな。

喘ぐような久吉の言葉に、そう励ましながら、音吉も自身の覚悟を腹に決めてから三日後のことである。海に降る、吹雪の日のことであった。

その日のことを音吉は忘れない。

――お、陸だ。音っ、陸が見えるっ。

岩吉の声に起こされ、重すぎるほどに重い身体を動かし合羽に出てみれば、吹雪の向こうに霞むようではあったが、たしかにそれは陸であった。目を凝らす。海の男の感覚で、約五町。

――久。陸じゃ。陸に上がるんじゃっ。

音吉は寝床から合羽に久吉を引きずり出した。

三人揃って懐かしげに陸を見る。だが、見え隠れを繰り返し、陸はいつまで経ってもそれ以上に寄っては来なかった。潮の流れが向かわないのだ。

　ぐずぐずしては、離れるかもしれない。

――楫取、行こう。船におっても死を待つばかりじゃ。どうせ死ぬなら、精一杯に抗(あらが)って抗って、海に沈もう。

　音吉は岩吉を促した。

――ああ。行くしか、なかろうな。

使うことなく余(あま)っていた油を身体中に塗(ぬ)り、浮き袋代わりに船簞笥(ふなだんす)を引っ張り出し、三人は厳寒の海に飛び込んだ。

三人とも、海の男である。五町など、普段ならなんの問題もない距離である。普段、ならば。

――音っ、久っ、大丈夫か。

――楫取、心配するなっ。前見とけっ！　久っ、手を動かせっ、足を動かせっ！

――お、おうっ。

漂流に死す運命と、三人は戦った。藻掻(もが)いて足掻(あが)いて、病と寒さと必死になって戦った。

　そのとき、岩礁(がんしょう)に乗り上げて宝順丸が大破し、海に沈んだ。三人の身代わりであったろうか。

必死の果てに、精も根も尽き果てて海中に没せんとする三人を、わからぬ言葉を叫ぶ誰かが支えた。一人二人ではなかった。

担ぎ上げられるようにして浜に上がり、三人はそのまま気を失った。

小野浦を出て、実に一年と二カ月に亘る漂流である。

音吉は生と死の境を漂い、知らぬ間に十六歳になっていた。

海から陸への帰還。

だがそれは三人にとって、新たな旅の始まりでもあった。


音吉達が漂着したのはバンクーバー島からファンデフカ海峡を渡った南、フラッタリー岬からさらに六里にあるケープ・アラバの海岸であった。ネイティブ(先住民)のマカ族以外住まぬ、未開の土地である。

音吉らを支えて海から引き上げたのは、そのマカ族であった。前面の海に鯨を追い、背の密林に熊を追う勇猛な部族である。

半死半生の音吉達三人に、マカ族は食物を与えた。

壊血病は、栄養さえ行き届けば治る。時間は掛かったが三人は快癒し、そして、言葉もわからぬ異国の地に流されたという実感に項垂れた。

だが時とマカ族は、哀しみに浸る暇を三人に許さなかった。

治るやいなや、有無を云わせず三人はマカ族の者達に使役（しえき）されたのである。浜に流れ着く宝順丸の残骸（ざんがい）同様、打ち上げられたものはマカ族にとって、すべて海からの贈り物であった。

たとえ、人であっても。

三カ月を過ぎ、四カ月に入り、三人の中で音吉は声を上げた。

——このままでは、いつまで経っても日本には帰れんぞ。

——といって、なにが出来る。

楫取であって仲間を死なせ、今は異国にあって楫さえ取れぬ岩吉の声は暗かった。

——儂（わし）に任せろ。考えがあるんじゃ。

詳しくはわからないがこの未開のケープ・アラバにも、時に異国の大きな船が毛皮を買うために現れることを音吉は知っていた。怖（お）じけずあらゆることを見聞きする音吉は、わずか三カ月ですでにマカ族の言葉に馴染（なじ）んでいたのである。

音吉には語学に対する天性の才能が備わっているようであった。

ひと月に一度、岬を回ってカヌーと呼ばれる舟で現れる別の部族に、辿々（たどたど）しいネイティブの言葉で云って一通の手紙を託した。その部族も、大きな船の異人と交易していることをわきまえてのことである。

——コレヲ、大キナ船ノ、異人ノ村へ。

紙は、宝順丸の残骸から見出したものである。煤を指先に付けて、大きく日本とだけ書いた。誰も読めなくとも、マカ族の村にネイティブでない者がいるとわかればそれでよかった。

後は神のみぞ知る仕儀であったが、二カ月後、果たして異人の大きな船がケープ・アラバに姿を現した。音吉の手紙は部族から部族に渡り、大きな船の異人の村に届いたのである。

船は、ウィリアム・マクネイルを船長とするハドソン湾会社のブリッグ型帆船、ラーマ号といった。当時イギリス領カナダに於いて、実際に行政権を握っていたハドソン湾会社の太平洋岸総責任者、ジョン・マクラフリンの強い指示による派遣であった。

マクラフリンは医学博士の称号を持ち、ネイティブと積極的に交流して医療を施し、今日でも広く、オレゴンの父と慕われる男である。

ハドソン湾会社からの金品によって三人はマカ族から解放され、宝順丸とは比べ物にならないほど大きな船、ラーマ号に乗った。

洋服、英語、異国の船乗り、そして、二本の帆柱を持つ帆船というものに、音吉ら三人はこのとき初めて触れたのである。

——楫取、帆柱はマスト、帆はセール、横帆桁はヤード、縦帆桁はブームと云うらしいぞ。それにな、この合羽の真ん中の盛り上がりな、キャンバーというらしい。これで涂が両舷に流れるんじゃと。上手く出来とるなあ。

なにごとにも積極的にして興味の尽きない音吉は、頬を紅潮させて岩吉と久吉に云った。

ラーマ号の向かう先は、西海岸における彼らの拠点、フォート・バンクーバー（現オレゴン州ポートランド）であった。

マクラフリンの庇護の下、三人はフォート・バンクーバーで四カ月あまりを過ごす。その間、マクラフリンは異国の寺子屋を三人に手配した。

寺子屋、チャーチの尖塔に十字を見る。初めて触れる耶蘇教に心底からの畏れはあったが、人々は皆温かく、見聞きするものはどれも異国の知識に煌めいていた。

畳一畳はある世界地図の、東の端に日本を教えられる。情けないほどの小ささに音吉は驚愕し、あまりの遠さに岩吉と久吉は涙した。対して、海の広さには溜め息が出るばかり、異国の広さの、なんという。

――学ぼう、楫取。知識は持って帰れる。耶蘇の教え以外は、持って帰れるんじゃ。

音吉は決意を込めて云い切った。

――そうだな。儂はもっと船のことが知りたい。あの、弁才船など比べ物にならぬ、でかくて速い船のことが。

――なぁ、久。

――ああ。言葉が通じんでは、いつ国に帰してくれるかわからんしな。まず、言葉じゃ。

岩吉も久吉も、深く頷き音吉に同意した。

無我夢中で船の仕組みを、言葉を学ぶ三カ月が過ぎた頃、マクラフリンが三人の前に立った。

――日本ハ国ヲ諸外国ニ閉メテイル。私一人ノ力デ君達ヲ確実ニ送ッテアゲルコトハ不可能ダ。マモナク、イーグル号トイウ船ガ着ク。君達ハ、オアフ経由デ赤道ヲ越エ、南米ケープ・ホーンヲ廻ッテイギリスニ行クンダ。

イギリスに行けば、安全に帰る方策が見つかるとマクラフリンは三人に説いた。だが、実際にはサンドイッチ諸島（現ハワイ諸島）オアフに送り、そこからマカオ、清国へのルートを見つけるのが最善であったが、そのことをマクラフリンは重々知っていながら云わなかった。

三人を本国に送る手紙に、マクラフリンはこう書く。

〈彼らは初めて大英帝国の勢力下に入った日本人である。英国政府は、日本と通商を開く切っ掛けとしてこの機会を利用すべきだ〉

マクラフリンの思惑を三人は知らない。イギリス本国へとは、どんどん日本から遠離ることではあったが、他に伝手も術もない三人はただ頷くことしか出来なかった。

一八三四年十一月二十五日。

——抜錨ッ。キャプスタン廻セッ。

ウィリアム・ダービー船長の声がイーグル号に木霊した。

イーグル号は巨大な船であった。比べればラーマ号でさえが小舟。宝順丸などは、艀も同然であった。

——コレガ、外洋ヲ渡ル船。船ノ中ノ船カッ。

感極まる音吉の英語に、ダービーはにっこりと微笑んだ。

イーグル号が、岸を離れる。

——音、久、岩。サヨナラハ云ワナイヨ。シーユー、マタネッ。

少年の声が三人を送った。ともに寺子屋で四カ月を学んだ仲間、ラナルドであった。

——ラナルド、シーユー、マタナッ。

音吉は少年に手を振った。

ラナルド・マクドナルド。のちに情熱に突き動かされて日本に密航を企て、長崎抑留中にオランダ通詞に英語を教え、初の英語教師として日本の歴史に名を刻む男である。

——音、久、岩。シーユーッ。

ラナルドの声に送られて、音吉達の運命がコロンビア河に動き出す。

次の寄港地は、ロンドンであった。

ロンドンまでは、およそ七カ月に亘る航海であった。

音吉達はイーグル号で働いた。潮の匂いに包まれ、外洋に波を蹴立てる巨船に乗って、じっとしていられる三人ではなかった。なんといっても海に生きる、弁才船乗りなのである。

——働カセテ、欲シイ。

三人の漂流民はフォート・バンクーバーのマクラフリンから本社に送られる正式な客であったが、ダービーはなにも云わず頷いた。ダービーも同じ、海の男であった。

縫帆に、大工仕事に、檣楼に、初めこそ辿々しかった手つき足つきも、ひと月を過ぎる頃には他の水夫と変わらなくなった。やがて音吉などは、誰よりも速く檣楼に登り、誰よりも波の遠くに変化を見出すようになる。

そうしてロンドンに辿り着く頃には、三人ともが押しも押されもせぬ、大型帆船に乗って一人前の、もう水夫であった。

——君達の勤勉さには驚かされた。この船には最初から積んでいないものだった。日本人の特質かな。なんにしても、それは君達の大いなる宝だ。

霧に煙る六月のテムズ河を遡上する、イーグル号のプープ・デッキの上でダービーは両腕を広げた。

――船長、こっちこそ礼を云うわ。なにからなにまでが勉強。教えてもらったすべてが宝じゃ。

船で学んだ海の男の荒い英語であったが、言い淀むことなく音吉は滑らかに云った。他の二人はまだ会話までは出来なかった。三人の中で、音吉の語学力はやはり突出していた。

――さあ、もうすぐロンドンだ。大英帝国はきっと君達の力になれる。それだけのことは出来る国だ。私は、この国に生まれたことを誇りに思っている。

ダービーは音吉の肩に自信を持って大きな手を乗せた。

だが、ロンドンに帰港して四日目、その自信は根拠のないものであったことをダービーは思い知らされる。

――パーマストン外相と話したんだがね。

ハドソン湾会社に呼び出されたダービーの前で、総裁サー・ジョージ・シンプソンは難しい顔をして腕を組んだ。

――我がハドソン湾会社も政府も、ミスター・マクラフリンの期待には応えられそうもない。

イギリス政府の関心は、このときもっぱら清国にあった。〈国王陛下の政府は、三人の漂流民を伝手として日本との通商を開こうとは考えない〉と、マクラフリンの提案はパーマストン外相に断じられたという。

――ならば出来得る限りのことを。それと、せめて一日の上陸の許可を。私は、私の誇るこの国を彼らの目に焼き付けてもらいたい。

ダービーの精一杯であった。

――それならば容易い。ハドソン湾会社としても、出来る限りのことはしよう。

シンプソン卿はダービーに確約した。

音吉ら三人は、こうして正式にイギリスの地を踏む初めての日本人となる。

過ぐる一八〇三年、ロシアに漂着した若宮丸の津太夫達がナデジュタ号で日本に向かう途中イギリスに寄港したが、彼らには上陸の許可は下りなかった。

一日だけのロンドン見物から船に戻った三人を待っていたのは、ハドソン湾会社の出来る限りであった。

――おめでとうと云うわけにはいかないが、君達はマカオへ行く。イギリスよりも、遥かに日本に近いところだ。

ダービーは笑顔で一通の書状を音吉に差し出した。

〈日本人三人をマカオへ送るため、我々は商船ゼネラル・パーマー号のダウンズ船長に快諾を得た。三人は、私の一筆とともに貿易監督庁長官サー・ベスト・ロビンソン

に託される。マカオまでの渡航費用は、ハドソン湾会社からのささやかな贈り物である〉

三七ポンド一三シリング。

それが、ハドソン湾会社から送られた渡航費用の総額であった。

ロンドンを離れる朝は、やはり濃霧であった。

――イーグル号での日々を忘れないで欲しい。この船は、君達に外洋を渡る船乗りとしての知恵と、海の男の英語を教えた船だ。

ゼネラル・パーマー号を訪れたダービーは岩吉と久吉と握手を交わし、最後に音吉の前に立った。

――音、特に君は英語をもっと学びなさい。誰とでも、どんな場面でも通じる、しっかりとしたキングズ・イングリッシュをね。マカオから先は、ハドソン湾会社の手も離れる。きっと必要になるはずだし、君なら出来る。

――わかったぞ。肝に銘じるわ。

手を振りながらダービーが下船し、ゼネラル・パーマー号のフォクスル・デッキに出航の鐘が鳴る。

霧を揺らし、ゆっくりと船がテムズ河を下る。

向かう先は、マカオである。

小野浦を出て、はや三年が過ぎようとしていた。

音吉はすでに、十七歳になっていた。


一八三五年十二月。ゼネラル・パーマー号はマカオのプライア・グランデ湾に入った。

マカオはかつてポルトガルが居住権を得た、清国土における唯一のヨーロッパ植民地であった。珠江(しゅこう)河口の西に位置し、上流の、清国が諸外国に貿易のため一港だけ許した広州(こうしゅう)までは帆船で半日の小さな半島である。

——いろんな国の人がおるなあ。どこに行っても、ここまでの賑(にぎ)わいと色合いはなかったぞ。

いみじくも久吉が云った。

マカオは西洋と東洋が渾然(こんぜん)一体となった、坩堝(るつぼ)であった。

並木通りのアズレージョやモンテ広場のカルサーダスにポルトガルを色濃く残し、マカオ最古の寺院媽閣廟(マーコウミュウ)や阿媽(あま)を祀(まつ)った蓮峯廟(れんぽうびょう)に清国が見える。掛け合わせるように、観音堂(かんのんどう)の壁に居並ぶ中国十八賢人の一人はマルコ・ポーロであるという。

このマカオに於(お)いて初めて、音吉達は弁髪や纏足(てんそく)の清国人を見た。

訪れた貿易監督庁でまず音吉ら三人を出迎えたのは、次官のエリオットであった。

――ここは出先でね、本庁は広州にある。あいにく長官は先月から伶仃島沖の船上暮らしで、今はどちらにもいない。君達のことは、僕が処理する。

伶仃島沖の船とはストア・シップ、イギリスからのアヘンを貯蔵すべく作られた、船とは名ばかりの洋上倉庫のことである。

貿易監督庁の一室で、これまでの経緯を音吉の流暢な英語に聞きながらエリオットは忙しく書類に書き込み、やがてペンを置いて腕を組んだ。

――シンプソン卿からの添え状には日本に向かう清国の船を探して、とあったが、それは難しい問題だ。シンプソン卿の云う貿易船は浙江省の乍浦からしか出ない。ここから一〇〇〇マイルも北にある港だ。我々は現状、君達を乍浦に送る手段を持たない。

音吉は眉をひそめた。ゼネラル・パーマー号での半年で、音吉の英語は言葉に感情を聞くレベルにまで達していた。

エリオットの言葉は、冷ややかであった。

――だが安心したまえ。大英帝国と貿易監督庁の威信にかけて、我々は日本への道を探る。ただし、それは伶仃島沖の長官とよく話を詰め、おそらくはゴアのインド総督まで巻き込んでの話になるだろう。数カ月単位の時間は必要だろうね。長い滞在になるが、南国をゆっくり味わいたまえ。

実は、これはエリオットが独断専行で云い切った嘘であった。広州の本庁から総督（地方長官）や巡撫、藩司を頼れば、音吉らは簡単に受け入れられたのである。

清国では乾隆二年（一七三七年）に出された南夷撫恤令によって漂流民は地方官に保護され、乾隆三十二年（一七六七年）以降は保護するだけでなく、乍浦から長崎に送り返すのが慣例にさえなっていた。

音吉達三人は、エリオットの野心の犠牲になったと云わざるを得ない。

エリオットは、かつてフランシスコ・ザビエルが〈莫大な銀の国〉と伝えた日本との通商を、音吉ら三人を使って成し遂げられれば立身出世が出来ると考えていた。

この時点でエリオットは、英国政府が日本との通商に後ろ向きであることを全く知らなかったのである。

――入りたまえ。

書類をまとめながらエリオットは声を掛けた。一人の男が部屋に入ってくる。口元に柔和な笑みを絶やさぬ、黒髪黒瞳の痩せた男であった。

――彼はここの対清国通訳官でね。二十カ国語を話す語学の天才だ。君達は、マカオでの時間を彼の家で過ごすことになる。

――初めまして、日本の人達。チャールス・ギュツラフです。

これが、三人にとって異国における父にも等しい、ギュツラフとの出会いであった。
ギュツラフの家はポルトガルの国民的詩人、ルイス・デ・カモンエスの名を冠した公園の近くにあった。

――ようこそいらっしゃいました、異邦の方々。

――こんにちは、ようこそ。

出迎えたギュツラフの妻メアリーは、優しげで美しい女性であった。その甥っ子にしてメアリーの後ろに隠れる、後にオールコックを引き継いで駐日公使となるハリー・スミス・パークスは、綺麗な目をした少年であった。

ギュツラフ家での生活は、南国特有の強烈な明るさの中にも穏やかに過ぎた。

メアリーは国籍を問わず子供達を集め、自宅で学校を開いていた。音吉はハリーに勧められ、メアリーの学校でともに学んだ。広東語や福建語にもこのとき触れた。

運命の悪戯に翻弄される激動の人生の中で唯一、時の流れをゆったりと感じることが出来た時期であったろう。

――皆さん、手を貸して欲しい。私は、神の言葉を日本語に訳したい。

ギュツラフに請われたとき、国禁を犯すとは知りながらも首を縦に動かしたのは、四年を超す異国暮らしの慣れと、南国の陽気と、面倒を掛けるギュツラフ家への報恩の念からであったろうか。

ギュツラフは貿易監督庁の対清国通訳官であると同時に、東アジアでの伝道に燃えるパーソン（牧師）でもあった。

〈ハジマリニカシコイモノゴザル　コノカシコイモノゴクラクトモニゴザル　コノカシコイモノワゴクラク〉

それが訳した、福音書ヨハネ伝の冒頭である。音吉達三人は辞書を片手におよそ一年を掛けて、日本人として初めて、一部分ではあったが新約聖書を和訳したのである。

聖書は多分に観念的な言葉が多い。和訳は主に音吉が先導したが、その音吉にしたところで西欧の歴史、人の思考、習俗を学びながらでなければ翻訳は無理であった。

刻苦勉励の果て、良くも悪くも、音吉の西欧に対する理解は深まっていた。

休息も束の間、またぞろ音吉達の運命は転変を始める。

ある日、ギュツラフが一人のアメリカ人と四人の日本人を連れて広州から帰ってきた。

――ほ、本当に日本人だわ。儂は肥後の、原田庄蔵ですわ。よろしゅう。

――同じく、儂は熊太郎。

――儂は寿三郎、よろしゅうに。

――り、力松、ですわ。

一番若い力松が、止め切れぬ涙をシャツの袖口で拭った。

庄蔵の持ち船に天草で甘藷を積んで帰る途中、大嵐にあって三十五日間の漂流の末、フィリピンに漂着した四人は、スペイン人の助けを借りてなんとかマカオまで辿り着いたのだという。

四年半振りに見る自分達以外の日本人。四年半振りに聞く、自分達以外の日本語。

音吉達は声も出なかった。

――初めまして、キングといいます。

肥後の四人に続き、アメリカ人がにこやかに手を差し伸べた。男は広州に支店がある、デイビッド・ワシントン・オリファント創始のアメリカの貿易会社、オリファント商会の共同出資者、チャールス・ウィリアム・キングであった。

オリファント商会はアヘン貿易に手を出さない唯一の商社である。仲間内からはシオニスト・コーナー、汚れなき店舗と呼ばれ、中華伝道に熱心で、アメリカ海外伝道会の活動や〈チャイニーズ・レポジトリー〉紙への援助をしていた。

そもそもキングは、年始めにアメリカへ帰国しようとヨーロッパから乗った船で、偶然乗り合わせたハドソン湾会社のシンプソン卿に音吉ら日本人漂流民の話を聞き、強い印象を持っていたという。欧米人なら誰が聞いても、ジャンクのような和船で一年二カ月も漂流するとは想像を絶する話のようであった。

――先日、うちの社員がここの港で、途方に暮れて佇んでいる彼らを見つけたんだ。

英語がわからないようでね。広州に連れ帰ってなんとか意思を通じてみれば、どうやら日本人のようだ。で、どうしたものかと思っているときに、噂を聞いてミスター・ギュツラフが訪ねてこられた。ははっ、シンプソン卿の話に聞いたあなた方にマカオで出会うとは。偶然も度を越すとなにがしかの意志を感じる。神のご意志かと。そこで、私は決めた。本社にも決定事項としてその旨を送った。

キングは一同をゆっくりと見回した。

――船はオリファント商会で出す。みんな、日本に行こう。帰るんだ。もちろん、この機会に通商が開ければ、さらに云うことはないがね。

静まりかえる部屋の中で、誰も動かなかった。

庄蔵達は英語の意味がわからないからだろう。

音吉達は、夢にまで見た願いの唐突な実現に、夢と現実の間に挟まって動けなかった。

――主のお導きです。岩、久、音、恩寵ですよ。

ギュツラフがキングの後ろで十字を切り、居間の隅でメアリーが目尻に涙を拭った。

モリソン号。それが、キングが日本人漂流民のために用意した船の名であった。オリファント商会が誇る五六四総トンのチャイナ・クリッパーである。

エリオットからの妨害はなかった。すでに本国の意思はエリオットにも伝わっていた。そればかりか外務次官ストラングウェイスの名で、〈彼らを日本に向かう清国のジャンクに乗せ、静安に本国に送還すること。その費用は、貿易監督庁の緊急費から捻出(ねんしゅつ)すること〉を命じられていたのだ。また、ごねたところで、庄蔵らはイギリス貿易監督庁ではなく、オリファント商会の庇護(ひご)の下にいる。音吉らに関係なく、エリオットに関係なく、キングは出そうと思えばいつでも、足掛かりの漂流民を乗せて日本へ船を出せるのだ。

——勝手にすればいい。というか、厄介事(やっかいごと)が一つ減ってむしろ有り難い。

ギュツラフが意向を訊(たず)ねると、エリオットはまるで興味なさげに手を振った。

あれほど音吉らを寄せなかった風も波も、今は日本へ、日本へと向かっていた。

七月四日にマカオを出航したモリソン号は、バシー海峡から台湾南端を廻って太平洋へと滑り出た。

キングの指示で、大砲はすべて取り払われていた。商船であっても装備が当たり前であったが、日本側に要らぬ疑心を起こさせぬようにとの配慮である。

乗組員は総勢で三十八名。デイビッド・インガソル船長の下、主な乗員はキングとその夫人、アメリカ海外伝道会のサミュエル・ウィリアムズ、医学博士のピーター・パーカーらであった。

リンネルの帆に風を孕み、モリソン号は琉球までを八日間で走破した。

二日後には、小笠原諸島測量の任を負って那覇の沖合にやってきたイギリスの軍艦、ローリー号からギュツラフが移乗してくる。

音吉らを〈静安〉に送還せよとの本国の指示に対する、ギュツラフは見届け人であった。

――では、江戸へ。

向かう先は当時知られていた、清国やオランダとの海の玄関口、長崎ではなく江戸であった。

のちにキングは記す。

〈我々が江戸へ向かうことにしたのは、江戸が最高行政府の所在地であり、それ故に送還される日本人達の将来の安全が最高度に保障され、かつ仲介者抜きで直接にアメリカとの通交が決定し得るからだけではない。江戸こそは旧来の慣例や地方的偏見にとらわれることなく原則に基づいて問題の解決し得る可能性の多い、新しい場所だと考えたからである〉

せめて、長崎であったなら。いや、それは云うまい。

モリソン号は、一路江戸を目指す。

――御前崎だっ。

七月二十九日未明。水平線に走る光の北に、紛うことない島影を認め、ただ一人それを知る岩吉が叫んだ。

——なら、遠州かっ。

音吉は矢も楯もたまらずバウ・スプリットに飛び乗った。

——おおっ。

——おおおっ。

歓喜と感嘆が誰からともなく洩れる。

やがて石廊崎、そして霊峰、富士のお山。

七人の漂流民は止まり木よろしく、皆バウ・スプリットに乗り、フォアステイにつかまってお祭り騒ぎであった。

下田湾に十や二十ではきかぬ弁才船の群れ。深緑の山々、白砂輝く浜の景色が、左舷を飛ぶように行き過ぎる。

——帰ってきた。帰ってきたんじゃぁ。

音吉はあらん限りの声を発した。景色はどれも懐かしさを伴って美しかった。風の匂いは、日本であった。

——ゆ、夢じゃないぞぉ。生きて、生きて帰り着いたぞぉ。

久吉の嗚咽を切っ掛けとして一同は皆泣き崩れた。肥後の庄蔵達にとっては二年振り、宝順丸の三人には実に、五年振りの帰国であった。

そうして迎える一八三七年七月三十日（天保八年六月二十八日）は、朝からあいにくの霧雨であった。

突如として彼方から響く、遠雷と聞き紛う音が雨を揺すった。

遠雷ではなかった。半マイル前方の海面に白い水柱が立ったのだ。

――なんだ。どうしたっ。

船内からキングやウィリアムズ、ギュツラフが前甲板に駆け上がってくる。

時を同じくして霧が薄くなり、州崎の砲台が火を噴き、浦賀の平根山砲台がそれに応えた。

届くことはあり得ない距離であったが、間違いなく砲撃であった。

――威嚇かもしれないし、何処かの国の海賊と間違えているのかもしれない。まず、国旗を掲げよう。この船がアメリカ船籍であることを示すんだ。インガソル船長っ。

その後モリソン号は国旗を揚げて風下に転じ、野比村の沖合に錨を降ろした。

モリソン号が縮帆すると砲撃はひとまず止んだ。しばらくすると興味本位にか漁船がわらわらと寄り集まってくる。キングは手招きで彼らを呼んだ。幾人かがモリソン号に恐る恐る上がってくる。

音吉ら七人の漂流民は船倉に隠れて息を潜めた。処遇が決まらない以上、見つかるのはまだいいが、捕まるわけにはいかないのだ。

そもそも、帰った漂流民に対する詮議は厳しい。揚屋に送られ、異国の知識、特に耶蘇教に触れたかどうかを徹底的に調べられ、場合によっては獄死もあり得た。害なしとして解き放たれたとしても、時に見張りが付き、二度と海に出られないのは常であった。

ビスケットや葡萄酒、巻き煙草で歓待すると、漁民らは半刻ばかりも船上に遊んだ。その間、一番身なりのよい男を選び、キングはギュツラフが日本語で書いた、来訪の目的を記したカードを託した。

――ここで、役人や通訳官が現れるのを待とう。大丈夫。きっと明日には希望が見えるよ。

遠く去る漁船の群れを眺めながら、キングは船倉から上がった音吉の肩に手を置いてそう云った。

だが、それはあり得なかった。有り得るわけがなかった。

文政八年（一八二五年）に発布され天保十三年（一八四二年）まで続く無二念打払い令は江戸幕府開府中、異国船に対してもっとも強硬な施策であった。

すなわち、〈一切拒否、即刻退去〉である。

清国とオランダ以外の異国船は、どこの船であるかによらず打ち払うのだ。

——城ヶ島の沖合十里を、一隻の異国船が房総方面に向けて航行中。

モリソン号を最初に発見したのは、城ヶ島遠見番所であった。一報はすぐさま浦賀奉行所に伝わった。時の浦賀奉行は太田運八郎資統である。

太田は平根山、観音崎の各砲台に檄を飛ばし、自らも平根山に出陣した。出馬に際し幕閣へも異国船発見の知らせを送っているが、それは飽くまでも報告であって指示を仰ぐためではなかった。

異国船はすべて、打ち払うだけなのだ。

明日には希望が見えるとキングは云ったが、希望など有りはしなかった。

漁船の男も、カードを役人に渡すことはなかった。時勢を考えれば異人との交流など以ての外、役人に知れればどんな罰を受けるかわかったものではないのだ。

払暁、寅の下刻。

浦賀奉行太田運八郎のすべきことは、ただの一声を発することだけであった。

——撃てっ。

誰が悪いというわけではない。運が、時代が悪いだけである。

——う、嘘じゃあっ。

音吉の叫びを砲音が打ち消す。

——船長っ、スパンカーを！

マストの上を飛び行く砲弾に頭を抱えながらキングが叫んだ。

スパンカー（船尾の縦帆）を張るとは、退去の意思を示すことである。イギリスの帆船に長い音吉らには周知のことであったが、異議を唱えることは出来なかった。夢にまで見た故国からの、現実の砲弾が右舷に左舷に水柱を立てているのだ。

モリソン号が動き出しても、砲撃はしばらく止まなかった。

音吉達七人は皆、最上後甲板に上がって遠くなる砲音に耳を傾けた。涙が止まらなかった。

――江戸は諦めよう。日本との交易は諦めよう。でも、我々は君達の帰国を諦めたわけではないよ。

七人の後ろに、キングとウィリアムズ、そしてギュツラフが立っていた。

――どういうことですか。

音吉が聞いた。キングは前に出、腕を真っ直ぐ西南に伸ばした。

――我々は、追い風に乗って一路、薩摩に行く。薩摩は江戸から最も遠く、もっとも独立性の高い藩だと。それがきっと君達に幸運をもたらすと、ミスター・ギュツラフの提案だ。

キングの後ろで、ギュツラフが小さく頷きながら十字を切った。

音吉は一人、甲板を走って船首に廻った。

大海原が陽に煌めき、水平線に入道雲が湧いていた。

上陸の地などどこでもいい。ただ、帰りたいのだ、故郷に。

——ようそろぉっ。ようそろぉっ。

音吉の掛け声に、バウ・スプリットで休む海猫の群れが飛び上がった。

——ピーク・ホナーッ。

朝まだきモリソン号の甲板に、トップボードから檣楼員のよく通る声が木霊した。

——おうっ。まこと桜島じゃっ。薩摩じゃぁ。

前甲板から庄蔵が身を乗り出す。

肥後の四人には懐かしき景色に違いない。寿三郎が、熊太郎が、力松が、庄蔵の背について涙した。

四半刻ばかり進み、モリソン号は佐多岬近くに投錨した。遠くに佐多浦の村が見えた。

ボートが降ろされ、数人の水夫と庄蔵、寿三郎が乗り込み佐多浦に向かった。

佐多には薩摩藩の広大な薬園がある。そこの役人にまず当たりをつけるためであった。

やがてボートが、元の人数に何人かを加えて戻ってくる。羽織に二本差しが目視出来た。

甲板に上がってきた役人の前に七人は揃って平伏した。
二、三の遣り取りのあと、ギュツラフが役人の前に進み出た。手には、何通かの奉書があった。
――コノ船ノ主、ミスター・キングカラゴ領主ヘノ、今航海ニ関スル書類デス。

異人の日本語に一瞬面食らったようであるが、役人は頷いて奉書を手に取った。

――相わかりもした。殿に送りもっそ。

ギュツラフから離れ、役人は平伏する音吉らの前に立った。

――いったん打ち払われている以上、しかとした約束は出来もはんが、おはんらの気持ち、きっと殿ならばお汲み取り下さるに違いなか。心静かに、待つがよか。

胸を叩き、役人は佐多浦に去った。

夕刻、ふたたび現れた役人の指示に従ってモリソン号は錦江湾を横切り、佐多浦の対岸、児ヶ水近くに錨を降ろした。

児ヶ水は切り立った崖に囲まれるようにして、ひっそりとした佇まいを見せる村であった。

モリソン号が投錨するとすぐ、三艘の見張り船が漕ぎ出してきた。警戒令でも出たものか、海に漁船の影はなく、浜にも人の姿は全くなかった。

翌日には、補給のための船が現れて水をくれた。

──おはんらの境遇に、佐多浦で涙を流さん者はおりもはん。辛か漂流の日々もきっと、あと二、三日の辛抱でごわす。

水役人は静かに笑って云った。

そうして三日目の朝であった。あいにくの雨模様の、薄暗い朝である。

──右舷半マイルに小舟一艘っ。

檣楼員の声が甲板に響く。小舟にははたして、黒い雨合羽を着込み笠をかぶる二つの人影が乗っていた。

右舷といえば佐多浦からである。小舟は波に抗いきれずまるで漂い流されているようであったが、確実にモリソン号に寄って来た。

──こんな雨の中ぁ、なにしとるんじゃあ。

一同を代表して音吉が声を掛けた。雨合羽はしばし、どちらも動かなかった。

──心静かに待つがよかと、軽々しく胸叩きもした。この通りでごわす。

まず口を開き膝をついたのは舳先の男であった。

──辛か日々もあと二、三日と、当て推量で勝手なことを云いもした。この通りでごわす。

残る男も膝をつき、頭を垂れる。二人共、モリソン号に関わった薩摩の役人であった。

モリソン号の一同は、右舷から二人を見下ろした。誰も、なにも云えなかった。波に翻弄され、二つの土下座を乗せた小舟は、くるくると廻りながら次第にモリソン号から離れてゆく。

――それでん、負けんで欲しか、おはんらの運命にっ。

――それでん、忘れて欲しくなかっ。佐多浦の涙は、本物でごわすっ。

溢れ出る心を叫び、やがて小舟は雨中に消えた。そのときである。

――左舷、チュガミズの様子が変です。

メインマストからの声に、キングを始めとする一同は急ぎ左舷に寄った。

児ケ水の村落にほど近い樹林に、薩摩の定紋を染め抜いた白と紺の幔幕が張り巡らされ、無数の人々がただならぬ様子で走り回っているのが見えた。

薩摩の役人二人の心を聞いたあとである。

――あれはやはり、戦さ仕度なんだろうね。

キングの声に答える者は誰もいなかったが、寿三郎と力松の啜り泣きがすべてを物語っていた。

――仕方がない。錨を上げよう。

キングの決断を受け、インガソルが静かに後甲板に去った。

船が動き出すのと時を合わせるように、幔幕の裏手から轟音（ごうおん）が上がった。

凪（なぎ）の海からの脱出にモリソン号は手間取ったが、浦賀の時と違い、砲弾があからさまに飛び来ることはなかった。明らかに威嚇であった。

事実、時の藩主、第二十七代島津斉興（しまづなりおき）の決定は、〈幾久しい年月を異国で暮らしてきた漂流民を思えば、よく帰ってきたと云ってやりたい。しかし、どのような事情があろうとも、一度御法によって打ち払われた船である。藩意を以て引き受けるわけにはいかない。追い返すしかない。丁重に、追い返すしかない〉であった。

だが、音吉ら漂流民はそれを知るわけもない。

――ああ。終わったな。

岩吉の一声に皆泣き崩れる。

浦賀はまだしも、薩摩では生国と姓名まで告げた。それでも砲を以て追われる以上、一同は罪人にも等しい、いや罪人そのものなのだ。帰る場所はどこにもない。

――儂ら、国に見捨てられたんじゃぁ。

――畜生っ。

――儂らがなにをしたというんじゃぁ。

――流されて、ただ流されて帰ってきただけではないかっ。

誰が誰でも構うまい。すべてが打ち払われた漂流民の哀しみである。

立っているのは、音吉だけであった。

――音。

静かにギュツラフが寄ってきた。

――ミスター・ギュツラフ、恩寵ではありませんでしたよ。ならこれは、試練なんでしょうかね。

音吉は寂しく笑った。

――恩寵と思うも試練と思うも、それはあなたがあなたらしく生きて、いずれあなた自身に問うことです。

――ずいぶんと曖昧なものですね。

――この世のすべては、実に曖昧なのですよ。

音吉は、離れゆく陸影に目をやった。いまだ砲音が遠く響く。

――さらばなぁ、日本。

一滴の涙が頰を伝った。

これが世にいう、モリソン号事件である。

音吉十九歳の、夏のことであった。

ふたたびマカオの地を踏んだ七人は、それぞれの道を模索し始めた。

――君達は異国の地で生きていかなければならない。今までのような庇護はもう受けられないと思った方がいい。自分の知恵と力で、生きていかなければならないんだ。

キングの言葉が、立ち止まることを許さぬ、現実であった。

ウィリアムズとパーカーの働き掛けにより、肥後の四人はひとまずアメリカ海外伝道会に日本語講師としての職を得た。岩吉と久吉は、ギュツラフの計らいで聖書教会に年七二ドル、二年に限って雇われた。主な仕事は聖書の和訳であるらしい。

音吉はといえば、キングに頼み込んで一人、アメリカに向かう船に乗った。ローマン号という船である。

――海に出たい。海に出て世界を知りたい。色々なことを学びたい。

皆と別れることに一抹（いちまつ）の寂しさはあったが、倍する好奇心が抑えられなかった。岩吉は哀しみの裏返しだと云った。たしかに切っ掛けではある。

五年を様々な異国に生きてきた。世界は広く、同時に、狭かった。

モリソン号で沿海まで行ってみたからこそかも知れない。その中の日本の、さらになんと小さいことか。

音吉の心は、日本を飛び出していた。

――中にいたらわからないこと、出来ないことが沢山（たくさん）ある。出たからこそ、出されたからこそ、世界に向かって生きてみたい。

——いいことだ。君なら出来る。

キングは快諾した。

アメリカへ渡った音吉はボストンを拠点とするオリファント商会の船とその都度契約し、様々な航路に働いた。

ボストンに渡った時点で、音吉はすでに数えれば十カ国以上の国と地域の言語を操れるようになっていた。

エリオットがかつて云った、ギュツラフが語学の天才なら、音吉もまた同様に天才であった。

日本語、英語、ドイツ語、フランス語、ポルトガル語、スペイン語、オランダ語、アラビア語、マレー語、それに清国の言語にも堪能で、なおかつ海の男としても一人前の音吉は、ボストンに帰るたびにあちこちの船から引く手あまたであった。

ロンドンにも行き、ニューヨークにも行き、ル・アーブルやシンガポールにも行った。

無我夢中で働くうちに、気がつけば四年の歳月が流れていた。

胃の腑が裏返るほどの嵐もあり、唇が干からびるほどの日照りの凪もあり、海賊船との激突に銃を取ることもあったが、大怪我も大病もすることなく音吉は海に力強く生きた。

その間に、マカオを含む清国土に激震が走る。川鼻の海戦に端を発する清英の、いわゆるアヘン戦争である。

欽差大臣関防林則徐の抵抗も虚しく、一八四二年八月二十九日、イギリス戦艦コーンウォリス号の甲板において清国にとって屈辱的な条約が調印された。俗にいう南京条約（江寧条約）である。

香港島の割譲、広州・廈門・福州・寧波・上海の開港、イギリス軍の遠征費用一二〇〇万ドルの支払いなどが明文化され、細目に関しては翌年追加調印することが定められた。

音吉がふたたびマカオに帰ったのは、この年の十二月のことであった。

仲間の安否は気になったがそのために戻ったわけではない。皆、異国にそれぞれ自力で立っているのだ。下手な気遣いは、一人一人の尊厳を踏みにじる。

今まで困難であった大清国との交易が香港の割譲と五港の開港でほぼ無制限になり、世界中の目が清国沿岸に向かっている時期であった。

知多の西浦、のこぎり商内の小野浦村で知らず磨かれた商売への嗅覚で、音吉も清国になにかを求めた。

戦後、ギュツラフが舟山島定海にあって民政長官をしているのは知っていた。岩吉と久吉も、ギュツラフ長官の推薦で貿易監督庁に雇われ、その手伝いとして定海にいた。

懐かしさにまずギュツラフ宅にメアリーを訪ねてみたが、シンガポールに移住したということで家は空き家であった。

次いで、ウィリアムズの家に肥後の四人を訪ねる。現れたのはウィリアムズだけだった。

——香港島の正式な割譲を受け、海外伝道会の香港移転が決まってね。

庄蔵達は一足先に香港に渡り、向こうで準備をしているという。

——この地は、これからどんどん寂れるよ。他に新たな希望の地が、沢山出来たからね。

互いの五年について語り合い、一晩をウィリアムズの家で過ごして翌朝、音吉は広州への船に乗った。

なにかを無理に決めるつもりはなかったが、機会に身軽であれとは決めていた。

ウィリアムズの言葉ではないが、辿り着いた広州には、在りし日のマカオを超えた繁栄があった。人の多さが尋常ではなかった。広州の雑踏には、うねりがあった。

黄旗行、大呂宋行と、ベランダを廻らす洋風建築の町並みを行く。

デンマーク、ドイツ、オランダと、通りを吹き抜ける風になびく国旗が、まるで髪飾りのようであった。

公行（コウホン）という唯一の窓口であったギルドが廃止されたことにより、貿易に利をうかがう清国の商人、小役人の姿も多かった。

洋商側もこれから広がりゆく新たな、そして様々な清国人有力者との関係を当て込んでか、建物の欄間（らんま）にそれぞれの商社名を意味するのだろう漢字を躍（おど）らせて待ち構える。

端金（たんきん）洋行、和平（わへい）洋行、楼外（ろうがい）洋行。表音か表意か知らぬが、真新しい真鍮（しんちゅう）の金文字だ。

イギリス貿易監督庁の本庁を過ぎ、アメリカ館を過ぎたところで、音吉は人の波の中に固まった。

イギリス館の一画である。その欄間に躍る金文字の並びが、音吉をとらえて離さなかった。

牛歩に等しい歩みで、魅（み）せられたようにイギリス館に入る。広い室内は窓という窓から外光を取り込んで明るかった。

左右に開いた扇形（おうぎ）の陳列棚に所狭しとあらゆる種類の商品が並べられ、正面のカウンターの向こうで若い金髪の女性が愛らしい片えくぼを作って笑っていた。

——ようこそ、デント商会へ。お望みの物はなんでも御座いましょう。

朗々として豊かな声が響き渡る。亜麻色（あまいろ）の髪、亜麻色の口髭（くちひげ）、青い目の男が、新聞を手に女性の後ろに立ち上がった。

――私を、ここで働かせてくれませんか。ここが私を、……私を呼ぶんです。

音吉の頬を涙が伝う。

――ふむ。

男は口髭をさわりと撫でた。

――涙まで流して職を乞う男は初めてだ。オーケー。聞かせてもらおうじゃないか。

その涙のわけを。

音吉は一気呵成にこれまでを語った。かいつまんでも、長い話であった。

男はパイプに紫煙を燻らせながら音吉の話に耳を傾けた。

受付なのだろうカウンターの女性も、黙ってただ温かな視線を投げ掛けた。

話し終えると、潮が引くように部屋内に静けさが積もった。

やがて、

――音、といったね。日本を出航した、君の船はなんという名だい。

音吉は涙を拭って表を指差した。

――デント、丸です。宝順丸です。

音吉をとらえて離さなかった欄間の金文字。流麗にして輝く金文字は、デント商会を表してこう書かれていた。

宝順洋行、と。

——このことをただの偶然で片付けては、我がデント商会の先が思いやられるというものだ。

男は笑顔で両手を広げた。

——音、我が社の漢字表記はね、古い友人から聞いた話に感銘を受けて私がつけたものだ。自分達の船が大海に流されても朽ち果てても、決して沈まぬ強い心で異国に生きる者達にあやかってね。

満足げに頷き、男は音吉の前に立った。

——私の古い友人の名はね、ウィリアム・ダービーという。ハドソン湾会社のね、イーグル号という船の船長だ。

音吉は、目を見開いて動けなかった。

漂流は出会いと別れの繰り返しだけではなかった。縁が輪になり、ここに結ばれる。

差し伸べられる大きな手があった。

——私はビール。デント商会広州支店の支店長をしている。音、デント商会は喜んで君を迎えよう。

——よろしくね、懸命に生きる人。私はエリーゼ・ベルダーよ。

こうして長き漂流の果てに、音吉はビールと出会い、将来の妻と出会い、そして陸の船、宝順洋行、デント商会に出会ったのである。

デント商会に入社して二年後に、音吉はエリーゼ・ベルダーと結婚した。もともとはシンガポールにいたらしいが、当時のシンガポール支店長、ビールに認められて広州に移ったという。

エリーゼは親と国のない娘であった。互いに惹かれ合う理由は、それで十分であった。青い瞳も、金色の髪も、かえって音吉は美しいものに見た。気にもならなかった。

すでにそれだけの年数を異国に生きていた。

なによりも、家庭が出来るのが嬉しかった。家は根である。根なしに生きて十年が過ぎようとしていた。

帰る場所がある。それが嬉しかった。

仕事に、家庭に、充実した、そしてわずかな期間であった。

三年後には娘、エミリーも生まれた。

だが、娘の誕生は妻の命と引き替えであった。

音吉は知らなかったが、エリーゼはもともと人より心臓が弱いという。よほどの難産でさえなければと杞憂を口にする医者に、たとえそうだとしても、架け橋の子だからとエリーゼは笑ったという。

――音、ご免ね。

結果はあろうことか、そのよほどの難産であった。エリーゼの心臓は耐え切れなかった。二日二晩に亘る激闘から解放されたエリーゼは、色をなくした唇で囁いた。

――私の、愛(いと)しい子は、あなたに似ている、かしら。

エリーゼは娘の顔を見ることなく死んだ。

――頑張ったな、エリーゼ。

音吉は幼いエミリーと二人、エリーゼの魂を外国人墓地に送った。

――エリーゼ、いつの日か、三人で日本に行こう。いいよな。

天のエリーゼに問い掛ける。

――エミリー、お前にも、エリーゼの魂にも、私の故郷を見てほしいんだ。

幼い我が子に話し掛ける。

――ダァッドゥ。

わかるはずもなく、無邪気に笑うエミリー。

だがやがてエミリーは、音吉よりも母の胸で眠ることを選ぶ。

上海への転勤が決まり、娘をギュツラフ夫人に託そうとして向かうシンガポールへの船上で、エミリーは熱病に侵(おか)されあっけなく死んだ。一年に満たぬ生であった。

母と別々であることをエミリーの魂に詫(わ)びながら、亡骸(なきがら)との対面であることをメアリーに詫びながら、音吉は愛娘(まなむすめ)をシンガポールの、フォート・カニングの丘の異人墓地に葬った。

帰る広州では、さらなる訃報(ふほう)が待っていた。肥後の熊太郎が流行病(はやりやまい)に倒れ、そのまま帰らぬ人になったという。

悲嘆に暮れる暇もなく、上海に入って忙しい日々に気を紛らす。

だが、死の連鎖はそれだけでは終わらなかった。

一八四九年四月。ギュツラフ夫人メアリーが、シンガポールでひっそりと死んだ。

音吉は哀しみの連鎖を断ち切るべく、かねてよりビールから打診を受けていた船に乗ることを決めた。

マディスン海軍中佐が指揮する東インド艦隊所属のスループ砲艦、マリナー号である。任務は江戸湾と下田港の測量。いずれイギリスが大がかりな日本遠征をするための事前調査であった。

マディスン中佐と懇意にしている本社の人間が音吉の話をしたところ、是非にも任務に協力して欲しいと懇願されたという。

――受ける受けないは君次第だが、この機に一度日本を直(じか)に見た方がいいと思う。モリソン号はもう十二年も昔のこと。君はもう一人前以上の国際人だ。君の目に映る日本が、たとえいまだ頑(かたく)なであったとしても、君自身の成長によって十二年前と同じではないと思う。

ビールの言葉にも背を押された。

音吉は林阿多の清国名を名乗り、マリナー号に通訳官として乗り込み日本へと向かった。

異国船に対する物々しい警備は変わらなかったが、日本でもすでに文政八年の無二念打払い令は遠く、天保十三年令すなわち、〈渡来の事実を糺し、船中欠乏のものは給るべき旨、普く憐恤を施し給う〉ことが定められていた。

音吉は通訳官として矢面に立ち、浦賀奉行所や韮山代官所を煙に巻いた。測量などという真の目的はもちろん明かさない。

役人その他の対応は音吉に任せ、マリナー号は粛々と任務を遂行した。

〈江戸へ向かって武装した蒸気船による航行が試みられるべきである。私が知り得たところでは、江戸の五マイル以内まで船で航行が可能である〉

のちにマディスンがイギリス議会に提出した報告である。

航海前は幾ばくかの緊張もしたが、役人と対しても音吉は自在に振る舞った。

今ではマクラフリンの意図もわかる。エリオットの嘘もわかる。どちらも小才ではあるが、信念というも我欲というも、とにかく自分の考えに基づいていた。

日本の役人には、それが皆無であった。

商会での仕事に比べれば、忠義に凝り固まって柔軟性に乏しい日本の役人を手玉にとることなど簡単であった。

平伏することも、頭を下げることもなかった。そんな気も起こらなかった。浦賀奉行戸田伊豆守氏栄にも韮山代官江川太郎左衛門英龍にも、自然に頭を垂れるべきなにをも感じなかった。

出航前日の午後、マリナー号では日本の役人を招いての酒宴が開かれた。

――エリーゼ、エミリー、ここが日本だよ。

音吉は宴から離れて舷側に寄り、陸を見ながら呟いた。浦賀の港から久里浜へと続く海岸線が銀波を輝かせ、山野が緑に緑を重ねて茂り、遥かに富士の白嶺が霞んでいた。

――手前味噌ではなく、どうだい、美しい国だと思わないかい。

――林殿、なにをして御座るのかな。

いつの間にか、田中という与力がワイングラスを片手に傍に立っていた。音吉は肩を竦めるだけで答えなかった。

他の役人達は、音吉がなにを云っても即答せず、ただ薄笑いを浮かべるだけであった。及び腰の事なかれ。同じ日本人としてももどかしいほどに幼稚であり、無様であった。そんな中、一人毅然たる態度で接してきたのが田中であった。が、その田中にしても実直ではあるが、愚直にすぎた。すべてにおいてきっと、奉行所の指示と与力としての役目を寸毫（すんごう）たりとも逸脱することはないに違いない。

――そうだ、田中さん。十二年前にも異国船がやって来たはずですが、どの辺りに錨を降ろしたかご存じですか。

酔いにまかせ、聞いてみる。

――おおっ、それならば。

田中は迷うことなく、グラスごとの右手で久里浜の西を指し示した。

――どこの国の船であったかは記録にあるんですか。

――さて。奉行所の記録とそれがしの記憶にては不明で御座る。

――その際、日本は方々より砲撃を加えたと聞きましたが。

――当時は発見次第、意図の奈辺に因（よ）らず打ち払うのが決まりで御座った。ご安心召され。今般ではもう左様なことは御座らん。

――私が上海で聞く限り、その船は漂流民を送り返すために来たということですが。

――ほう。

糠（ぬか）に釘の相槌（あいづち）だけが返る。

――なにも感じないんですか。同胞を打ち払ったんですよ。

――それが、時の御法に御座れば。

平坦な声に無情が響く。豆粒のような国の、豆粒のような忠義。

——なら、たとえばそのときの漂流民達が、大砲まで打ちかけられた日本人達が、今帰りたいと云ったらどうなるのでしょう。

——さて。

田中の答えは早かった。

——それがしの与(あずか)り知らぬことに御座る。では、それがしはこれにて。

一礼を残し、田中が去る。音吉は黙って陸に目をやった。

どこよりも美しいと思う故国に住む者の、悲しいまでに我を沈めた思考である。

（日本はもっと、国も人も大人にならにゃあいかんのじゃ）

——たとえいまだ頑なであったとしても、君自身の成長によって、十二年前と同じではないと思う。

ビールの言葉が心に染みた。

翌日、晴れ渡る青空の下、マリナー号は意気揚々として浦賀に帆を上げた。

後日、イギリス船が浦賀で〈以王命諸国測量一見罷出申候由(おうのめいをもってしょこくそくりょういっけんまかりいでもうしそうろうよし)〉という伝聞を伝える書簡が〈鈴木大雑集〉に収められたが、浦賀奉行所はこれを認めていない。

林阿多の弁舌に翻弄され、日本は最後までマリナー号の来訪の真意をつかみかねたようである。

一方イギリス側の記録は、江戸湾・下田港測量の任務を終えたマリナー号が、一八四九年七月二日、無事上海に帰港したとだけを淡々と伝えた。

「長い長い、旅だったな」

トップボードの手摺りに腕を乗せ、音吉は波の彼方に目を細めた。

――祖国とは故郷とは、一体なんだろう。

上海に帰ってすぐ、出迎えのビールに音吉は聞いた。

――決まっている。生まれた国であり、育った場所であり、遠くから懐かしく想うただの幻影だ。

ビールの答えは明瞭（めいりょう）であった。

――私も十一年くらい前、久し振りにランカシャーに帰ったことがある。ちょうど林則徐とのごたごたが始まった頃だ。もう両親も誰も住んでいなかったけど、アイリッシュ海に沈む夕陽が見たくなってね。数えれば、二十年振りだった。

ビールは川風に目を細めた。

――夕陽は素晴らしく綺麗だったけど、それだけだった。私はランカシャーの街に、私の思い描く故郷を見なかった。昔のままの姿ではないことはわかっていた。そんな表層のことではないなにかによって、私はランカシャーに故郷を見なかった。音さん、なんでだと思う。

——想いの、差かな。

——上出来だ。私はね、いつのまにか大人になっていたんだ。年々の現実の前には、いつか思い出の夕陽さえ色褪せるかも知れない。だから、もう帰らない。いや、行かない。そうすれば思い出の夕陽は燃え立つような赤一色に空を染めて美しく、両親は肌の色艶よくいつも笑っているんだ。

音吉は静かに頷いた。そういうものかも知れない。

知多の村々では船乗りが海から帰らない場合、消息を絶った日を命日と決めて葬式を出す。それから、すでに十数年が過ぎ去っている。たとえ帰れたとしても神隠しから戻ったようなもの、扱いは死人、よくて稀人であろう。

稀人。常でない者、村に非日常を呼び込む者。幸が続けば崇め奉られ、禍事が多ければ叩き出される。

日本の習俗でいけば、父母も兄も、決して昔と同じ目で見ることはないだろう。

現実の小野浦にもう故郷はないに等しいのだ。

「その代わり、私には仲間がいて、仕事がある。シンガポール生まれの妻は広州に眠り、広州生まれの子はシンガポールに眠っている。私は海を介して、人の縁を介して、その中に生きてゆく。商人として」

音吉の独り言にフォア、メイン、ミズン、すべてのマストが軋みで応えた。

音吉は右舷の彼方に手をかざして目を凝らし、次いでおもむろに腰の望遠鏡を取って目に当てた。拡大される景色を騒がせ、遥かな水平線でかすかな白が斜めに滑った。波のざわめきではあり得なかった。

なんであるかは一瞥でわかったが、メインマストのケインやミズンマストのトップボードにいる檣楼員からの声は起こらなかった。

望遠鏡を腰溜めに戻し、音吉は腹腔からの声を絞った。

「右舷前方に鷗っ。陸は近いぞっ」

指先はしなやかに伸び、鷗の位置を正しく示していた。

――右舷前方、確認っ。

――甲板、右舷前方、注視っ。

一気に船上が騒がしくなる。

「どう足掻いてもなあ。全く敵わねえや、支店長」

音吉は片手を上げてケインに応えた。

どこまで行っても船乗りである。船乗りにして、商人である。

――スターボウッ。

船長の指示に船首が右を向き、船体が振られて左に傾ぐ。

甲板上ではわずかな傾きも、マスト上方では尋常でない揺れになる。

「おわっ」

ケインが慌ててマストに足を絡(から)める。

「落ちるなよ、ケイン」

踏み止まって音吉は、笑いながら前方に目を据えた。

陸影が見えた。

船は間もなく、廈門(アモイ)に着く。

第三章

ヴィクトリア港に船が入る。

音吉は身仕度を整えると、甲板から身を乗り出して陽差しに輝く香港の様子を眺めた。

港通りの両側を埋め尽くすようにして煉瓦積みの洋風建築が建ち並び、雑踏の活気と喧噪が接岸の準備を始めたアデン号の後甲板にもよじ登ってくるようであった。

鮮やかな深緑を後背にして存在感を示す文武廟、白亜の教会から天に伸びる尖塔。人種を取り混ぜ、神仏を混淆させて、全体としては在りし日のマカオを彷彿とさせる景色。

しかし、香港の繁栄は、絶頂期のマカオでさえ及ばぬ圧倒的なものである。湾内に碇泊する船の数が桁違いであった。天然の良港であるヴィクトリア港と、底に土砂が堆積し始めたプライア・グランデ湾の機能的な違いはやはり大きい。珠江や黄浦江を遡らねば辿り着けぬ広州や上海の比でもなく、いえばシンガポールに近いだろう。

近い将来、上海、寧波(ニンポー)、福州、廈門(アモイ)、広州の五港を押さえて、香港が清国貿易の起点になることは間違いなかった。

「支店長、明日は早いですよ。寝坊したら置いてきますからね」

トップボードのケインに送られ、音吉はアデン号のタラップを降りた。目抜き通りに人混(ひとご)みを掻(か)き分ける。港を出てすぐのところに、オランダ人が経営する食堂があった。原色の看板とテントが無数に突き出して覇を競う食堂街の角であり、かつて肥後の寿三郎(じゅさぶろう)が働いていた店である。

寿三郎はこの店で働きながらも日本に焦がれ、焦がれ尽くしてアヘンに手を出し、いつしか屑(くず)のようなアヘンを吸わせる場末のアヘン窟(くつ)に入り浸(びた)るようになり、果ては裏手のゴミ溜(ため)に放り出されて死んだ。

アヘンの結ぶ夢に遊ぶのだと、最初寿三郎は笑った。その結果がゴミ溜での、蠅(はえ)に集(たか)られての死である。

アヘンは夢を結ばない。アヘンは夢ごと、人の命を喰らう。音吉はそう思っている。だから、決してアヘンに手を出すことはない。

オランダ人の食堂の、外に並べられたテーブル席から立ち上がる男達がいた。皆、礼装をきちんと着こなし、シルクハットを被(かぶ)っていた。寿三郎のいた店が、岩吉(いわきち)の手紙に書かれていた待ち合わせの場所であった。一人が、色鮮やかな大きな花束を抱えている。力松であった。隣に二人の男が並ぶ。

「やあ楫取、少し老けたか」

音吉は、まず歩み寄る岩吉と握手を交わした。

「仕方あるまい。そういう歳になってきたのだ」

低い、流暢な英語。鳥羽の港を出港して二十年、旅は終わらないと云い続けるが、岩吉も今年で四十八歳になる。豊かな髭を蓄えているが、髭にもシルクハットから覗く鬢にも白いものがだいぶ混じっていた。

「仕事はどうだ。大丈夫か、楫取」

「取り敢えずはな」

常にギュツラフの傍らにあり、ギュツラフを手伝い、今の職はイギリス貿易監督庁の清国語通訳官である。帰れぬとモリソン号の甲板に涙し、陸に上がって十五年が過ぎた。楫取とは呼びながら、弁才船の舳先に立って波を、風を睨んだ海の男の眼光を、音吉はもう岩吉に見なかった。

次いで、庄蔵の前に立つ。

岩吉同様、庄蔵にも皺と白髪が増えていた。岩吉より一つ年下の、庄蔵も今年で四十七歳であった。

「頑張ってますね。庄蔵さんの評判は、上海にも聞こえてきますよ」

庄蔵はアメリカ海外伝道会の香港移住と同時に文武廟の近くで洗濯屋を始め、成功を収めていた。伝道会との洗い張りの契約から始まった店は、洗濯から修繕はもちろん、洋裁や清国のあらゆる民族衣装までを手広く仕立て、評判を得た。

「なに、音さんのお陰です」

「そんなことはない。すべては庄蔵さんの人柄と、努力の賜物（たまもの）でしょう」

なにか商売をしたいと云う庄蔵に、広州から香港を眺めて洗濯業を勧めたのは音吉であった。

庄蔵の勤勉さと実直な人柄は不可欠だが、本人がやると決めた時から音吉の中で庄蔵の成功は確定であった。なぜなら、開港初期の香港には本格的な洗濯業を営む店が一軒もなかったのである。

――商売繁盛、流民送致。

商売で得た金を使って、これからも流れくるだろう漂流民の帰国の手助けをしたいと、それが庄蔵の願いであり、信念であった。実際、これまでに三組の漂流民を保護し、乍浦（チャープー）から日本に帰した。そのうちの一組は、上海経由で送られ音吉も世話をした。

――国に残した者達への、それが償いになりますかどうか。

聞けば庄蔵は、必ず寂しげに笑った。

「音さん、お久しぶりです」

花束が揺れて、奥から手が差し出される。

「力松、いつも色々な情報、すまないな」

音吉は力松の手を握った。

「いえ、お役に立てば幸いです」

力松は音吉より一つ若い三十三歳である。出会った頃から才知に長けた男だった。ウィリアムズの口利きでチャイニーズ・レポジトリー、〈中国叢報〉紙に職を得、今では一人前の記者であった。

力松はありとあらゆる記事を草稿の段階で上海に送ってくれた。草稿の段階というのが貴重である。その中から音吉は必要な情報を拾う。〈中国叢報〉の内容を知るということは音吉の、ひいてはデント商会の大いなる強みであった。

「さて、行こうか」

照りつける香港の強い陽差しをシルクハットで遮り、音吉は道に靴音を立てた。

三人が後に続く。いや、三人だけが後に続く。それこそ生まれた時から一番の長くを音吉とともにした、幼なじみの久吉はいない。

久吉は岩吉と同じ、貿易監督庁の清国語通訳官であった。仕事は大丈夫かと岩吉に云った音吉の言葉はそのまま久吉にも当てはまった。五港開港からこの方、貿易監督庁の中にも清国の言葉に慣れた職員がずいぶんと出て来たのである。清国語通訳官の必要性と、人数の是非。そんな庁内の囁きに歯止めを掛けていたのが、ギュツラフであった。ギュツラフの死は、二人の立場を危ういものにした。

岩吉は自身で云ったように、取り敢えず通訳官の職にしがみついている。しかし、久吉はその不安定さに耐えきれなかったようである。

岩吉も久吉も、ともに清国人の妻がいた。岩吉の妻は麗花、久吉の妻は琇瑛という。岩吉に子はいない。が、久吉は第一子を授かった矢先であった。

――俺は女房の郷に行く。福州近くの連江というところだ。そこへ行って野良仕事をする。豊かな土地だそうだ。音、俺はそこへ行って、清国人になる。

久吉が笑いながら涙をこぼしたのは、ギュツラフの死に遅れること二十日余り。上海から音吉が駆け付けた日のことであった。

久吉が決めたことである。何も言えなかった。

（久、元気でやっているか）

高くを流れ低くを行く、南国特有の二層の雲に音吉は問い掛けた。

港通りを真っ直ぐに抜けて坂道を上る。

ギュツラフの眠る場所は、ハッピー・ヴァレーの馬場と道を挟んだ、外国人墓地の中にあった。

情け容赦のない陽差しが大地を蒸し上げる。

四人は一団となってなだらかな坂をゆっくりと上った。口を開く者はいなかった。

ハッピー・ヴァレーに陽炎が揺れていた。

やがて、山裾まで開かれた広大な土地にまばらな墳墓の並びが、白い柵の右手に見え始めた。外国人墓地である。今は数十人が眠るだけの墓地であるが、香港の隆盛に従って、いずれ埋め尽くされるのは間違いなかった。

「私もきっと、ここに眠ることになるんでしょうな」

「転属がなければ、私も」

坂道に顔を上げて庄蔵が云い、力松が云う。岩吉は黙したままであった。

蔦の絡まるアーチを潜り、小さな教会の右手を廻る。まず足を止めたのは音吉であった。

およそ一〇〇フィート前方、ギュッラフの墓の前に十人ほどの男達が佇んでいた。真ん中の一人が墓前に膝をつき、祈りを捧げている。皆、清国人であった。といって、満州族ではない。弁髪は見えず、全員が揃って黒髪を綺麗に結い上げていた。客家の男達である。

音吉らに気付いて九人が一斉に振り返った。そのうちの一人に音吉は見覚えがあった。祈りを捧げる男の隣である。相手も音吉をわかったのか、目礼ほどにはかすかな動きを見せた。買弁の徐鈺亭を通じ、一度ばかり会ったことのある楊秀清という男であった。

「誰だ、知り人か」

岩吉の声に押されるようにして、音吉が歩を進めた。

剣呑な気を放散させながら前に出ようとする八人を、楊秀清は片手を上げて制し、祈りを捧げる男になにごとかを囁いて自ら前に出て来た。清らかな目の男である。

「これはこれは、ミスター・オトソン。こんなところで、またお会いするとは思いませんでした」

手を差し出す。音吉は握った。

「お久しぶりです、楊さん。いや、東王とお呼びするべきですか」

「はっはっ。止めて下さい」

穏やかに笑う。楊秀清は、真太平天国の国号を称するようになった拝上帝会軍の総司令官にして、東王に任じられた男である。

「今回は、デント商会さんにはご無理を云いました」

音吉はただにこやかに微笑んだ。

楊秀清が云う無理とは、エンフィールド銃のことである。清国軍が新式銃を買い入れると聞きつけた楊秀清から、徐鈺亭を通じてデント商会に依頼があったのだ。
——清国軍より多くの銃を、安く。
清国軍の依頼先は、ジャーディン・マセソン商会であった。十日前のことだという。
そもそも新式銃は数を集めることが難しい。自社の船便を待ってもたもたしている
ジャーディン・マセソン商会を尻目に、音吉はすぐさま上海の港に碇泊する空船を雇
い、代理の社員を乗せて英本国に走らせた。
重箱の隅を突いて集めることはないが、正価で数を揃えている問屋や商社からは根
こそぎ仕入れてこいとの指示を与え、本社にだけでなく、ハドソン湾会社のシンプソ
ン卿にも援助の手紙を書いた。あとで聞けば、快諾して動いてくれたようである。
順調にして予定通りに船が戻ってきた。
買い集めさせた銃を音吉は上海の倉庫にしばし寝かせ、ジャーディン・マセソン商
会の船が帰るのを待ち、銃が清国軍に納入されるのを待った。船が帰ったのは、二十
日後のことであった。おそらく数を集めるのに四苦八苦し、相手の言い値にも交渉の
余地はなかったに違いない。
その後、音吉は拝上帝会軍にエンフィールド銃を売った。ジャーディン・マセソン
商会が清国軍に売った総額と同じ値段で、ほぼ倍の数を。
船を雇ったコストを反映させても、儲けは十分にあった。仕入値がいかに高かろう

と、倍掛けのジャーディン・マセソン商会と同等の利益というわけにはいかなかったが、それでよかった。商いは儲けだけがすべてに優先するわけではない。音吉は真太平天国に貧しき者、虐げられた者を解放しようとする、正しき義を見たから真剣に商いをしたのである。

アヘンと違い、銃はしょせん道具である。妖魔も使うが、神仏も使う。持つ者の心根一つで、死を呼びもするが、生も守るのだ。

キルビーの歯噛みが聞こえるようではあるが、倍の値で半数しか買えなかったと知れば清国軍もいずれデント商会に商談を持ち掛けてくるだろう。が、そのときはそのときだ。秤に乗せた大義信義、その針の振れる方にしか音吉は動かない、売らない。

音吉の背に、岩吉を始めとする三人が並んだ。

ギュツラフの墓に捧げる祈りが止み、男がゆっくりと立ち上がった。

「なら、楊さん。この人が」

音吉は視線を男に移した。聞かずともわかった。東王楊秀清を立たせたまま、墓参の祈りに没頭出来る男は一人しかいない。

「はい。我らが天王様です」

「……天王。えっ！」

最初に驚きの声を上げたのは力松であった。声の大きさに反応して八人の男達が身構える。庄蔵や岩吉は目を見開いて声もなかった。楊秀清が男達の動きを制す。

「お、音さん、天王って」

「力松、黙っていろっ！」

いつにない強い口調で力松の言を遮り、音吉は一歩前に出た。

「初めまして、ジョン・マシュー・オトソンです」

臆することなく、手を差し伸べる。

「洪秀全です」

胸を揺さぶるような豊かな声。柔らかにして熱い手の平。それが、洪秀全であった。

「君のことは、ギュツラフ先生に聞いて知っている。ミスター・オトソン、音さんと呼ばれているとか」

どこか、根っこの方でギュツラフに似ている、と音吉は思った。それもそのはずで、洪を天主教に深く導いたのはギュツラフなのである。

——花県の官禄㘵に住む洪という青年から実に興味深い手紙を受け取りました。我らが草の根で行ってきた宣教が、やっと実を結んできたのです。

——音、洪が桂平県の紫荊山麓に三千人の信徒を得ているというのです。深く道を説いてやらなければならない。浅識で三千人は導けない。いえ、導いてはいけないのです。

在りし日のギュツラフの言葉を思い出す。音吉の前に立つ男はギュツラフが嬉しそうに、あるいは力強く話した、清国における布教の光であった。

だが――。

音吉はわずかに眉をひそめた。

「葬儀の頃は来られる状態ではなかった。一年遅れたが、それは今、先生に詫びた」

ギュツラフが死んだ頃、たしかに拝上帝会軍は一万四千もの清国正規軍と交戦中であった。今はといえば、湖南の道州を占領し、江華、永明の二県城を落として駐屯していると聞く。であれば、この地方は長江流域から江西を経て広州に到る道筋である。香港ならば、来るのは容易い。

「それにしても」

秀全はギュツラフの霊墓に目を落とした。

「もう少し、見守っていて頂きたかった。我らが暴挙であるか、快挙であるかを」

胸に十字を切り、秀全は口中にもう一度祈りを含んだ。楊秀清を始めとする残りの者達も、それぞれに十字を切って頭を垂れる。

音吉は黙って、秀全の挙措を見守った。

「では、我らはこれで」

祈りが終わり、秀全は霊墓と音吉達に背を向けた。八人の男達が秀全を囲み、辺りに気を配りながら足早に動き出す。

「これからも、真太平天国をよろしくお願いしますよ」

殿（しんがり）を務める楊秀清が云った。

「はっはっ。お願いされなくてもやると決めたらやります。商売ですから。けれど、やると決めるかどうか、それはあなた方次第ですよ、楊さん」

音吉は云いながらも、去りゆく洪秀全に据え当てた目を動かさなかった。

音吉は、洪秀全の目に得体の知れぬ濁（にご）りを見た。常人の目には、決して浮かばぬ濁りであった。

「天王になるとは、人でなくなるということなのかな」

すでに五〇フィート。流れる風に断ち切られて声は聞こえまい。

「楊さん、願わくば烈士の軍であり続けてほしい。壮士の群れ、暴徒の集まりに落ちることなく」

音吉は顔を振り向けた。楊秀清の片頬に浮かぶ笑み、歪（ゆが）んだ笑み。なにがしかの苦悩の表れか。

「お言葉、肝に銘じます。私、ある限り」

丁寧（ていねい）な一礼を残し、楊秀清も去る。

四人は、洪秀全一行が教会を廻り、白い柵の向こうに消えるまで見送った。

「あれが真太平天国の天王と、東王楊秀清ですか」

力松が手の花束をギュツラフの墓に供えながら云った。少し興奮していた。

まずは答えず、音吉は墓前に膝を折った。香港に上がった目的はただ一つ。ギュツラフに祈ることなのだ。

岩吉が並び、庄蔵が並び、力松も胸に十字を切る。

（ミスター・ギュツラフ、洪秀全に会いました。あなたが行った布教は、清国に何を残すことになるんでしょう）

音吉はギュツラフに語り掛けた。ギュツラフが蒔いた種が芽吹いて起こす騒擾。革命となれば光も差そうが、賊徒の乱で終われば闇にも落ちよう。

音吉も十字を切り、瞑目した。しばし辺りには、風が揺らす草々のざわめきだけが高かった。

祈りを終え、四人は墓地を後にした。ハッピー・ヴァレーの芝が太陽の光に輝いていた。

「音さん、凄い男達と知り合いですね。いきなり過ぎてちょっと呑まれてしまったのが残念です。まだまだ未熟だ。質問の一つもすればよかった」

坂を下りながら、いまだ冷めやらぬ興奮のうちに力松が云った。

「しなくてよかったんだ」

「どうしてですか、音さん」

「天王の単独行は誰が考えても秘事だ。私以下、皆デント商会の者達だと思ったから名乗ったに違いない。していたら、あの中の誰かがきっとお前を刺した。中国叢報の記者と名乗っただけでもおそらく死んだ。楊秀清もあんな穏やかな顔をしていて、そのときは止めないだろう」

「……だから、私に何も言わせなかったんですか」

熱射の中、力松はかすかに身を震わせた。

「それにしても洪秀全ですよ。さすがにデント商会の支店長ともなると、知り合いも随分と大物ですね」

溜め息混じりに力松が云った。

「大物だから商売をしているわけではないけどな。商売は身分や肩書きに関係なく、人と人がするものだ。大勢が来る。見極める。そうしたらたまたま、ああいう男らがいたというだけのこと。それだけのこと」

「おお、たしかにその通りですな。私のところは、特にそうです」

庄蔵が、落ちたままの力松の肩を二度叩いた。

「どんなに薄汚れていようと、上等な仕立てであろうと、預かってしまえば一枚のシヤツ、一着の袍に貴賤はありませんな。いただく代金も同じですし」

「危険だ」

後ろを一人歩く岩吉がぼそりと口を挟んだ。

「あまり馴染みすぎると、日本に帰ってからが危険だぞ。いや、帰れなくなる。気をつけんとな」

音吉はもちろん、庄蔵も力松も地に足つけて上海に、香港に精一杯生きている。常のことではあるが、岩吉の心だけが未だに遠州灘を彷徨っていた。

岩吉さん、あんたなあと云い掛ける庄蔵に、音吉は首を振った。

「でも庄蔵さん、やっぱり大物の方が大商いが出来るのではないですか」

力松が努めて明るく、途切れた話を続けた。

「一着一枚と区切ればそうでしょうけど、綿シャツと上等な袍ではそもそもの洗濯代が違うでしょう」

「力松、毎日毎日、上等な袍を出してくれる金持ちが何人いると思う。私の店の土台を作ってくれているのは、額に汗して働く百人の人々が出す、薄汚れた一枚のシャツなのだ」

「庄蔵さん、その考えは正しいですよ。目先の利益に振り回されると足下を見失う。

力松、私も商売とは、頭を下げて見る足下から、段々に上げていった視線の先に道を定めるものだと思う。足下を見るばかりでは飛べないが、いきなり宙を舞っても彷徨うだけだろう。そしていつかは、力尽きて泥にまみれる。ははっ。まぁ、その典型を一人、私はジャーディン・マセソン商会に知っているけどね」

笑いのうちに云って、音吉は一歩下がり岩吉に並んだ。

「麗花さんは元気か、楫取」

「なんだ、急に」

「大事にしているか」

音吉の問いに岩吉は答えなかった。

岩吉と麗花の出会いは、アヘン戦争終結後の寧波であった。岩吉はギュツラフとともに寧波の貿易監督庁にあり、麗花は嘉応州から寧波に出て来た客家の女であった。

——白い脛と汚れた足先にな、日本を思ったのかもな。

音吉の祝福に対し、岩吉は照れながらそう云った。日本、日本、日本。

何年か前、岩吉の家を訪れた音吉に、麗花は憎悪にも似た視線を投げ掛けた。

——気にするな。お前や日本の話をよくするからな。お前を、いつか俺を日本に連れ帰る男だと思っているんだ。

日本、日本、日本。

前年ギュツラフの葬儀に際し、岩吉の蔭に隠れるようにして立つ麗花は、頬が削げてやつれて見えた。

「大事にしてやれ、楫取」

下る坂の先に、港が見えてきた。

「日本は、見果てぬ夢ではいけないか。身近に遠い夢を見過ぎると、楫取、いつか夢に命を喰らわれるぞ」

アヘン、寿三郎の二の舞、とはさすがにいえなかった。

「俺は俺なりに麗花を大事にしている」

海の煌めきに目を細める。

「俺の家のこと、俺の想いのことは、放っておけ」

云い捨てて岩吉は足早に、先を行く二人を追い抜いた。庄蔵と力松があきらめ顔で振り返る。

「楫取をよろしくな。庄蔵さん、力松」

頷く二人の笑顔が、音吉には嬉しかった。

「今回は、少しはゆっくりしていけるんですか、音さん」

力松が音吉に並ぶ。

「いや。悪いが乗ってきた船で明日、シンガポールに」

「おお、ミセス・ギュツラフと、娘さんの」

庄蔵が頷きながら云った。

三年振りの、墓参り。各支店を廻っての仕事絡みではあったが、その最後にビールは休暇を強要した。

――上海は私が見ておく。忙しいのはわかるけどね、休暇は必要だ。云っておくが身体の、ではないよ。心のだ。

有無をいわせぬ休暇であった。思い出しても苦笑が洩れる。ビールは、良い上司である。

立ち寄りながらでは二カ月以上の船旅になろう。三カ月を超えるかも知れない。だから、手足をばたつかせて行きたがったが開芳は家に置いてきた。

「なら一晩、飲み明かしましょうか。音さんの商売の話も聞きたい」

力松が誘う。

「たまにはいいかも知れませんな。音さんの話は、私の活力にもなる」

庄蔵が押す。

「そうだな、そうするか。楫取も交えて、四人で」

音吉は二人の肩に手を回して岩吉の後を追い掛けた。

仲間である。四人しかいない、日本人である。

入港の合図だろうか。

港に蒸気船の、汽笛が聞こえた。

シンガポール。十四世紀の文献に見る街の名はトゥマセ、港町の意である。その後、スマトラの王子が訪れた際、サンスクリット語のシンガ・プラ、獅子の都と改められた名が、英語風に訛ってシンガポールになる。

一八一九年、東インド会社スマトラ・ベンクーレン副総統のスタンフォード・ラッフルズがトゥムンゴン（代官）や、ジョホール・リアウ帝国のスルタン・フセインと条約を締結してからは、領有権はイギリスにあった。

一年を通して寒暖の差がほとんどない常夏の島である。もともとが東南アジアの香辛料、清国の茶や生糸を西欧に運ぶ一大中継点として賑わってはいたが、ラッフルズの都市計画により、シンガポールは自由貿易港として目覚ましい発展を遂げた。この当時のシンガポールは人口およそ八万、うち定住人口は約六万で、移民が毎年一万一千見当で流入する、淡路島程度の広さしか持たぬ土地にして、すでに世界に冠たる大都市であった。

ヨーロッパ船籍の大型船が沖合にひしめき合い、岸辺には地元のプラフ船が無数に行き交っていた。季節柄か、ある時期には蟻の行列よろしく並ぶ清国のジャンクは、今は見当たらない。

ジョンストン埠頭に降り立った音吉は、強い陽差しに手を翳して港周りの町並みを眺めた。フラトンホテルの外観が白く輝き、奥にテロック・アヤのマーケットが南国らしい伸びやかな喧噪を集めて賑わい、潮風に乗って耳に飛び込む種々の言語は、一体幾つの国と地域の言葉が混ざっているのか、音吉をして見当もつかなかった。

シンガポールには、貿易港としての最上の未来があった。在りし日のマカオ、今の香港、上海ですら遠く及ばない。

「いいところだ。商売をするにも、生きるにも」

西と東を融合させて繁栄し、気候も良く、ラッフルズの都市計画は近代的にして清潔であった。だからこそ、娘エミリーをこの国に託そうとしたのである。

「間に合わなかったけど」

音吉は、一人吹き渡る風に笑った。

「音さん、やっと来ましたね」

振り向けば、いつのまにか背後に二人の西欧人が立っていた。今日の船であることを、音吉の方から知らせていた二人である。

「やあ、カール、ルイーザ。久し振りだね」

一人は今年二十八になるベルダー・カール・ジュニア。もう一人はその妹、ルイーザであった。

「もう、三年になりますよ」

「そうね、ミセス・ギュツラフのお葬式以来ですものね」

カールは情熱と野心の輝きを発散させる目が印象的な男であり、ルイーザは高い鼻と豊かな黄金の髪が美しい娘であった。

ベルダーの名を持つ二人は、死んだ音吉の妻、エリーゼ・ベルダーの親戚筋に当たる。

エリーゼは親と国のない女性であったが、厳密にいえば国はないわけではなかった。エリーゼの父親は、ヴィルヘルム・ベルダーというプロシア人であった。個人貿易商を夢見て国を飛び出した青年がマレーに渡り、ペラナカンの令嬢と恋に落ちた。それがエリーゼの父であり、母であった。

ペラナカンとは、古くからマレーに根を下ろした清国の、主に福建商人達とマレー女性の間の子孫を指す。彼らはヨーロッパ諸国と東アジアを繋ぐ仲卸としての地位を確立し、時代の潮流に乗って莫大な富を手にするようになっていた。

膨大な資産の流出を怖れ、彼らは頑なまでにペラナカンの純血に拘り、一族間の婚姻を守った。であればヴィルヘルムと令嬢の恋は、ペラナカンにとっては、当然許すべからざる恋である。成就させるには駆け落ちしかなかった。

この時すでに、令嬢のお腹の中にはエリーゼがいたという。

——私はね、マレーで生まれて、シンガポールから来たのよ。

かつてエリーゼは、新入社員であった音吉にそう云った。

赤子を抱えてマレーを離れた二人が、落ち着いた先がシンガポールであった。追っ手というも令嬢を探し来る者はいなかったらしい。令嬢の家は、駆け落ちと同時に娘を一族から切り離したようである。

二人はなんの伝手もないシンガポールで頑張った。頑張って頑張り過ぎて、そして命を壊した。エリーゼが十歳の時だったという。

それからエリーゼは独りぼっちであった。それからエリーゼは、親と国のない娘なのであった。

ただ、ヴィルヘルムの死とエリーゼのことは、ヴィルヘルムがシンガポールで知り合った英国の貿易商を通じて、ベルダー家にもたらされていたと後にカールは云った。

音吉とエリーゼが結婚して一年が過ぎた頃、カールとルイーザはヴィルヘルム同様青雲の志を胸にプロシアを飛び出し、エリーゼを頼ってシンガポールにやって来た。

デント商会シンガポール支店からの、カールの訪れを知らせる手紙に、エリーゼは思いがけない血の繋がりを知って涙し、音吉とともに押っ取り刀でシンガポールに向かう船に乗った。

二人とは、以来の付き合いであった。

それぞれにシンガポールに職を得て、精一杯に働いているようである。デント商会の名を以て最初に口を利いてやっただけで、あえて音吉は以来二人になにもしていない。下積みの経験は、今後何をするにしても二人の得がたい宝になるのだ。

二人の上司や責任者にそれとなく聞く限り、どちらも極めて優秀な社員のようである。カールは以前海軍にいたと云い、銃の知識と扱いに長けていた。ルイーザは事務処理能力が驚くほど高い。いいコンビである。

いずれは二人を、出資して独立させてやろうと音吉は思っていた。若さゆえのリスクがないわけではないが、プロシアを飛び出した気概と情熱と、なにより二人の才気を音吉は買っていた。

「どのくらいの滞在になりますか」

カールが聞く。

「うん。二、三日はと思ったんだけど、港に商会の船があった。船長に聞いたら明日の夕刻には出るって云うからね」

「えっ、一晩だけなの」

輝く髪を揺らし、ルイーザが大きな目で覗き込む。

顔を逸らして音吉は笑った。

音吉はどうにも、この美しい娘の視線が苦手であった。

シンガポール川を渡りフォート・カニングの丘に向かって真っ直ぐ進み、ロンドンホテルの先を右に曲がってノース・ブリッジ・ロードに入る。ラッフルズの計画によって整備された道は広く、椰子（やし）の木やガジュマルといった街路樹が上天を覆（おお）い、通りに涼やかな木陰を作っていた。

「うん。後でゆっくりと思っていたけど、一晩しかいられないなら」

カールが腕を組みながら云った。

「音さん、商売の話です。音さんは漕幇（そうほう）に人脈がありましたよね」

「人脈というほどではないけどね。それがどうした」

「ええ、実はですね、まあ音さんもご存じの通り、このシンガポールには十二月から四月にかけての北東の風で、清国のジャンクが物品や苦力（クーリー）を乗せて数え切れないくらいやって来ます。そして、七月に吹く南西の風で帰って行くんです。この間、シンガポールの人口は目に見えて増えます。そのくらい来るんです。来るということは、いるんです、このシンガポールに。で、考えました」

カールは指を立て、目を輝かせた。

「デント商会を始めとする清国へ向かう船に人の斡旋（あっせん）が出来ないかと。そうすれば苦力達も七月の風に合わせて慌てて帰ることもない。都市計画の広がりで、シンガポールには彼らの仕事は幾らでもあるんです」

「外国の船に、か」

「ええ、長い航海では、特に商船は厳しい労働環境に必ず途中で脱落者が出ると聞きます。シンガポールに入港する船も、聞けばたいがいはぎりぎりの人数まで落ち込んでいるそうです。それ以上は銃を突き付けてでも降ろさないと笑って云う船長もいました」

心地よい風に鳴る街路樹の葉擦れの中に音吉はカールの話を聞いた。ただし、真剣に。

「苦力の船賃は雑用を手伝うことを条件に破格にして、船からも格安の手間賃を貰う。元手が要らないんですから売り上げはすべて利です。加えて、帰りの船便さえ約束出来れば、最初から苦力をこちらの登録にしてシンガポールで働かせられる。それも利です」

「漕幇が必要なのは、どういうわけだい」

「ここから清国に廻る船だけに限定したくないからです。行くのに人手を欲するなら、帰りにも人手は必要でしょう。行きだけなら要らないといわれるかも知れない。もちろん、そのときに商船から貰う代金は高いものになるでしょう。ただ、それでもと云われればヨーロッパまで行く水夫も確保しなければならない。だから漕幇なんです。

江湖と海では船の扱いが違い過ぎて仕事が激減したと聞きますが、船は船です。飲み込みは早いでしょうし、これからを考えれば、外洋の知識や経験は彼らにとって絶対に役立つはずです」

「へえ、漕幇のことをよく知っているね」

「ははっ。実は、そういう男達のことを教えてくれる人がいまして」

カールは陽気に頭を掻いた。

「普段はシンガポールで働いて、話があれば商船でヨーロッパへ。乗ってくる人は、きっといます。どうです、音さん。商売になりませんか」

「――そうだね。ルイーザは、どう思う」

後からついてくるルイーザに声を掛ける。

「悪くないと思う。船賃と手間賃の設定は難しいし、船中のトラブルの保証も考えなければならないけど」

「そうだな。うん、悪くない」

音吉はシルクハットの鍔に手を当て、顔を上げた。青い空にそびえ立つ、セント・アンドリュース教会の尖塔が見えた。

「ただ私なら、間を取り持つだけで船賃も手間賃も取らないけどね」

「えっ、それはどういう」

カールが走り込んで前に回った。

「船賃を取らなければ恩だ。清国人は恩義には応える。手間賃を取らなければ責任もない。かえって、ただで手伝わせるんだから必ず乗せた苦力を送り届けてくれと船長に念も押せる。上手くすれば契約書も書かせられる。良いこと尽くめだ」

「けど、それでは利が」

「カール」

音吉は穏やかに言を遮った。

「人を小馬鹿にしないことだ。帰りの足が必要、人手が必要とは、どちらにもわかることだよ。値を設定したところで云われることはわかっている。船側からは、ただなら乗せてやる、帰りたいんだろ。苦力側からは、ただなら手伝ってやる、人手が足りないんだろ、となと」

「あっ」

カールは言葉に詰まり、足まで止めた。音吉もカールに合わせて立ち止まる。

「ただでいいんだ。恩に着せて、儲けものと思わせて。それならお前のところに苦力が殺到し、船からの引き合いも集まるだろう。なら、利はどこで出すか。それはさっきお前が自分で云ったよ。都市計画の広がりでシンガポールには苦力の仕事が幾らでもあると」

「はい」

「需要と供給はバランスだ。幾らでもあるなら、人が集まっているところに自然と大きな仕事は流れる。個別に仕事の斡旋をするのも、組にまとめて請け負うのも自在だ。その利だけでも、私は馬鹿にならないと思うよ。もちろん、初めのうちに周到な契約書を作って定期船や毎年来る苦力は囲い込まなければ、横合いからかっさらっていこうとする手合いが出るだろうけどね」

「そうね。そうだわ。うん、その方が断然、現実的だわ」

ルイーザの声に、正確に理解したのだろう熱を聞く。音吉は立ち止まるカールに並び、肩を叩いて歩みを促した。溜め息が聞こえた。

「まだまだですね。というか、ちょっと話しただけなのに、やっぱり音さんは凄い」

「そんなことはない。私は少し修正しただけじゃないか。事業はね、最初のアイデアが大切なんだ。十分だよ、カール。アイデアとしては十分だ。帰ったら、私も松江漕幇の魏老五に話してみよう」

「えっ。それじゃあ！」

「喜ぶのは、まだ早いけどね」

カールの驚きに頷き、音吉は手で背後のルイーザを呼んだ。軽やかな足音がして、大きな目と輝く髪が音吉に並ぶ。

「カールを手伝って、今年中にしっかりとした提案書に仕上げて欲しい。ものによっては、デント商会も手伝える」

「わかったわ」

ルイーザが小さく頷く。柔らかな香りが、音吉の鼻腔をくすぐった。

セント・アンドリュース教会を過ぎて約半マイル、現在のラッフルズ・ホテルの先に二人の家はあった。色とりどりの花を垣根代わりに並べた敷地に、椰子の葉で屋根を葺いた南国らしい二階屋である。

「そういえばカール、さっき漕帮のことを教えて貰ったと云ってたな。なかなか清国の事情に詳しい人物のようだ。どこの誰だい」

「ははっ。それは明日、ご自身の目で。きっと音さんも驚きますよ」

思わせぶりに云って片目を瞑る。

玄関に立ち、音吉は辺りを見回した。いつの間にか、ルイーザの姿が見えなかった。

「おや、ルイーザは」

「ええ、まあ、明日の準備ですね。いろいろと」

これも意味深である。明日の準備。墓参に、いったいなにが加わるのだろう。

「さあ、長旅でお疲れでしょう。今日はゆっくりとおくつろぎ下さい」

カールが家の扉を開ける。音吉は疑念をひとまず置いた。

家内に向かい、ゆっくりと、丁寧に頭を下げる。

（メアリー、久し振りだね。また、来たよ）

その家は生前、異邦にあっての母に等しい、メアリー・ギュツラフが住んでいた家であった。


朝靄の中である。

アイルランドの建築家、コールマンがデザインしたバンガローを右手に見ながら、その業績を名に留めるコールマン・ストリートを右に曲がり、カニング・ライズに入る。これもコールマン後期のデザインだというアルメニアン教会の鐘が厳かに鳴った。

ルイーザが用意してくれた花束を手に、坂を上る。エミリー・オトソンとメアリー・ギュツラフが眠る墓地は、フォート・カニングの丘にあった。見下ろせば素焼きの二重瓦や椰子の葉葺きの屋根が点在するばかりの緑が広がり、その向こうに普段なら紺碧の海が輝いて見える良い場所である。

エミリーとメアリーの墓は、隣同士であった。カールとルイーザを従え、音吉は墓前に膝を揃えて祈りを捧げた。背後の二人が離れる気配があったが、黙然と祈りを捧げて音吉は動かなかった。仕事に忙殺されて空いた三年を語る、長い祈りであった。

やがて、墓地に入り込む幾つかの足音が聞こえた。音吉は静かに立って振り返った。

靄をつき、カールとルイーザに先導されて三人の男達が寄ってきた。旗袍（チーパオ）に旗帽（チーボウ）の、皆清国人のようである。

一行の歩みは遅かった。皆が気遣うようにする真ん中の男は、腰の曲がった老人であった。一見で、他の誰よりも上物とわかる袍を着ている。老人が一行の主に違いなかった。

カールとルイーザが駆け寄ってきて音吉の両脇（りょうわき）に並び、旗袍の二人が眼前で左右に広がって老人を迎えた。皺深く、顎（あご）に立派な白髭を蓄えている。眼光は思いの外（ほか）鋭いが、歳は七十を超えているだろう。

「ミスター・オトソン。音さんで、よろしいかな。私は、張元玠（ちょうげんけい）という」

良く響く声である。訛りはあるが英語であった。

「私は、十年前から君を知っている。八年前から、君をよく知っている」

手を袍に揃え、張老人は深々と頭を下げた。

十年前とは、音吉がデント商会に入社した頃。八年前とは、音吉がエリーゼと結婚した頃。

「曾孫（ひまご）のことは残念だったが、孫に君は精一杯のことをしてくれた。我が生あるうちに、私は君に会いたかった。会って一言、礼を云いたかった。君は、私が与えてやれなかった幸せを孫娘にくれた」

音吉は瞬時に理解した。

「そうですか、あなたが」

張老人はペラナカン、エリーゼの祖父に違いなかった。

「音さん、張さんは去年も、エミリーの命日に来てくれたんですよ。ここで出会ったのは偶然ですけど。命日のこの偶然を導きとして、ヴィルヘルムの一族であることは忘れる。君達は、エリーゼとオトソンの一族だと」

「そうか。カール、お前に色々教えてくれたのは、このご老人か」

「ええ。それと、前もって音さんが来ることがわかったら是非知らせて欲しいと。今回のことを知らせたら、張さんは二週間も前からシンガポールに入られました。で、今日のことは、昨日のうちにルイーザが」

音吉は張老人を見た。まだ頭を下げたままであった。

「顔を上げて下さい。ご老人に感謝されるようなことはしていません」

張老人は顔を上げた。頬に一筋の涙があった。

「だが、エリーゼは幸せそうであったと手の者に聞いている」

「……見続けてきたんですね」

「見てきた。ずっと見てきた。シンガポールにいた時などは聞くだけでなく、海を渡り、儂はこの目でも見た」

「なら何故」

「いかに孫娘とはいえ、会うわけにはいかない。名乗るわけにはいかない。エリーゼの母は一族を捨て、儂らもエリーゼの母を切り捨てたのだ。……ただ、見てきた。なにかの折りには些少の援助はと、思わなかったと云えば嘘になろう。だが」

　張老人は寂しげに笑った。

「エリーゼは、一人で立派に生きられる子だった」

　十分であった。聞くことも掛ける言葉も、音吉にはなかった。カールとルイーザの啜り泣きが聞こえた。

「孫娘を、大事にして貰った。有り難う。我が一族は、その恩を忘れない」

　張老人はもう一度頭を下げた。

「だから、君のそれからもずっと見させて貰ったが、実に面白い。君は語学の才に恵まれ、商才も豊かにして、なによりも即断の度胸がいい。君は一流の商人だ。恩というだけでなく、我らは君と取引がしたい。またそれだけでなく、なにかあれば遠慮なく云って欲しい。我が一族は、全力をあげて君を援助する」

　皺の中で笑い、張老人はまず右隣の男を目で示した。

「これは、儂の長子で玉成」

「初めまして、張玉成です」

玉成は張老人とよく似た声の、五十絡みの男である。次いで、左。

「これは二男の志俊」

「初めまして、音さん」

志俊は笑顔に明るさを感じさせる男であった。

「儂は、十分に生きた。もう長くはないだろう。だが音さん、儂の意志はこの二人が継ぐ。ともに栄えんことを、よろしく頼む」

老人の言葉に促され、玉成と志俊が頭を下げた。

（ああ、また）

音吉は空を振り仰いだ。

また、人と繋がった。

かつてキルビーの部下、ゴーランドは音吉の人脈を、我々西欧人にはない人脈と評したが、それは正鵠を射ていない。西欧人も漂流民も関係はないのだ。置かれた現状と、人と、運命と、真摯に向き合えば縁は無限に広がってゆく。

吹き出した海風に、朝靄が流れ始めていた。

音吉は順番に、ペラナカンの男達の手を握った。

この年の十一月、上海の音吉の家に珍客があった。

（けったいなことになったぜよ）

濱田市蔵はソファと称する長椅子に一人座る若い上士、岡田進之丞の後ろに立って部屋を見回した。

二十畳はあろうかという広い居間であるが、敷居や襖が見当たらないので実際にどのくらいの広さであるかは定かでない。

左を見ればギヤマン障子の外に庭の芝生が青々として見え、右を向けば台所らしきところで椅子に乗り、鍋と格闘しながらこちらに向いて話し掛けてくる少年がいた。

市蔵は語学にいくらかの才があるようで、英語ならなんとなく意味を取れるようになっていたが、少年の言葉は英語ではなく、清国語であった。

意味はわからなかったが、少年が陽気であることはわかった。なにを作っているかはわからなかったが、胃の腑を直撃する美味そうな匂いがした。

市蔵の腹が、派手に鳴った。一緒に並んで立つ沖船頭の弥兵衛は無表情であったが、水主の若い壮助と正太はくすりと笑った。

「濱田、不作法じゃ」

進之丞が振り返りもせず、素っ気なく云った。

「はっ」

見ていないにもかかわらず、市蔵は軽く頭を下げて左手で腹を押さえた。右手は使えない。刀を下げているからである。

一行は、土佐の漂流民であった。

二十七反帆千二百石積み、寺岡屋甚兵衛船天正丸。それが船の名であった。

嘉永四年（一八五一年）十月、藩の公米を江戸表へ運ぶべく、上士の岡田進之丞を支配に、市蔵を含む下士三人を乗せて総勢十五人で土佐を出航した天正丸は往路、悪天候を避けて志州小浜に寄港したが、翌朝、順風に天気の回復を信じて船を出した。四角四面の進之丞が遅れを気にしたということもある。

下田へ向かう途中、にわかに廻り始めた風と黒雲、いわゆる大西風に捕まり、天正丸は漂流した。帆柱は斬り倒したし刎ね荷はしたが、七百七十石積んであった米に不安はなく、水も心配する必要がないほど逆に雨に祟られた。そのせいで四人ばかり人も死んだ。

大海原を漂うこと五カ月あまり。一行は天正丸に近寄ってくる異国船を見つけた。アメリカの捕鯨船であった。

救助された一行十一人は、捕鯨船の食料不足を避けるため、五人がそのまま残ってホノルルへ、六人が航途、別の捕鯨船に引き渡されてカムチャツカへ向かった。

市蔵らはホノルルに渡った五人である。一行五人はその後、捕鯨船の船長の親切により、清国行きの便船を得て香港に着いた。そこで手広く洗濯屋を営む庄蔵の世話になり、力松と岩吉という男にも出会い、音吉を教えられて上海に来たのである。
庄蔵の言葉によれば、日本へ帰る船は上海にほど近い乍浦（チャープー）という港からしか出ないということであった。

五人の漂流民のうち、進之丞と市蔵だけが武士である。といって同じ待遇ではない。扱いは天と地ほども違う。進之丞は上士であるが、市蔵は郷士、地侍（じざむらい）であった。

土佐はそもそも長宗我部（ちょうそかべ）家の所領であったが、古く関ヶ原の折り、西軍に与（くみ）して改易となり、代わって移封されてきたのが、徳川家に味方した遠州掛川（かけがわ）の山内一豊（やまのうちかずとよ）であった。一豊は引き連れた家臣を上士とし、旧長宗我部家家臣、一両具足（いちりょうぐそく）衆を下士、郷士とした。以来、土佐ではその扱いが延々と続いていた。同じ侍でも、道で出会うと郷士は上士に土下座しなければならなかった。

その関係は船にあっても同じであった。上士である進之丞はただ好き勝手に波に揺られていればよかったが、市蔵は水主も同然に弁才船で立ち働いた。

（まっこと、けったいなことになったぜよ）

市蔵はもう一度、心中で呟いた。

ふたたび、腹が鳴った。

「やあ皆さん、お待たせしました」

玄関の扉が開いて日本語とともに、洋装を身にまとった男が入ってきた。陽に焼けた精気の濃い顔に、理知的な光を宿す黒瞳がなかなかに印象的な男である。この家の主、音吉に違いなかった。

テーブルを挟んで進之丞の対面に廻る音吉に市蔵が会釈をすると、船頭の弥兵衛が倣い、水主らが倣った。音吉は右手を上げて応えた。

進之丞は動かなかった。尾張国の船乗りである音吉に対し、進之丞は武士であった。

フロックコートのまま、音吉は進之丞に向けて笑顔で手を差し出した。

「山本音吉です。庄蔵さんからの手紙は読みました。この度は、大変な難儀をなされましたね」

それでも、進之丞は動かなかった。ソファにふんぞり返り、股の間に立てた刀の柄尻辺りから、じっと音吉を見据えるだけである。

進之丞は、香港の庄蔵や力松や岩吉に対しても同じ態度をとった。畏怖、恐怖を含んで異人達には米つき飛蝗であった分、日本人と聞いて殊更に尊大になったのかも知れない。

そのとき力松は進之丞の高慢に異議を唱えたが、進之丞が刀の柄に手を掛けると押し黙り、庄蔵はただ狼狽え、岩吉はといえば最初から終始土下座の態を崩さなかった。

市蔵は侍とはいえ、名ばかりの郷士である。進之丞ほどの体面はない。だが、土佐の上士とはそんなものである。自身は垣根を作らないし作れないが、もともと一介の船乗りにもかかわらず、武士である進之丞に憤る力松が逆に驚きであった。

（さて、この男はどうするろう）

市蔵は密かに成り行きを見守った。

音吉は差し出した手を空で遊ばせながら引き戻し、ソファに腰を下ろした。笑顔の穏やかさに変わりはないが、底の知れぬ笑みであった。

空疎な時間が流れた。音吉はパイプに煙草をぷかりとやった。進之丞が、刀の鐺で床を突いた。

「おんしゃあ、いつ我らを日本に帰す所存か」

まず進之丞が口火を切った。冷えた声音である。焦れていた。

「さてな。精一杯にはやってみるが、確約が出来ん。だから、いつとは云えん」

「……なんじゃ」

幾分ぞんざいになった音吉の口調と内容に、進之丞の声がさらに冷えた。

「午浦の嘉会所、つまり船便の窓口に聞いてみたが今年の船はないし、年明けもない。役人がそう云っていた。まあ、来年中に船が見つかれば御の字だろうな」

進之丞の刀の鐺がさらに強く床を突く。音吉の眉根に皺が寄った。

「人の家を無遠慮に傷つけるのは、あまり感心せんぞ」

「なんっ、無礼者が！」

いきなり進之丞が立ち上がった。刀の柄に手を掛けている。

「口の利き方に気い付けえやっ。たかが海民の分際で」

「その、たかが海民の手を借りなければ帰れんのは、どこのどいつかな」

音吉の吐く紫煙が緩やかに進之丞の鼻先を流れた。

（ほう）

市蔵は内心で感嘆を洩らした。香港の者達と違い、進之丞が刀の柄に手を掛けても音吉は全く動じなかった。

「わからんだろうがな。今、太平天国の軍が破竹の勢いで北進して武昌（ぶしょう）を目指し、南京（ナンキン）までを窺（うかが）っている。そのあおりで、乍浦の港には碇泊する船自体が寂しい。待てんと云うなら泳いで帰れ。それしか手はないぞ」

進之丞の身体が震え始めた。前に回れば、こめかみに青筋立てた真っ赤な顔があるに違いない。

（胆力の差かのう。くぐり抜けてきた、場数が違うんじゃな）

柄に手を掛けては引っ込みはつくまいが、進之丞の剣がからきしであることを市蔵は知っていた。対して市蔵は、こと剣術に関しては藩内随一と噂（うわさ）され、また自負もあった。

（面白い。どっちもどっち、さて、どうするろうか）

市蔵は、いつの間にか顎をさすりながらにやついて事態の成り行きを眺める己を自覚した。

「市蔵、こ奴は一体なんじゃ」

こちらを見ようともしない進之丞の、怒気丸出しの声が聞こえた。

「はて、なんじゃと申されましても」

市蔵にわかるわけもない。

「上士を愚弄しよるとどうなるか、市蔵、教えちゃりっ」

音にせぬ嘆息とともに市蔵は動いた。自分でやれ、とは云えない。理不尽であろうと傲慢であろうと、上士の命には従うだけである。

刀の鯉口を切ってソファの脇に廻る。音吉はソファに泰然として、コートのボタンを外しながら市蔵の動きを静かに見ていた。

台所から、少年がなにごとかを捲し立てる声が聞こえた。一瞬視線を動かし、市蔵は動きを止めた。いや、止めざるを得なかった。

少年が、手に短銃を握ってこちらに狙いを定めていた。一行を助けてくれた捕鯨船の船長が自慢していたのとおそらく同じ短銃であった。同じならば連発銃のはずである。一発二発は躱せても、いかんせん距離が近すぎる。三発目の回避は不可能であろう。だから、動けなかった。

「市蔵、なにを致しておるっ」

進之丞が振り返って、同じように動きを止めた。

「ヘイ」

音吉が少年に英語でなにかを云った。

――開芳、肉が焦げるよ。

大まかにはそんなことであったように市蔵は聞いた。少年はにこやかに頷いて銃を手近の台に置いた。

「おのれっ」

勢いを取り戻した進之丞ともども音吉に向き直り、また固まる。音吉の手にも、懐から取り出したのだろう黒光りする連発銃があった。進之丞の歯軋り(はぎし)りが聞こえた。

「岡田進之丞といったな。武士の体面を保ちたいなら、人を頼まず自分で来い。私は遠慮なく引き金を引くが、そのかわりこの地に立派な墓を建ててやる」

決して声を荒らげるわけではないが、音吉の醸(かも)す雰囲気(ふんいき)は力を感じさせて聞く側を圧した。それが異国に生き抜く日本人というものか。

「さあ、どうする」

進之丞は何も答えなかった。肩をすくめ、音吉は銃口で玄関を示した。

「悪いがあんたは飯抜きだ。毛布は貸してやるが、外で一晩掛けて頭を冷やせ」

「いや、音吉殿、ご立腹は重々」

市蔵は進之丞に代わって床に手をついた。十一月の上海は、それなりに冷えると聞く。

「はっはっ、音吉殿とはこそばゆいな。音さんでいい。みんなそう呼ぶ」

一同を射竦めた同じ顔にして、けれど音吉の笑顔は驚くほどに人懐っこかった。

「濱田さん、手を上げてくれ。日本ではいざ知らず、ここは上海だ」

銃を突き付けながら許しを与える。それも上海か。

「それにな、何もわからんで手をついてもらっても仕方ない。私は私のことで怒っているわけではないぞ。開芳の鍋や包丁を振るう料理人の手に、本来必要のない銃を握らせたことを怒っているんだ」

市蔵は頷いて立ち上がった。進之丞が上士であることを忘れれば、音吉の云うことは道理である。

（ああ）

一度天を仰ぎ、市蔵は進之丞に並ぶことを避けて二歩下がった。

「どうしますか、支配。それでも斬れと云われるんじゃったら死を覚悟で抜きます。それがしだけでなく、支配も間違いなく死によりましょうが」

悄然と項垂れ、進之丞はソファに腰を沈めた。刀は立てていたが、鐺が床に音を立てることはなかった。

進之丞が、折れた。上士の敗北は、市蔵には初めて見る光景であった。

「濱田さん、人はただ、人だ。それ以上でも以下でもない」

何気ない言葉に、何故か胸が痛かった。

音吉を見る。

手にあったはずの銃はもうなく、洋装の日本人が一人静かに佇んでいた。

「濱田サンノ訓練ハ、迫力ガアッテ、シカモ踊リノヨウニ華麗デス。見テイテ飽キナイ。濱田サンハ、凄イ」

市蔵と開芳の会話は、そんな言葉で始まった。

元旦のことである。十一月の中旬から音吉は北京へと向かい、留守であった。高麗人参を購う旅だという。

――家のことは万事この開芳が取り仕切る。たまに商会のほうから、徐潤という少年も様子を見に来るだろう。

そう云い残して音吉は出掛けていった。責任感からか、開芳は一生懸命に市蔵らの世話をした。痒いところに手の届くまめまめしさである。

開芳の作る料理は抜群に美味かった。音吉云うところの、さすがに料理人である。

五十を超えた船頭の弥兵衛は油の多さに閉口したようであるが、二十八歳の市蔵には全く気にならなかった。

　上士の岡田進之丞は初日に外に叩き出されて以来、人が変わったように大人しかった。上海滞在も二カ月になんなんとしていたが、抜け殻のようにただ食っては寝、寝ては食い、たまに近場をぶらつく毎日である。ただ、いまだに上士としての拘りはあるようで、市蔵や船の衆と一緒のテーブルにつくことはなかった。食事は部屋に、開芳か市蔵が運んだ。

　十一月のうちは市蔵も開芳にされるがままにしていたが、師走に入ると同時に身振り手振りで示し、皿洗いや洗濯は進んでするようにした。何もしないと身体が鈍る。気にはならなかったが、毎食のように油の多い食事をしてもいた。

　朝は庭に出て、土佐でも日課にしていた抜き身での素振りを再開した。それをいつからか玄関脇にうずくまり、開芳が眺めるようになった。

　真剣な眼差しであり、見詰められて市蔵も悪い気はしなかった。

　三週間ばかり過ぎて、年が変わった。まず初日の出に祈り、両肌脱ぎになっていつものように黙然と剣を振るう市蔵は、早朝の凍えるような寒さの中にもかかわらず、剣を収める頃には全身から蒸気のような湯気を立ち上らせていた。

　先の言葉が開芳から掛かったのは、そのときであった。

「ナンノ。オ前ノ度胸ノ方ガ、凄イ」

進之丞を始めとする天正丸の面々が辺りにいないことを確認しつつ、辿々しくも市蔵は英語で云ってみた。初めてのことである。

間もなく、異人に助けられて一年が経つ。耳はだいぶ慣れていた。黙って薄ら笑いを浮かべ、やり過ごすだけでは物足りなかった。

市蔵の英語に、開芳はにっこりと笑った。

「アナタニ銃ヲ向ケタノハ、今思エバトテモ怖イコトデシタ」

いつもの場所から立ち上がり、手拭いを差し出す。

市蔵は受けて、代わりに手の日本刀を開芳に預けた。父祖伝来の、郷士の家には過ぎた刀であると聞く。話が本当なら、長曾禰虎徹の師と目される和泉守兼重の業物である。

「重イデスネ」

「私ノ、魂ダ。オ前ノ、鍋ヤ包丁ト同ジ。ワカルダロウカ」

きちんと伝わったのだろう。開芳は強く頷いて、市蔵の刀をしげしげと見詰めた。

「ワカリマス。音サンニモ同ジコトヲ云ワレマシタ。オ前ニ銃ハ必要ナイト。鍋ヤ包丁ガ、オ前ノ武器デアリ、魂ダト。ソノトキ、銃ハ取リ上ゲラレテシマイマシタ」

「ソウカ。音サンニ」

日本人、音吉。不思議な、けれど卓越した見識と度胸の男。

「有リ難ウ」

手拭いを返すと、開芳は捧げるようにして刀を戻した。

市蔵の腹が鳴る。開芳は手を打って玄関に走り、市蔵を手招きした。

「モウ蒸シ上ガリマス。一緒ニ食ベマセンカ」

食堂に向かうと、朦々（もうもう）たる湯気の中から開芳が三段の蒸籠（せいろ）を抱えて現れた。

「粽（ちまき）ト小籠包（ショウロンポウ）デス。粽ハ、本当ハ笹ノ方ガ香リガ良クテ好キナンデスケド、市蔵サンハ汗ヲ沢山カキマスカラ、塩気ヲ強クシテ真菰（まこも）デ巻キマシタ。真菰ハ、塩ノ味ヲ円（まろ）ヤカニシテクレマス」

湯気の優しい暖かさが、まずは身体に馳走（ちそう）であった。

「サア、食ベマショウ」

市蔵は促されるままに席に着き、対面に開芳が座った。

窓から、元旦の朝日が差し染める。

開芳の粽は、他の料理と同じく美味であった。餅米（もちごめ）の中に筍（たけのこ）や鶏肉（とりにく）、下味の付けられた様々な具材が入っている。懐かしくもあり新しくもある食感であり味であった。

嚙み締め、楽しみ、しばし味わうことに没頭する。

「ええ身分じゃのう、濱田。上士より先に朝飯か」

気がつけば居間と食堂の境の壁に寄り掛かり、進之丞が腕を組んでいた。

「いえ、決して」

市蔵は粽を皿に戻して立ち上がった。

「ドウシタンデスカ、市蔵サン。岡田サンハ、何ヲ云ッテイルンデスカ」

わからぬげに問い掛ける開芳の声を手の平で制す。

「ふん。世話番の小僧と、役立たずの郷士か」

進之丞は冷ややかな目で二人を交互に眺めた。

「似合いの並びぜよ。埒もないわ」

吐き捨てるようにしてその場を離れる。

「支配」

「市蔵サン」

進之丞を追おうとする市蔵を開芳が呼び止めた。

「何ヲ云ッテイタノカハ知リマセンガ、様子ハワカリマス。先ニ、二人デ食ベタカラ怒ッテイルンデショウ。マッタク、アノ人ハ子供デス。甘ヤカサナイ方ガイイ。癖ニナリマス」

開芳は大人びた顔で云い、粽を頬張った。

「……子供か。ふっふっ。そうじゃな、そうかも知れんぜよ。はっはっはっ」

年が改まってもたかだか十二歳の少年に子供と断じられる進之丞。いや、上士とは皆、郷士から見れば甘やかされて癖になった子供かも知れない。

市蔵は齧り掛けの粽を手に取った。

「折角ノ粽モ、冷メルシナ」

開芳が笑う。

市蔵はこの一連で、畏敬さえ含んで開芳が好きになった。


一八五三年一月下旬。旗袍に身を包み、ジャンクの舳先でのんびりパイプに紫煙をくゆらしながら音吉が上海に帰ってきた。ただし、いつもなら三艘連なっているはずの船が今回に限り二艘である。

「どうしたんだい、不調だったのかな」

出迎えのビールが聞いた。

「まあ、値段が高かったのは事実だけどね。——ビール、今年はちょっと日和見をしてみようと思う」

音吉は軽やかにジャンクから飛び降りた。

「だから、仕入れを少しばかり減らした。全く買わないでもよかったんだが、それでは来年以降に差し障りが出るだろうからね。朝鮮からは、私を当てにしてくる商人もいる」

「……日和見、かい。なんの日和見だね」

「生糸だ。そうではないかと思うところはあるが、北京で集めた話を煮詰めると、糸行や牙帖商人らの動きがどうにもおかしい」

「おかしいとは」

疑問を呈するビールを音吉は手招きした。耳打ちをする。黄浦江の流れに掻き消えるほどの囁きは、しばし続いた。

「なるほど」

ビールはやがて、顎をさすりながら音吉から身を離した。

「大運河や蘇州河に揺られて、ただ凡々と帰ってきたわけではないね」

音吉は白い歯を見せて笑った。

「そうなったときのために、今のうちに手を打っておこうと思う。呉道台の方は私がやるが、デント商会極東総括としてのビールの力も必要だ」

「私の役どころは、領事館との交渉かな。内々での」

「そう。そのためには金も必要かも知れない。一艘分仕入れが少ないのは、そこにも理由がある」

話しながら商会の建物に向かうと、徐潤が走り出してきた。

「あっ。音さん、お帰りなさい」

「ただいま、徐潤」

「たまに見るだけでしたけど、家の方は大丈夫ですよ。開芳が頑張っています。見る限り、岡田という人は相変わらずですが、音さんの云っていた通り、濱田さんはずいぶん開芳とうち解けてきました」

滑らかな英語であった。この一年で、徐潤の英語は格段の進歩を見せていた。

「有り難う。それはそうと徐潤、徐鈺亭のところへ走り、いたら連れて支店長室に来てくれ。仕事の話だ」

「えっ。帰ったばかりなのに、すぐですか」

「すぐだ」

音吉は商会の建物に入りかけて立ち止まり、振り返って徐潤に指を立てた。

「時は立ち止まってはくれない。しかも、過ぎ去ったら二度と帰っては来ないんだ。機と見たら何を置いても即実行は、商人の鉄則だよ、徐潤」

「はい、わかりました」

勢いよく港通りに駆け出してゆく。見送って音吉はビールに笑いかけた。

「そういえば、今年の挨拶がまだだった」

ビールは片目を瞑って肩をすくめた。

「今年もよろしくな、ビール。また慌ただしい年が、激動の年が始まる」

黄浦江に風が鳴った。

碇泊中の帆船が、一斉に軋みを上げて音吉を迎えた。


三月十四日。とどまるところを知らぬ太平天国軍が上海からわずか一五〇マイルの南京に総攻撃を開始した翌日、ジャーディン・マセソン商会を始めとする租界の洋商に激震が走った。

「なんだとっ。それは一体どういうことだね、ゴーランド君！」

報告を受けたキルビーは読みかけの書類を投げ付けた。

「わかりませんが、とにかく生糸商らが結託して法外な値を突き付けて来ました」

ゴーランドは乱舞する書類を掻き集めながら云った。

「強気というか、全く売る気がないような値段です。そのくせ、倉庫を借り上げては例年以上に早々と上海に運び込んでいるんです。おそらく四月中には、倉庫という倉庫が生糸で一杯になるでしょう」

「いつものように買い叩け。一人だけ法外なままで買ってやってもいい。そうすれば、なし崩しに我も我もが始まるだろう。清国の商人など、そんなものだ」

「それくらいもう考えました。やっています」

ゴーランドは即答した。

「ただ、それでも上手くいかないのです。どうやら連中には煽動する者がいるようで、誰一人として乗ってこないと買弁の洪文元が頭を抱えています」

キルビーの白いこめかみに青筋がくっきりと浮かんだ。自分の指示を即断したゴーランドにか、わがままな清国の生糸商にか。

「今のままで仕入れても、利は全く期待出来ません。ヨーロッパへの船が順調さを欠くだけでおそらく赤字に転落するでしょう」

ゴーランドは取りまとめた書類の束をキルビーに突き付けた。

「どうしますか。時期が時期です。間もなくヨーロッパ廻りの商会の船が上海に着きます。仕入れるなら仕入れるで買い始め、止めるなら止めるで他の商品を考えませんと、商船の復路が空荷になってしまいますが」

キルビーがゴーランドを睨み付ける。

「首謀者は、誰なんだ」

声なく、ゴーランドは首を横に振った。

「聞くまでもないことなんだろうが、すでに探しているんだろうね」

今度は首を縦に振る。キルビーは吐息とともに椅子に深く背を預けた。

「デントの、オトソンはどうしている」

「わかりません。三日前に県城の方へ出掛けていったきりです。漕幇の目があちこちに光っていてなかなか近付けないようですが、知県の呉道台に面会を申し込んだところまでは洪文元の手の者に確認済みです。おそらく、今回の生糸商のことでも掛け合っているのではないでしょうか」

「……そうか、なら丁度いい。知県がどう出るか。まずはそれをオトソンの行動に教えてもらうことにしよう。この二、三日、いや四、五日を待つくらいはなんでもない。我が社の商船が港に入り、出て行くまでにはまだ二カ月の余裕があるのだ」

「では、そのように」

「念のため、県城のオトソンからは出来るだけ目を離すな。なにをするか読めない男だ」

「わかりました」

キルビーは手の甲でゴーランドに退出を促した。一礼とともにゴーランドが出て行く。

だが、そのゴーランドがいつになく慌てふためいて支店長室にふたたび現れるまでに、二時間は掛からなかった。

「し、支店長」

「どうした。また生糸の値が上がったのか」

嘲弄混じりにキルビーは云った。ゴーランドが激しく首を振る。

「い、今、洪文元の手の者が駆け込んできて。オトソンがいつの間にか県城からいなくなっていると」

「なっ！」

言葉にならぬ一声だけで、キルビーは押し黙った。ゴーランドも口を利かなかった。しばし、部屋を沈黙が支配する。

「今度は、なにをするつもりなのだ、ジョン・マシュー・オトソン」

やがてキルビーが低く呟く。ゴーランドに答えられるわけもなく、部屋の沈黙は揺るがなかった。


この日、音吉は上海から南西に一〇〇マイルの杭州にいた。連れ立ったのは徐潤だけであった。

「仕掛け人はお前だな、胡雪岩」

阜康銭荘本店の奥間である。紫檀彫りの机を挟み音吉の正面で、茶を喫しながら胡雪岩が緩やかに笑った。

「さて、何故私だと思われます」

「お前がわざわざ北京に来たときから、生糸に手を出すのではないかと踏んでいた。

漠然と誰なんだと聞けばのらりくらりと逃げられるが、お前だと決めて聞けば、糸行の者達の言葉に澱(よど)みも出る」

「ははっ。直感頼りの読みですか。さすがですねと云えばそれまででしょうが」

胡雪岩は楽しげであった。

「そうか、魏老五ですね」

「さてね」

音吉も足を組み、静かに茶を喫した。腹の読み合い、探り合いに、音吉の隣で徐潤が息を殺して真っ赤な顔をしていた。

「いえ、魏老五でしょう。音さんからの利、私からの利。二つを合わせて松江漕幇は上手く廻っている。どちらかの商いに支障が出る食い合いを、あの男ならそのままにしておくはずもない。――そう、私ですよ。私自身、湖州で仕入れた大量の生糸をすでに上海に運びました」

「皆を一つにして値を吊り上げて、か。誰も買わなかったら大損だ。そんな危ない橋を渡る男ではないだろう。胡雪岩、なにかをつかんだな」

「はい」

「なにをつかんだ」

「ふふっ、教えられると思いますか」

「教えてもらおうと思う。だから、これから取引だ。まず、私もいいことを教えてやろう」

音吉は徐潤に目配せをした。大きく息を吐き、徐潤が荷物からなにやらを取り出す。大きな紙であった。机に広げる。どこぞの敷地図、配置図のようである。

「これは、租界の地図のようですが」

胡雪岩が覗き込む。

「おかしくありませんか。ちょっと違うようですが」

「そう、違う。いいか、胡雪岩」

音吉は机に身を乗り出した。

「これは領事館から密かに手に入れた、これからの租界の予定図だ」

胡雪岩にこれといった反応はなかった。怪訝(けげん)な表情でさえあった。

「わからないか。まあ、私は狭い地に住む日本人だから地面というものが気になるが、ここまで広大な地に住むと、土地に対する感覚が麻痺(まひ)するんだろうな」

音吉はおもむろに懐中から携帯のペンを取り出し、地図上の予定区域に斜線を入れた。

「ここら辺りはな、胡雪岩、今はなにもない野原だ。野原にして、宝だ。知県の呉道台も、ほぼ予定図通りの拡張を認めている」

地図を注視し、次第に胡雪岩の目が輝きを増す。すべてを云わなくともこのくらいで、優秀な商人ならわかるだろう。

「おおっ。安く買った後に、道が通る」

「そう。道が通れば、土地の値が跳ね上がる。土地の売り買いだけでなく、家を建てれば家賃が取れる。通り沿いなら確実に言い値だ。破格だ」

音吉は椅子に腰を戻した。

「この予定図はやるよ。さて、なにをつかんだんだ、胡雪岩」

地図から顔を上げ、胡雪岩はひと息ついた。

「不動産ですか。敵(かな)いませんね。いいでしょう。知ったところでなにも変わらない。教えて差し上げましょう。音さん、小刀会(しょうとうかい)をご存じですか」

「知っている」

この当時、曾国藩(そうこくはん)率いる湘勇(しょうゆう)のような義勇軍も誕生したが、太平天国に呼応して一旗揚げようとする小さな結社もそれこそ雲霞(うんか)のごとく立ち上がった。小刀会は広東や福建の船員、苦力を主に、周辺の農民を巻き込んで組織された、そんな結社の一つであった。劉麗川(りゅうれいせん)、陳河連という二人の首領はどちらも福建の船頭で、一党は太平天国軍に倣(なら)って弁髪を切り、赤い頭巾を巻いたことから紅頭と称された。上海周辺に根を張りつつあり、音吉が知っていたのは、隣家のレイノルズがジャーディン・マセソン商会のキルビーとともに小刀会を支援していたからである。

　レイノルズは前年、彼の事業としてキルビーと組み、莫大な費用を投じて港から租界内へ電信のための電柱を敷設した。それが、一夜にしてすべて切り倒されたのである。呉道台の指示であった。〈風水の害〉があるという理由らしいが、なんの話もなく勝手に電柱を立てたことが呉道台には面白くなかったのだろうと音吉は思っている。呉道台はそういうことにうるさい男だ。当然、レイノルズは激怒した。キルビーもである。小刀会を支援し始めたのはそれからであった。

「近々蜂起して、上海県城を襲撃すると聞きました。だから、今買って頂かなくても結構です。一年寝かせてもいい。多少色は変わりますが、それでも高値で売れるでしょう」

　一瞬、音吉の眉が吊り上がった。

「なるほど、そういうことか」

　洋商が小刀会を支援していることは公然たる事実である。小刀会が県城を襲えば、清朝政府も重い腰を上げざるを得ない。すなわち、賊徒に荷担する洋商との交易の一時停止は確実にあるだろう。そうなったら、租界に商品が入ってこなくなる。

　生糸商らの言い値が終わりではなかった。胡雪岩にしても賭けは賭けだろうが、小刀会さえ蜂起すれば、今入れられるだけ上海に入れている生糸の値段は天井知らずとなる。

「考えたな」

茶碗を手に取る。傾けると空だった。

「ははっ、お褒めにあずかり」

「だが一年寝かせてもいい、とは本当か」

音吉は茶碗を手の内でもてあそんだ。

「あちこちの高官や銭荘から、借りられるだけの金を借りたらしいな。生糸を買い付けるためだろう。一年寝かせたら利子だけでも相当な額になる。糸行や牙帖商人達への保証も大変なものだ。ふふっ、胡雪岩、一年の余裕など本当はないのだろう」

胡雪岩の笑顔に亀裂が走った。

「……それも、魏老五ですか」

「いや、この徐潤と徐鈺亭だ。うちの買弁は優秀だよ」

音吉の言葉に徐潤が得意気であった。胡雪岩の目が買弁見習いの少年に動く。意外に穏やかに、優しい目であった。

「その歳でとは恐れ入る。きっといい買弁になるだろう。けれど今はまだ、私は負けないよ」

「そう云うな、胡雪岩。取引をしよう」

「取引、ですか。不動産のこと以外にまだ引き出しがあるんですか」

「まず教えてやろう、と云ったはずだ。ここからが取引だよ」

音吉は空の茶碗を胡雪岩に放った。

「通常の値で全部売れ。通常の利を取って借りたものは返せ。元手を確保しろ」

「ご冗談を。それでは足並みを揃えてくれた生糸商に」

「その代わり」

胡雪岩の答えを音吉は途中で斬って捨てた。

「私の方も、徐潤と徐鈺亭の名で押さえた土地の半分を売ってやる。仕入れに、毛の生えたような値で」

視線だけが絡み合う一瞬の間。

「云っておくが、通り沿いならどこでも宝というわけではないぞ」

胡雪岩の目が見開かれる。すべてを理解したようである。

しばしの睨み合い。やがて、

「……そうですか、もう終わっているのですか。仕掛けたのは、私だけではないのですね」

「まあ、そういうことだ」

胡雪岩はなにも云わず部屋を出て行った。帰ってきた時には、両手に湯気立つ茶碗を持っていた。全身から力が抜けているように見えた。

「自慢の逸品です」

机に置く。音吉の前と、徐潤の前に。

「少しずつ先を行く。恐ろしい人だ、音さんは」

取引は、いや、勝負は、それで終わりであった。音吉はこの年、租界に運ばれる予定の生糸をすべて手に入れることになったのである。

（キルビーだけでなく、洋商という洋商に恨まれるな。さて、命は幾つあったら足りるのだろう）

口の端に笑いを噛みながら熱い茶を喫す。

胡雪岩が逸品と云うだけあって、茶は甘みさえ感じる、上々等の品であった。

第四章

——オトソンがこの年の生糸をすべて握った。

この一報は、上海にある他の商社を驚愕させる。租界に帰った音吉を待っていたのは、嫉みの声と妬みの視線ばかりであった。

だがデント商会、ひいては音吉に実力行使に出ようとする者は誰もいなかった。ビールは渋い顔をしたが、音吉がデント商会の利を減じ、国に関係なく上海にあるどの商社にも、欲しいと云えば破格値で生糸を卸したからである。

——ビール、一人勝ちは租界に余計な軋轢を生むだけだ。実際、清国からの商品は生糸だけではないし、すべての品の独占など不可能だ。しかもここはヨーロッパから遠く、千人万人の社員がいるわけでもない。他の品がどうしても入り用の時、船便の手配がどうしてもつかない時、救いの手をどこに求める。持ちつ持たれつだ。何事もほどほどがいいのだな。それでも、商会の利はいつもの倍以上だよ。

もちろん、自社扱いで本国へ送る十分な量を確保した残り、ではある。糸行(しこう)や牙帖(がちょう)商人らの利に、胡雪岩(こせつがん)と、些少(さしょう)とはいえデント商会の利も乗っている。例年に比べれば高い品ではある。

にもかかわらずラッセル、サッスーン、アスピノール・コーンズ、オリファント等、主だった商社の上級社員がこぞってデント商会の前に列を作った。唯一ジャーディン・マセソン商会だけが、前月上海に配属になったばかりの若い社員を並ばせた。

——ビール統括、デント商会の寛容に感謝します。値はともかく、本国に送らないことには話にならないのですよ。

——助かりました、ミスター・ビール。一年でも途絶えれば、翌年の商売が成り立たないのでね。

一階の事務所で契約書にサインを終えた他社の男達はみな支店長室に顔を出し、口々に謝意を告げながらビールに握手を求めた。

——なに、お気になさらず。今回は我が社に運があっただけです。お互い様ですよ。次は、我が社が助けていただくことになるかも知れない。

決めてあった言葉を人の数だけ繰り返すビールの後ろに立ち、音吉は満足げに頷(うなず)いた。

太平天国軍が三月二十日、南京(ナンキン)全城を制圧したばかりである。老若男女(ろうにゃくなんにょ)合わせて二十万では利かぬ数の入城であったという。天王洪秀全が入城したという知らせはまだ届かないが、近々であることは間違いない。さらに十万余の兵を従えた、堂々たる入城になるらしい。

三十万を遥かに超える貧しき人々が、南京という都を得たのだ。動乱はまだまだ続くだろう。

その南京からわずか一五〇マイルの上海になにも起こらぬわけがない。現に、胡雪岩は小刀会の蜂起を明言した。

その件について、音吉は県城の呉道台にそれとなく匂わせて注意を促した。呉道台も暗愚ではない。すでに皇都北京に人員の補強を要請していることだろう。

さらに音吉は機を違わず音頭を取り、それまでばらばらであった租界内に一致団結して自警団を作ることを各社に了承させた。

生糸を卸してもらう弱みもあるだろうが、答えはほとんどの社が、快諾であった。互いに互いの利を睨み、みな自分から云い出せないだけのことであった。事が起これば租界全体に被害が及ぶことは明白なのだ。強いリーダーシップを、誰もが待っていたと云ってよかった。この生糸の契約が済み次第、各社から人が出て租界の周囲に土嚢を積み、銃を抱えた警邏が始まる。

順調であった。

「やあ、ビールさん」

最後の社の代表が支店長室に入って長話を始める。

音吉は静かにビールの背を離れて階下に降りた。

胡雪岩との土地の振り分けは徐鈺亭(じょぎょくてい)と徐潤(じょじゅん)に任せてあった。胡雪岩は抜け目のない男だが、二人なら上手(うま)くやるだろう。徐鈺亭は胡雪岩に負けず劣らず優秀で、徐潤はいずれ租界を代表する買弁(ばいべん)になるはずの男であった。

ちなみに云えば、徐潤は音吉の教えた不動産投資に興味を持ち、のちに自らも外(がい)灘(たん)・四馬路(しばろ)・十六路(そろじ)におよそ三千畝(ぼ)に及ぶ土地を取得し、二千六十四棟(むね)の家屋を持つ。この家屋からの家賃収入だけで日六百二十両が上がり、不動産の評価は外灘・四馬路の分だけでも二百万両以上であったという。

「ははっ。みんな、嵐のような契約だったけど、抜けのないようにな」

契約書の束(たば)と格闘する社員達一人一人に音吉は声を掛けた。雑多な人種が押し寄せたとわかる残り香と、熱気が事務所には充満していた。

「音さん」

表から古参の苦力(クーリー)が手招きする。出てみると、同じ苦力の身なりではあったが明らかに雰囲気(ふんいき)の違う十人ばかりの男達がいた。

「爺叔(イエシュー)」

囲まれるようにして真ん中にいたのは、松江漕幇(しょうこうそうほう)の魏老五(ぎろうご)であった。

「爺叔の提案、受けようと思う」

音吉は笑って頷いた。

年が明けてすぐに、音吉はシンガポールのカールから新年を言祝(ことほ)ぐ手紙を受け取った。手紙には云ってあった通りの綿密な提案書が、ルイーザの字によって添えられていた。

前五年間に清国からシンガポールへ入った苦力やジャンクや帆船の、正確な把握と統計的な分析(ぶんせき)に始まり、五枚からなる提案書はルイーザの聡明さを示して音吉にも満足のいくものであった。

――いいところに目を付けたね。ベルダーの二人は、なかなか優秀だ。

これは、手始めにデント商会の持ち船を乞うべく、提案書を見せたときのビールの感想である。

続いて音吉は魏老五の元へ徐潤を走らせた。黙って話を聞いたまま、否も応も、とにかく即断の答えはなかったという。

江湖(こうこ)に生き江湖に死す、そういう覚悟も誇りもある男達を見知らぬ大海原に押し出そうというのだ。踏ん切り、という言葉で片付けられるほど、男達の人生は軽くはあるまい。

徐潤を走らせてから二カ月半。答えは決して、遅いということはなかった。

「よく決断したね。私もその方が断然、これからの松江漕幇にとっていいと思う」

「良いか悪いか。爺叔、もう俺にはわからない。時代の流れ、だろうか」

陽によく焼けた顔の細い目、細い鼻筋、細い顎。どこが動いたとも知れず、魏老五はたしかに、寂しく笑った。

「頭目連中に相談した。誰もが戸惑った。考えさせてくれと云った。それはそうだろう、根っこの話だ。まとまるまいと俺は思った。だが、さして日を置かず俺の前に多くの男達が立った。すべて、これからの松江漕幇を背負っていく若者達だった。このままでは駄目だと。外でやってみたいと。やらせてくれと」

魏老五は居並ぶ男達を見回した。みな、若かった。

「俺や古い者達は、湖と河と薄闇の中に生きてきて、これからも生きてゆくのだな。出る幕はないようだ。だから、何人かを連れてきた。爺叔、良くも悪くも、やっていくのはこいつらなのだ。おい」

促され、隣に立つ背の高い男が前に出て頭を下げた。何度か見掛けたことのある男であった。居並ぶ男達の中では魏老五に次いで年長であろう。巌のような身体つきの男で、目に辺りを圧する力があった。

「爺叔、尤老五だ。あんたと、これからの松江漕幇を繋ぐ」

「挨拶(あいさつ)するのは初めてだ。爺叔、と俺も呼ばせてもらおう」

「尤老五ね。うん、聞いたことがある。君だったのか」

聞いたのは胡雪岩からだったか。尤老五とは大頭目魏老五の片腕にして、次の大頭目と自他共に認めるという男の名であった。

「よろしく、尤老五。君達のこれからに、大いに期待する」

音吉は云いながら手を差し出した。

順調であった。

デント商会の船はビールが確約してくれた。ペラナカンの張(ちょう)一家とオリファント商会のキングにはすでに打診済みである。

漕幇の男達が、しかも若者がやる気になったのなら、生糸の卸しに乗じてラッセル商会にも船を聞いてみるか。拠点をボンベイに置くサッスーン商会にはアイデアを話すのはまだ早いだろう。シンガポールにおける道路整備やインフラの計画は、上海総領事のオールコックに聞けばおおよそのところは把握出来るに違いない。

いずれにしても、これでシンガポールの事業も動き出す。カールとルイーザ、特にルイーザの喜ぶ顔が目に浮かぶ。

――音、そっちは内乱で大変みたいね。心配だわ。十分、気を付けて。

提案書の最後に添えられた、ルイーザの一言は音吉の胸の奥をくすぐるものであった。

すべてに、順調であった。

尤老五が音吉の手を力強く握る。硬く厚い、船に生きる男の手であった。

（順調だが）

音吉は顔を黄浦江に振り向けた。

（あれが、気になるといえば気になるかな）

視線の先には港に碇泊する一隻の外輪式蒸気船があった。

船は名を、サスケハナ号といった。

前日に入港してきたその船は、アメリカ国旗がひるがえる最新のフリゲート艦であった。全長一四〇フィート強、全幅も優に四〇フィートを超え、チャン塗りも黒々としたおそらく二四〇〇トン級の船は、数多の船を見慣れた音吉にとっても目を見張るほど巨大な軍艦であった。

――ヨーロッパの船ならわかるが、こんな時期にアメリカがただ一隻を送り込んでくるとは、一体なんの前触れかな。

煙を棚引かせながら黄浦江を遡上してくる、黒塗りの外輪蒸気船を見ながらビールはそう呟いた。

フランスはイギリス租界と上海県城の間に寝そべる形で一八四九年にヨーロッパ租界を作ったが、アメリカが租界を開くのは後の、一八六三年のことである。この当時、幾(いく)つかの商社をイギリス・フランス両租界に間借りとして点在させるだけで、アメリカは自国の租界を上海に持たなかった。

イギリスや他のヨーロッパ諸国はたしかに、有事に備えて上海にそれぞれ何隻かの軍艦を送り込んできた。それらの船は今も黄浦江に偉容を誇っている。だがアメリカは、太平天国軍と清国軍の争いが上海に波及してきた場合、着の身着のままで逃げ出せば事足りるだけの身軽さを、清国貿易の伸び悩みと引き替えに有していたのである。巨大な戦艦を、しかも一隻だけ派遣(はけん)してくるとは、誰の目にも奇異以外のなにものでもなかった。

――近々、私が領事館に行って聞き込んでこよう。

オールコックの元を訪れ、ビールが情報を仕入れてきたのは二日後のことであった。よく晴れた空に黄砂の舞い散る日のことである。支店長室にいた音吉は、この日香港の力松(りきまつ)から届いた分厚い手紙を読み終えたばかりであった。

「なんだね、ずいぶんと難しい顔をしているね。まあ、私の仕入れてきた話も君にとってあまり面白いものではないが」

ビールは支店長室のソファに座って溜め息をついた。理由は音吉には易(やす)く想像出来た。力松の手紙にも、書いてあるのはサスケハナ号のことであった。

サスケハナ号は、アメリカ東インド艦隊の旗艦であった。司令長官はマシュー・カルブレイス・ペリー海軍代将であるが、まだ着任していない。司令長官代行として指揮を執るのは、艦隊プリマス号の艦長でもあるケリー海軍大佐であった。

前年五月から香港に繋留されていた同艦は、新任の清国駐在公使ハンフリー・マーシャルを随員とともに香港から上海に運ぶためにやって来たという。

「表向きはな」

いつの間にか、音吉は力松からの手紙を握り締めていた。

「総領事も同じことを云っていたよ」

ビールも同調した。

マーシャルを運ぶため、ではない。サスケハナ号は、マーシャルの号令で上海にやって来たのである。マーシャルは太平天国の都にほど近い上海にあるアメリカ商社の権益を守るため、常々艦隊の派遣を米国政府に要請していたらしいが、政府はぐずぐずとしていつまで経っても煮え切らなかった。業を煮やしたマーシャルは司令長官不在をいいことに、ケリー長官代行に公使の強権を発動してサスケハナ号を動かした。旗艦が動けばいずれ艦隊が集まる。集まったら動かさず、全権を以て駐留させる。それが、マーシャルの目論見のようであった。

だが、音吉が手紙を握り締めた理由、ビールがあまり面白い話ではないといった理由は、アメリカのそんな内輪のことではなかった。

「どうするんだい、音さん」

「決まってるさ、ビール」

音吉は、手の内でくしゃくしゃになった手紙に目を落とした。

――音さん、助けてやって欲しい。私一人の説明は彼らの心に届かなかったけれど、助けてやって欲しい。

庄蔵がちょうどカリフォルニアへ出掛けて留守の間の出来事であったらしい。手紙は、力松の切実な言葉で締め括られていた。

「異国船への当たりは和らいだが、だからといって港を開いたわけではない。そこに艦隊で寄せて漂流民が無事に済むかどうかは、私にも乗れない賭けだ」

「君ならそう云うだろうと思った」

ビールは頷いてポケットからパイプを取り出した。

「英国政府にまだその気はないようだがね、なんにしても他の国に先を越されるのは面白くない。なにかするのが租界で評判の音さんなら、密かに手を貸してもいいと総領事は云っていたよ」

吸い付けた紫煙が部屋に流れる。音吉はもう一度力松の手紙に目を落とした。

アメリカ東インド艦隊の旗艦サスケハナ号は、米国に辿り着いた十三人の日本人漂流民を乗せ、マシュー・カルブレイス・ペリー提督を大使として閉ざされた国、日本をこじ開けに行くのだと、分厚い手紙にはアメリカの国内事情も踏まえて克明に書かれていた。

アメリカが日本に港を求めたのには大きく分けて二つの理由があった。

まず一つ目は鯨である。一八二〇年、マサチューセッツ州ブライトンに住む対清国貿易船の船長ウィンシップが、航海中の日本近海で鯨の大群を発見したのだ。

南太平洋で操業していた同州ナンタケット島の船団は、それを聞きつけるとすぐさま一隻を北太平洋に派遣し、ウィンシップの言葉通り金華山沖で抹香鯨の大漁を得た。

この船団の成功にアメリカの捕鯨業者は沸いた。十九世紀に入ってアメリカでは、経済の著しい発展を背景にランプ油や潤滑油としてスパーム・オイル、抹香鯨の脂が高い商品価値を持ち始めていたのである。

翌二一年には北太平洋に東海岸の基地から三十隻を超える捕鯨船が出航し、四六年にはホノルルに集積する船が六百隻を超えていたという。

北太平洋の鯨は捕鯨船で働く者にとって、まさに陸に先駆けた海のゴールド・ラッシュであった。

アメリカはホノルル一港では捌きされない捕鯨船のために、さらなる港を日本に求めたのである。

そして二つ目は、一八四四年に英国に倣って清国との間に締結した通商条約と、陸のゴールド・ラッシュと、実用段階に入った蒸気船の能力が大きな切っ掛けであった。

アメリカは当初、太平洋に捕鯨以外なんの興味も持ってはいなかった。なぜなら西海岸はメキシコ領で住む人すら少なく、太平洋の西にもそれまでは確固たる市場がなかったのである。

その目を一気に西に向けさせることになるのが、一八四六年のメキシコ戦争と、一八四八年に始まるゴールド・ラッシュであった。カリフォルニアが合衆国の領土となり、莫大な金が眠る鉱山が発見されたことによって飛躍的に人口が増大する西海岸は、ボストンやニューヨークなどの商社や海運業者にとって一大市場へと変貌したのである。加えて、一八四四年には、米清通商条約によって東アジア貿易の基礎は築かれていた。

未開の海である太平洋を挟んでそれぞれの岸辺に米国は魅力的な市場を知った。ならば太平洋航路を模索し始めるのは当然の帰結であったろう。すでにニューヨーク・サンフランシスコ間を、わずか三十日で結ぶ汽船の定期航路が出来上がっていたのもそのことを後押しする。

一八四九年、海軍委員会は汽船の能力と航路によるアメリカの優位性を政府に建白した。

〈ニューヨーク・マカオ間に十カ月を要する帆走が蒸気船ならば百日あまりに短縮出来、汽船の能力を以て太平洋を横断するならば、カリフォルニアを起点に清国までは三十日足らずである。つまりは、汽船ならばニューヨーク・清国間を六十日弱で走破出来る。この航路が確立されれば、イギリスよりも廉価なアメリカ綿製品は必ずや清国市場を席巻し、対清貿易におけるロンドンの地位にニューヨークが取って代わり、さらなる高みから見下ろすことも夢ではない〉

政府は建白に注目した。が、この航路には必須となる条件があった。西海岸・清国間のおよそ六〇〇〇マイルに、適当な石炭補給基地を幾つか確保しなければならないのである。当時の蒸気機関はまだ単気筒低圧で、膨大な石炭を燃やさなければならなかった。

イギリスは喜望峰経由で大西洋を東に抜ける航路の各地に、植民地を中心とする補給港を整備していた。アメリカにとって太平洋における補給港の確保は、東アジアにおけるイギリスに対抗するための急務であった。

鯨と清国貿易。この二つの理由により、是が非にもアメリカは日本に港を欲した。

そのために海軍省長官グレイアムが東インド艦隊司令長官として白羽の矢を立てた

海軍代将であった。

当初、ペリーは就任を渋ったという。彼の希望は地中海艦隊総司令であった。

——東インド艦隊が増強され、司令長官の権限が拡大され、日本遠征の任に就くことが栄誉に繫がるというたしかな期待が持てるならば。

ペリーはグレイアムに交換条件を突き付けた。

対してグレイアムが黙ってペリーに与えたものは、特命全権大使の資格と八十枚に上る極東の海図と、十二隻の戦艦であった。

提督といえば、海の男である。口にしたことは守るのが海の男である。

地中海艦隊総司令を潔くあきらめ、オールド・ブリュイン、マシュー・カルブレイス・ペリーは敢然とノーフォークの港に立ったのである。

三日間、デント商会と各商社が契約を結んだ生糸の積み出しや運び込みで、租界はまるで祭りのように大賑わいであった。サスケハナ号を気にしつつも、倉庫の陣頭指揮に立って音吉は動けなかった。

そして四日後は、曇天からやけに黄砂の多く降る日であった。ここ数年で一番の降りであったろうか。

寂しいほどに港通りは静かであった。人の往来さえが少なかった。それぞれの商社への分配はまだ半分ほどしか終わってはいなかったが、生糸は、無理をして万が一にも梱包に砂が入っては後が厄介なのである。商品が充満する倉庫も、砂が流れ込んでいいことは一つもない。

慌ただしさは、降る砂の中にひと休みであった。

この日、小舟に揺られて音吉はサスケハナ号へと向かった。燕尾服にシルクハット、手には銀の飾りが付いたステッキを持っていた。代理ではあってもアメリカ東インド艦隊の司令長官と面会するのである。出来るだけの正装は礼儀であった。

三日間動けなかったが、動けないなりに音吉は思考を巡らし、打てる手を打った。ビールからオールコックへ、オールコックからマーシャルへと伝言を繋ぎ、アメリカ駐在公使の意思は確認してあった。

——多少の揉め事には目を瞑ろう。

オールコックからどう伝わったかは知らないが、マーシャルはそう云ったという。わかっていたことではある。東インド艦隊の旗艦を強引に香港から動かした公使である。揉め事は願ったり叶ったりであろう。ごたごたが尾を引き、艦隊が上海を離れられなくなることが公使にとっては望ましいのだ。

昨日になって、音吉は急遽この日の面会を公使に頼んだ。風の流れと雲行きから、黄砂の降ることはなんとなくわかっていた。海の男である。さすがにこれほどの降りになるとは思わなかったが、多少でも降れば理由にして倉庫を閉めるつもりであった。

目を瞑るどころではなく、マーシャルは自らいそいそと黄浦江に漕ぎ出し、ケリー長官代行に音吉との面会を約束させた。

「でかい船だ」

漕ぎ寄せて見上げる船は、岸で見る以上に威圧感に満ちていた。デント商会の名を告げて上甲板へと上がる。サスケハナ号は舷墻のいやに高い船であった。六フィートはあるだろう。

(この船に船上から銃弾を撃ち込める船は、そうないな)

サスケハナ号は最新の外輪蒸気船というだけでなく、思う以上に戦艦であった。

「君が、マーシャル公使の云うデント商会の支店長か」

海に長く生きてきたことを知らせる、大きく歯切れのよい声が掛かった。見れば、最上後甲板に一人の男の姿があった。仰々しい肩章のついた二列ボタンの詰め襟である。ケリー長官代行に違いなかった。

音吉はシルクハットを軽く傾けて挨拶し、最上後甲板に上がった。

降りしきる黄砂を嫌ってか、ケリーは手招きしながら、待つことなく一室に入っていった。そこが司令官室なのだろう。

「モリソン号に乗っていたとか。君の話は、マーシャル公使から聞いた」

身に積もった黄砂を叩きながら後に従って部屋に入ると、整った調度の向こう、司令官の椅子の前に立ってケリーは手を差し伸べた。年の頃は五十代に差し掛かる辺りか。ネイティブの血が混じっているに違いない黒髪と濃く黒い髭と茶色の瞳を持つ、ケリーは背筋の伸びた姿勢のよい男であった。

「デント商会上海支店長、ジョン・マシュー・オトソンです」

握手を交わしながら音吉は名乗った。

「ミスター・オトソン、かね」

ケリーがわずかに眉根を寄せる。

「日本名は音吉。音吉、山本です」

「ああ、なるほど」

得心がいったか、ケリーはゆっくり顎を引いた。

「精気を湛えた、なかなかいい目をしている」

「私も、海の男ですから」

「……そうか。いや、そうだったね」

挙措にゆとりと、侮りがたい威厳が感じられる。一時的にとはいえ、さすがに艦隊を預かる男であった。だが――。

（真っ直ぐな軍人に商人の駆け引きは少々気が退けるが）

微笑みのうちに、音吉はケリーの気質を見て取った。一徹に勤め上げてきた、ケリーは真っ当な、しかしただの軍人のようであった。

対面の椅子に腰掛けると、すぐにノックが聞こえ、下士官が珈琲を運んできた。香りを楽しみながら、しばし当たり障りのない話に終始する。

「この度は無理なことをお願いしまして」

十五分も過ぎたか。カップの最後の一滴を飲み干し、音吉は今回の目的を切り出した。

「いやいや、彼らも船中ばかりでは気詰まりだろう。幸い、当艦にはしばらくなんの予定もない。香港では行き違いから船の者達にだいぶ過酷な労働を強いられてもいたようだし。上海見物はいい骨休めになるだろう」

「マーシャル公使やオールコック総領事を交えての宴席も考えております。お二人の都合もあり、いつになるかのご返答は出来かねますが、なんにしても彼らの安全に関しては当方で、というか、私が責任を」

「うむ。こちらからこそ、よろしくお願いする」

同じ日本人として、サスケハナ号にいる十三人の漂流民を陸に上げてもてなしたいとは、マーシャルを通じて伝えてある。断らないことには確信があった。力松からの手紙で、十三人が実は十六人であったことを音吉は知っていた。

年の若い三人がアメリカへの好奇心捨てがたく、トマス・トロイという伍長(ごちょう)の後押しでケリーに掛け合い、三人だけならばと了解を受け、便船を得てサンフランシスコに戻っていったという。

次作(じさく)、亀蔵(かめぞう)、そして後にジョセフ・ヒコを名乗ることになる彦太郎(ひこたろう)の三人である。

自分の権限で三人を手放したケリーが、目と鼻の先の租界に上がるだけの、たかだかの休息を請われて許さぬわけがなかった。事実、香港でも一日、二日の上陸は気軽に認められたと力松の手紙には書かれていた。

「司令官、仕度が出来ました」

二杯目の珈琲を飲みきる前に、部屋の外から下士官の声が掛かった。

「砂の雨がどうにも嫌いでね。ここで失礼するよ」

座ったまま片手を上げるケリーに一礼し、シルクハットを被って音吉は最上後甲板に出た。

前方の上甲板に、風呂敷(ふろしき)包みを抱えた洋装の日本人十三人が立っていた。

「尾張(おわり)の、音吉さんでっか」

近づくと五十歳くらいの、中では一番年嵩(としかさ)に見える皺(しわ)深い男が一同の前に出てきた。

音吉は力強く頷いた。

「儂は、長助云います。あんさんのことは、力松さんから聞きました。一度訪ねるようにと。こっちからとは思いながら、言葉もよう通じんし、艦長になかなか云い出せしませんで」

長助の言葉を手で制す。二十歳そこそこから五十歳くらいまでの十三人が、揃って音吉を見ていた。揃って不安げな、十三対の目であった。

「ご苦労なされたようですね。大丈夫。私が、必ず日本への安全な道を付けてさしあげます」

おおっ、と皆から感嘆が洩れた。

「まずはこの船を降りましょう。すべてはそれからです」

音吉は長助の脇に進んで背を押した。一同が動き出す。

——バーイ、ジョー。バーイ、ウィル。

漂流民のうちの誰かが云った。若い声である。音吉は振り返った。一番年少に見える男が、メインマスト際の男に手を振っていた。こなれた所作であり、慣れた英語であった。

「彼は」

「えっ。ああ、仙太郎ですわ」

音吉の問いに長助も振り返って答えた。

「この中で一番若く、二十二歳になりますか」

二十二と聞いても、線の細い仙太郎は二十歳を超えているようには見えなかった。異人には少年と見紛うばかりであろう。澄んだ目に性根の穏やかさが感じられた。

「そうか。仙太郎、ね」

音吉はその名を胸に刻み込んだ。

仙太郎は少年のような笑顔で、ジョーとウィルにいつまでも手を振っていた。


降りしきる黄砂が、夕陽に滲んで赤かった。

音吉は十三人の漂流民を連れて洋涇浜ストリートの自宅に戻った。

「さあ、ここがこれから、皆さんがしばらくを過ごす私の家です」

全員が芝生に立って物珍しげに辺りを見回す。

「ああ、それとあれは気にしなくていいですから。いつものこと、そういう模様だと思えばいい」

音吉は指で隣の家を指し、特に構うことなく先に進んだ。隣家の二階には音吉の云ういつものこと、レースのカーテン越しにレイノルズの影が見えた。

時刻は、すでに午後五時を廻っていた。玄関を開けると、開芳が生み出すよい匂いと音がした。

「ただいま」

居間に入ると、船頭の弥兵衛以下、天正丸の三人がソファに座っていた。立ち上がって音吉を見るなり、三人ともが目を丸くして固まった。正確には、音吉の後ろに居並ぶ面々を見て、である。出掛けにサスケハナ号の十三人のことは伝えておいたが、異国で会するそれだけの数の同胞は、一瞬、どうしても現実味に乏しいのだろう。

「連れてきましたよ、十三人を」

手で、十三人の中から長助を押し出す。

「摂津栄力丸の、長助云います。よろしゅうに」

長助が頭を下げると、どちらからともなく皆が寄り合った。

――生きてなあ。

――よう、ここまで。

――日本人じゃぁ。

十三人は十六人の固まりになって、誰からともなく啜り泣きさえ聞こえた。

微笑ましく見て、音吉は上着を脱ぎながら食堂へと向かった。忙しい音を立て、開芳が椅子の上で一心不乱に鍋を振っていた。その脇で、腕まくりして包丁を握る市蔵が振り返る。

「まっこと来よりましたか、サスケハナ号の十三人」

「ああ、これからが勝負だけどね。取り敢えず降ろしてはみたけど、これからどうするかを考えると頭が痛い」

音吉が肩をすくめると、白い歯を見せて市蔵は笑った。

市蔵の白いシャツには、油跳ねの跡がところどころにあった。飯の時以外は部屋に籠もりきりの進之丞と違い、出ては来ても祖国に焦がれて溜め息の日々を過ごすだけの水主らと違い、市蔵は開芳と一緒になって家のことをよくこなす。二人だけの時などは、ともに英語だけで過ごすこともあることは開芳に聞いた。語学に対する能力も、剣の腕も、順応性も高い男である。そういえばと見れば、漂流以来であったのだろう総髪が、短くさっぱりと調えられていた。

「ああ、こりゃあ、開芳の仕業ぜよ。邪魔じゃち云うて」

音吉の視線を読み、市蔵はひとしきり頭を掻いた。そのとき、

「なんちゃっ。日本人じゃとっ」

荒々しい足音が二階から降りてきた。階下の話し声を聞きつけたのだろう進之丞である。声からすれば、十三人のことは誰からも聞いていないようであった。

居間に現れた進之丞は右手に、決して手放すことのない刀を提げていた。

刀を持った男のいきなりの登場に、栄力丸の一同は面食らって三歩も四歩も退いた。

進之丞は血走った目で一同を舐めるように見回した。ただ食って籠もる毎日にもかかわらず、進之丞は頬が削げていた。

「儂らん船の、御支配じゃき」

弥兵衛が小声で長助に云った。

「こ、これは」

退く者の中から一歩出る。

「わ、わてらは摂津の――」

「なんじゃ、皆、海の者どもか」

長助の挨拶を遮り、進之丞は冷ややかに言い捨てて背を返した。武士がいない、その一点ですでに進之丞の興味は失せたようである。

下りと打って変わった、力ない足音が階段を上ってゆく。

「……すまんのう、摂津の方々。気ぃ悪うされたら、謝るき」

皆の前に進み、弥兵衛が囁きながら頭を下げた。

「やれやれ。岡田さんはまったく、困ったお人だ」

音吉は壊された雰囲気を繕うべく、居間に向けて歩を進めた。

すると、

「さあ、二品目が出来た」

開芳が勢いよく椅子から飛び降り、鍋ごと振り返って食卓の大皿に料理を盛った。芳ばしい香りが湯気とともに溢れ出る。

羅漢斎、筍と茸の炒めものであった。広東料理である。淡泊な味付けの広東料理は、日本人の口に合う。

「市蔵さん、あと一つね。次は大蒜を細かく」

手を拭いながら開芳は市蔵に指示を出した。英語である。開芳の英語も、徐潤に負けず劣らず滑らかになっていた。

「それが出来たら、海老の頭を潰して。旨味が出るんだ」

どうやら開芳は海老の揚げ物、美極竹節蝦を作るつもりらしい。市蔵は黙って頷いた。

開芳は料理長を気取って市蔵の肩を背伸びして叩き、居間の皆を食堂に手招きした。ぞろぞろと入ってくる人を前に咳払いを一つ。

「儂ヤ、林開芳ゼヨ。オマンラニハ、色ンナ美味イ物食ワセチャルキ。コレカラ、ヨロシュウ頼ムゼヨ」

本人は得意気だが、土佐弁丸出しの日本語である。市蔵が教えたに違いない。

「くくっ」

教えた張本人が、まず包丁を遣う音を乱して肩を震わせる。

呆気にとられる一同に、笑いが広がるまでに時間は掛からなかった。

「な、なんですか、音さん。みんなどうしたんでしょう」

一人、開芳だけが狼狽えた。

「なぁに、開芳。料理を作るというだけでなく、店をやっていく上で、お前には料理人としてもう一つ得難い才能があるということさ」

釈然としない顔で、開芳はもう一度椅子に飛び乗った。

「市蔵さん、もたもたしないっ」

小さな料理長は細かく刻まれた大蒜をつかみ、鍋の中に投げ入れた。


「栄力丸はなあ、千五百石積みの真新しい弁才船でしたわ」

開芳の料理に舌鼓を打った後、慣れない紹興酒を舐めながら長助が語り始めた。

沖船頭万蔵、楫取長助、岡廻甚八を三役に、十七人で嘉永三年（一八五〇）十月に志摩を出航した栄力丸は、江戸からの帰路、熊野灘に入ったところで突如として押し寄せる未曾有の大嵐に遭い、漂流を始めたのである。

大豆や小豆で食いつなぎ、らんびきで水を得、一行は漂流を始めてから五十三日目に、ようやく太平洋上で救助された。一人の脱落者も出なかったのは幸いであった。

救いの船はアメリカの商船、オークランド号であった。一行はそのままサンフランシスコに向かった。音吉らが漂流した頃は鹿が遊ぶ豊かな森林地帯であったこの港町は、金鉱の発見によりわずか二年で人口が六千人から十二万人にまで膨張し、フォーティナイナーズと呼ばれる鉱員がひしめき合う一大都市に成長していた。

一行の身柄はサンフランシスコでポーク号という船に移された。待遇はよく、勝手気ままに見物に出たりは出来たが、いつまで経っても出航の気配はなく、結局一年あまりも一行はポーク号に留め置かれた。

年が変わって一八五二年三月。ようやく十七人の漂流民を日本に送る船がサンフランシスコに姿を現す。セント・メリー号という名の軍艦であった。一行はその船で香港に向かい、サスケハナ号に乗り換えるのだと説明を受けた。アメリカは近々、フィルモア大統領の親書を携えた艦隊を日本に派遣するらしい。その艦隊の旗艦がサスケハナ号であった。香港で、司令長官に新任されたペリー海軍代将を待ち、合流して日本に向かうという。

三月中旬に港を離れたセント・メリー号は、四月初旬にはハワイのヒロ港に入った。航海は順調であったが、ここで、かねてから臥し勝ちだった沖船頭の万蔵が呆気なく死んだ。

葬送は栄力丸一行の他にアメリカ人や現地人までが加わって長蛇の列になったが、亡き万蔵を深く偲ぶ暇もなく、十六人はヒロ港を後にした。

一行が香港に到着したのは、五月二十日であった。翌日には慌ただしくもマカオでサスケハナ号に移乗させられる。そして、この日より一行の待遇は一変する。サスケハナ号は長く清国周辺にあり、清国人に対する蔑視が艦全体に蔓延していた。乗員にとっては、清国人も日本人も一緒であった。

後年、栄力丸の彦太郎ことジョセフ・ヒコは自伝『漂流記』の中で、〈支那の国風として、外国を賤しめ無礼を為すを、国威と心得違ひを致すによつて、万国の人、又恒の支那人を扱ふには無体粗陋なり〉と語る。

栄力丸一行は客室さえ与えられず、乱暴な言葉で怒鳴られながら船員達の手伝いに明け暮れる日々を余儀なくされ、この生活は十カ月あまりも続いた。

だが一行も、ただ現状に甘んじていたわけではなかった。その切っ掛けを作ったのは、六月初旬に日本人漂流民を訪ねてサスケハナ号に〈中国叢報〉の記者として上がってきた力松という、異国で暮らす日本人であった。

上陸の許可を自ら艦長と掛け合い、一行を力松は自分の家に招待してくれた。

食事の後、聞かれるままに長助は栄力丸の漂流譚を話した。最後まで黙って聞いた力松は、自分の体験したモリソン号の次第を引き合いに出し、アメリカ船による帰国の危険性を説いた。

『漂流記』の言葉を借りれば、〈それに引替此地え住居被致なば、何程結構の暮らしも出来申べし〉と、香港に留まることを強く勧めたという。が、帰国を悲願に二年半の異国暮らしに耐えてきた一行に即答出来る話ではなかった。その場は濁し、船に帰って鳩首するも、力松に賛同する者は一人もいなかった。かえって、〈よきにすかして己がものとせん腹なれば、我らが為にはあらじ〉と、申し合わせまでし、その後は船に上がってきても冷淡にあしらった。

とはいえ、一行にとって力松の話、特にモリソン号のくだりは強烈であった。そもそもアメリカ船で帰国することへの不安は誰にもあったのだ。

香港に着いて三カ月も過ぎた頃、港にたまたま居合わせた清国人との筆談によって、アメリカ船に頼らない帰国の方法を一行は知った。すなわち、――広東で清国の官憲に願い出れば、船で南京に送ってくれる。南京に行けば、毎年長崎への貿易船が出る乍浦の役人への添え状を出してくれる。

実際には太平天国軍が押し寄せつつある南京に出る船はなく、たとえ行けたとしても防備に忙しい役人が申請をまともに受け付けてくれるはずもないが、一行はそれを信じた。十六人は何度も〈欠落〉の是非を話し合った。煮え切らぬ長助ら年長者に対し、若手九人はついに二手に分かれることを勝手に決めて広東へと走った。

だがこの〈欠落〉は、九龍で賊に襲われ身ぐるみ剝がされて一日と保たず船に戻る始末であった。右も左もわからぬ異国の怖さを身を以て感じただけである。

そして、秋の日。消し去りがたいアメリカへの好奇心と、耐えかねる船員達の扱いに、艦長と掛け合い、彦太郎を始めとする若い三人がサンフランシスコへと旅立っていった。残る十三人は、サスケハナ号にしがみついて年を越した。

一八五三年三月。マーシャルの強引によって、サスケハナ号はヴィクトリア湾に外輪を廻す。

栄力丸の十三人は荷役として蹴られ罵倒されながら働き、最後の荷をサスケハナ号に運ぶボートの上で、久し振りに現れた力松の姿を見た。

――上海に行ったら、デント商会に音さんを訪ねろっ。上海に行ったら、まず日本人の音さんを訪ねろっ。

力松は有りっ丈の声で叫び、精一杯に腕を北の空に伸ばした。

「その姿を見てな。もしかしたら儂ら、力松さんというお人に、なにか心得違いしてたんかもと思うたんや」

長助はそこまで云って、紹興酒を一気にあおった。長い話であった。何杯目の酒であるか。長助は目つきも呂律も怪しかった。

繰り返し繰り返し音吉と叫び手を振り掛ける力松に、誰からともなく手を振り返し、最後は全員で涙を流しながら声を揃えたという。

「さいならぁ、さいならぁ、とな。儂らには、それしか出来しませんでした」

長助の声が潤んでいた。話はそこで終わりのようである。音吉は酒瓶を手に席を立った。陸に上がり仲間が増えた安心感からか、長助以外の栄力丸の面々は残らず船を漕いでいる。天正丸の三人は、項垂れて話を噛み締めているようだった。開芳と市蔵は場にいない。二十人分の、夕食の後片付けをしているのだろう。

音吉は窓辺によって外を眺めた。

どうやら黄砂は止んだようである。

月の明かりが、綺麗だった。


二十日あまりが穏やかに過ぎた。

その間、サスケハナ号から肩章のない詰め襟の下士官が五日ごとに音吉の家にやってきたが、別段なんということはなかった。いつと限った休養ではないし、ケリーに公言した領事や公使を招いての宴席がまだなのは事実である。オールコックが実際、公用で福州に出掛けているのは有り難かった。艦側にしても、ようは出航の時、漂流民が船上にいればいいのである。下士官にしてもただの様子見は心得ていたようで、音吉の家を辞した後も租界を楽しみ、そのままで船に帰る者はいなかった。

(さて、どうしたものかな)

生糸の卸しに関する慌ただしさはすでに一段落していたが、栄力丸一行をどうするかについての妙案はなかなかに出なかった。

（とにかく、待つしかないか）

ペリーという男と、アメリカの現状について音吉は知りたかった。敢行の理由はわかるが、イギリスでさえまだ手を出さぬ日本遠征に、アメリカという国が一枚岩であると音吉にはどうしても思えなかったのである。

今は広州にいるというオリファント商会のキングと香港の力松にその辺の最新情報を頼んでおいたが、まだ届いてはいなかった。

二十五日目の下士官を見送り、三十日目の下士官を見送る。ほぼ同時に二人からの知らせがデント商会に届いたのは、その直後であった。力松からは手紙が、キングからは社員が派遣されてきた。アメリカ本社から二十日前に廈門に入った社員が、上海に行けとの指示書を受けて旅装を解く間もなくやって来たのである。

「なるほどね」

社員との面談を終え、力松の手紙を読み終え、音吉は支店長室のソファに足を組んだ。目を閉じ、黙考する。三十分もそうしていたか。豁然として目を開けると、扉の傍にビールが立っていた。

「どうだね。光明は見えたかい」

ビールは対面に座ってパイプをふかした。

「見えた」

音吉は即答した。

「まあ、多少手荒にはなるだろうけどね。彼らの安全は間違いない」

「ほう。で、私の出番はあるのかな」

「大いに。公使や総領事にも働いてもらわなければならない。もちろん、迷惑が掛かることはないけどね」

「音さんがそういうのなら間違いないだろう」

ビールがソファから身を乗り出す。少々、目に悪戯げな光が灯っていた。

「なら、聞かせてもらおうか」

しばし、音吉の声だけが支店長室を支配した。

「悪くは、ないがね」

やがて話が終わり、ビールがソファに身を沈めた。

「そのもう一人はいざ知らず、それでは音さん、君の命がぎりぎりに過ぎないかい」

「そうでもない。私は、悪くて五分五分だと思っている。それくらいの橋ならこれまでに何度も渡ってきたよ。五分五分なら、賭けとしては悪くない」

「半々なら、たしかに商売だったら乗る手だが」

「商売だよ、ビール」

音吉は莞爾として笑った。

「私の命の売り買いだ。まあ、安くする積もりはないけどな」

「……売り主がそう云うんじゃ、仕方ないね」

ビールは溜め息をつきながら立ち上がった。

「なら、出来るだけペリー提督に高く買ってもらうための準備をするとしよう」

「ビール」

支店長室を出ていこうとするビールを音吉が呼び止めた。

「厄介事ばかりで、すまないな」

わずかに肩をすくめるだけで、ビールは何も云わなかった。


密かに、けれど入念に準備を進める。その間に、オールコックが福州から帰ってきていた。月は五月へと変わっていた。

ビールも、マーシャルを酒席に呼び、オールコックと語らい、本来なら支店廻りに出掛けなければならない時期ではあったが、上海に留まって音吉をよく助けた。

そうして、事態が本格的に動き出したのは五月四日のことであった。

この日、支店長室で事務仕事に追われていた音吉は突如として鳴り響く、窓ガラスさえ震わすほどのただならぬ轟音に耳を押さえた。押っ取り刀で一階に降り外に出る。

先に飛び出していた社員達を掻き分けて前に出ると、サスケハナ号の大砲から上がった煙が、マストに絡みながら天に上ってゆくところであった。

「空砲、か」

「いや、礼砲のようだね」

音吉の呟きに答えたのは、いつの間にか隣に立つビールであった。

「ほら。音さん、見ろ」

ビールが指差す方に目を細める。

遥かに、煙を棚引かせて黄浦江を遡上してくる船影が見えた。背後に、見え隠れする二隻の帆船を従えている。

「ビール。東インド艦隊の旗艦が礼砲を撃って迎えるなら」

「そう、一人しか考えられないね」

「来たんだな」

音吉は、河の彼方に三隻を睨んだ。

そのうちのどれかに、マシュー・カルブレイス・ペリー提督が乗船しているのは間違いなかった。


翌日は、音吉もビールも慌ただしかった。

ペリー提督が乗ってきた蒸気船の名はミシシッピー号であり、連れてきた帆船の名がそれぞれプリマス号、サプライ号であるとは、ビールがイギリス領事館で仕入れてきた情報である。

もう一隻、日本遠征艦隊にはサラトガ号という船があることと、黄浦江に現れぬ以上、未だ香港に留まったままであろうとは、力松の手紙によって知るところである。

ミシシッピー号からサスケハナ号に司令長官と荷物を移乗するのに忙しい艦隊を尻目に、まず音吉は栄力丸の十三人を二人ずつに組み、デント商会の三階や古参の社員の家、交渉しておいた馴染みの酒家や妓楼に密かに分散させて当分の外出を禁じた。

次いで、過日のうちに走らせておいた徐潤の繋ぎで姿を見せた尤老五と、支店長室に籠もって一時間を超える話をした。人払いの上で、である。社員が出そうとする茶の一杯すら断った。

密議を終え、尤老五と別れた音吉は一人の男を連れて外に出た。

租界の中を栄力丸の男達を連れて走り回り、尤老五と長々とした話をし、時刻はすでに五時に近かった。夕焼けが黄浦江と、無数の船を赤く染め上げていた。

港通りを歩き、桟橋へと降りる石段に二人で腰を下ろす。

男は、二人の組から敢えて外した、仙太郎であった。

「大きな船だ。サスケハナ号は実に、世界に三隻というほどの巨船らしいよ」

赤々とした船影を眺めながら音吉は云った。

「お前に、本当のところを聞きたいと思ってね」

仙太郎は、ただ黙って俯いていた。

「本当は彦太郎や亀蔵や次作と一緒に、アメリカに行きたかったんじゃないのかい」

勢いよく仙太郎の頭が跳ね上がる。

「彦太郎達のように、本当はアメリカに行きたいんじゃないのかい、今でも」

音吉は黄浦江の流れに視線を落としつつ、穏やかに云った。仙太郎は音吉の横顔を穴が空くほど見詰め、やがて肩を落とした。

「……わかり、まっか」

「わかるよ。少しだけど英語を使っただろ。好意と好奇心がないとね、なかなか使えるもんじゃない」

音吉は、落ちた仙太郎の肩に手を置いた。

「ジョーとウィルは、いい奴だったのかい」

「へえ、えらく。ジョーとウィルだけやおまへん。ポーク号にもセント・メリー号にも、いい人はぎょうさんおりました。忘られしまへん。それに、サンフランシスコは賑やかな街でした。サスケハナ号は凄い船でした。みんなみんな、忘られしまへん」

一気呵成に語る。声は湿っていた。

「なら、行けばいい。若いんだ、悩むことはない」

音吉は石段から立ち上がった。

「行けばいい。行ってから帰ればいい。行って精一杯に生きて、仙太郎が帰ろうかと思う頃には、きっと日本は変わっているよ。断言してもいい。その頃日本は、帰る者に優しくなっているはずだ。なぜなら」

音吉は黄浦江に腕を伸ばした。

「その口火を切りに行くのが、お前も凄いというあの巨船なのだから」

「ああ」

仙太郎もふらふらと立ち上がった。

「……行っても、いいんでっか」

音吉は力強く頷いた。

「後で手紙を書いてあげよう。どうしようもなくなったら、ボストンを目指してオリファント商会に顔を出すといい。商会にも港にも、私の知り合いが沢山いる」

声を上げて仙太郎が泣いた。

音吉は微笑みながら涙から顔を背け、暮れなずむ黄浦江の川面を眺めた。

同じ海の男の、それが礼儀であった。

黄浦江に面したジャーディン・マセソン商会の一室から、カーテン越しにキルビーは栈橋辺りを眺めていた。

視界の中にはオトソンと、見知らぬ少年がいた。少年はサスケハナ号に乗ってきたという日本人漂流民の一人に違いなかった。

「で、どうしますか、支店長」

ゴーランドの問い掛けに、キルビーはカーテンの傍を離れた。

「オールコック総領事まで巻き込んでの揉め事、しかも相手はあの艦隊だ。放っておこう。下手に仕掛けて巻き添えを食ってはたまらない。アメリカが大英帝国より先に日本へ行くのは癪に障るが、今の我らには関係のないことだ」

キルビーはソファに身を沈めた。向かい側にゴーランドが立つ。キルビーは座れとは云わなかった。

「それよりもゴーランド君、問題は小刀会の方だよ。一体いつになれば奴らは蜂起するんだね」

「さて、それを知りたければレイノルズをお呼び下さい。取り仕切っているのは、支店長とレイノルズです。この件に関しては上司にでもなった積もりでいるのか、奴は指示するだけで細かいことは私に何も云いません」

「ははっ。そう突き放したものでもないだろう。社のことだよ。社の、利潤のことだ。

いずれその利は、君にも直接に還元されると思うがね」

「ええ、ですから黙っているんですよ。相当数の銃と弾薬が、本社に示すべき帳簿から洩れていることをね」

ゴーランドは示されぬままにソファに座った。睨み付けるだけで、キルビーは何も云わなかった。

「為替と現金にも矛盾が見られますが、それも無視しています。わかっていますよ。小刀会が蜂起して県城を押さえ、南京、いや、今は天京ですか、その太平天国の軍と連携して一帯をまとめれば、清朝や他の洋商が何を云ってこようとお構いなしに、上海の市場は我が社で独占出来る、と。事が成功したあかつきに、私だけがその恩恵を甘受出来ないのは困りますから」

キルビーは視線を逸らして肩をすくめた。

「賢いね。嫌味なくらい賢いよ、ゴーランド君」

「お褒めにあずかり」

「ということは、蜂起がなかったり失敗に終われば、我らが破滅だということもわかるね」

「ええ」

「絶対に蜂起させ、成功させなければならない。我が社のためにも、君のためにも」

「どちらもあなたのための、その次に」

　ゴーランドの皮肉に、キルビーは笑った。満面の笑みである。

「当然のことだ」

　キルビーとは違う笑みを、ゴーランドは口の端に乗せた。

「なら、私が知る情報も少し。出所は、この件に関して動いている元ラッセル商会の買弁だった男です」

「レイノルズと組んでいる男だな。手なずけたのか」

　キルビーの問いには答えず、ゴーランドはソファに足を組んだ。

「とにかく、奴らが止めることはないようです。時期を見ると。県城の役人にも腹の黒い者達はいるようで、少しずつ取り込むとも云っていました」

「君のことだ。どれほどの期間かの目星くらいは聞いたんだろうね」

「一つの区切りとして半年と」

「半年か」

　キルビーは額に手を当てた。

「長いな」

「それも、飽くまで見定めるための一つの区切りとしてです。それほどまでに、県城の警備は厳しくなっているようです」

「ふん、洪文元に聞いている。呉道台と、またオトソンだと」

キルビーはソファを立ってふたたび窓辺に寄った。

「古くフランシスコ・ザビエルが、莫大な銀が眠ると報告してきた島から来た男達か」

栈橋の辺りでは沈む夕陽に、オトソンと少年はすでに二つの影であった。

「揉めに揉めてアメリカ艦隊とオトソン、共倒れになってくれれば望外の喜びだが、そう簡単な男ではないしな。——ゴーランド君」

キルビーは呼びながら振り返った。ちょうど、ゴーランドは立ち上がろうとするところであった。

「レイノルズを呼んでくれたまえ。生臭い話がしたいと。聞きたければ君も同席してくれて構わないが」

「結構です。夕闇の似合う話は、お二人でどうぞ」

慇懃無礼に、ゴーランドは頭を下げた。


「サスケハナ号から派遣されてきました。音吉、という人はどこでしょう」

シモンズと名乗るいつもより年嵩の男がデント商会に現れたのは、ペリーが上海に到着してから四日後のことであった。そぼ降る雨の一日である。肩章のない詰め襟はいつもの下士官と変わらなかったが、袖口に二本の線があった。練達の士官に違いない。ペリーの本気、であったろうか。

支店長室に通したシモンズは席に着くが早いか、音吉に向かってアメリカの権利を滔々と捲し立てた。

――合衆国は二年以上も漂流民達を養ってきた。財貨を持たない彼らは身を以て借財を支払わなければならない義務がある。義務はそのまま、合衆国の権利である。我々は、彼らを日本に連れてゆく。

内容は、要約すればそういうことである。

「馬鹿な」

音吉は一笑に付した。彼らはおよそ一年も劣悪な環境に耐えてサスケハナ号で働いてきたのである。ボストンからル・アーブルへの航路で働いたことがある音吉にはわかる。彼らの労働は賃金に換算すれば、養ってもらった以上の金額になるはずであった。

「なんであれ下で計算させよう。合衆国から、差額を彼らに支払ってもらおうか」

権利、義務。そんなことを商人と話して軍人に勝ち目があろうはずもない。軍人に出来ることは、力押しだけである。

「ペリー提督は、お怒りである」

案の定、シモンズは居丈高に胸を張った。

「オールド・ブリュインが切れたら、何人たりとも止められない」

それでも音吉に、毫ほども乱れはなかった。シモンズは頬を赤く染めて席を立った。

「今日のところは、交渉は決裂ということですな」

「何度も押し掛けられては会社が困る。私も迷惑だ。なら明日の仕事終わりに、私がそちらへ伺うと提督には伝えてもらおうか」

音吉を睨み付けながら動きを止め、シモンズは言葉を吟味するようであった。

「……明日、と」

「そう、明日」

遅滞ない音吉の返答に、シモンズは無言で頷いた。

音吉が先に立って支店長室を出、礼儀として事務所の前まで送る。外は、いつの間にか雨が止んでいた。

「必ず、明日」

腕をサスケハナ号に伸ばして念を押し、シモンズは港通りに身を翻した。音吉は目を細め、雲間から差す陽光に煌めく黄浦江を眺めた。

黄浦江には、アメリカ東インド艦隊の四隻が整然と並んで偉容を誇っていた。近くにイギリスの戦艦が二隻、錨を降ろしている。三週間前から上海にいるスピン号と、十日前に着いたばかりのロイヤル・ソブリン号という船であった。

どちらも、雨にもかかわらず早朝から船上が慌ただしい船であった。それもそのはずで、数日中に艦砲を新式に取り替える作業をする旨の通達が領事館から出されていた。

船の周りには幾つものボートが降ろされていた。外した旧砲を積んで港に送る船のようである。

「随分、厳しい顔をした男だったね。いよいよかい」

事務所の中からビールも出て来た。

「ああ。いよいよ、オールド・ブリュインと対決だ」

音吉は大きく伸びをし、天に顔を振り上げた。

「明日は間違いなく晴れる。今日これからと云われると少々困ったことになったが、これで五分五分の賭けは、私に少しばかり傾いてきたかな」

桟橋に目をやる。

シモンズを乗せたボートが、雨上がりの波に揺られながらサスケハナ号に帰るところであった。

翌日は朝からの快晴であった。普段と変わりない一日を過ごした音吉は、ビール一人に見送られながら日が暮れ始めた黄浦江に小舟を出した。漕ぎ寄せて小舟に待つのは、尤老五に借りた命知らずの一人であり、同船するのは他に、栄力丸の仙太郎だけである。

仙太郎と一行の別れは涙であったが、お前が決めたのならと十二人は快く送り出してくれた。

「大丈夫。仙太郎、お前の命は保障する。駆け引きはこれからだが、それだけは今から絶対だよ」

青い顔の仙太郎に音吉は穏やかな声を掛けた。

時刻は六時を回っていた。サスケハナ号の船上にはすでに明かりが灯っているようだった。高い舷墻がタラップのところで開き、そこはかとない明かりが洩れていた。

漕艀の男を置き、音吉は仙太郎とともに船に上がった。一斉に注がれる好意のない視線には苦笑を洩らすしかなかった。見回せば、音吉らを遠巻きにするのはお気楽に租界見物をした下士官ばかりであった。

遠巻きの輪を割って出て来たシモンズに先導され、司令官室に向かう。

「君は私に、嘘をついたのかね」

部屋の前には、さすがに剝き出しの感情を表すことはなかったが、憮然(ぶぜん)たる表情のケリーが待っていた。

「嘘はついていない。彼らの安全に、私が責任を持つと云っただけだ。けれど」

音吉は威儀を正し、ケリーの前に深々と腰を折った。絶対の非もなく頭を下げるなど二度とはあるまい。商人である以上。

「あなたにだけは、悪かったと思っている。商人とはずる賢いものだと蔑んでもらっても構わない」

ケリーの口は、許すとも許さぬとも動かなかった。扉を開く、軽い軋みが聞こえた。

「入りなさい。ペリー提督が待っている」

声に感情は聞こえなかった。顔を上げ、音吉は部屋の中に一歩踏み込んだ。仙太郎が後に続き、扉が閉まる。ケリーは入ってこなかった。

「君が音吉・山本か」

豪華な肩章が両肩に張り出した海軍服。赤毛の長髪。堂々とした体軀。下膨れの顔に少し緩んだ二重顎。そして、鷹の眼差し。

目の前、司令官の席に、マシュー・カルブレイス・ペリーがいた。両脇に控えるようにして、鉄の表情の下士官が立つ。

手で招かれ、音吉はペリーの正面に座った。仙太郎も隣に座る。

「初めまして、提督」

「さて、本題に入ろうか」

挨拶は鋼の声に弾かれ、音吉は苦笑まじりにゆったりと足を組んだ。

「早速だが、君が詭弁を弄して我らから取り上げた十三人を返してもらいたい」

「わざわざ船まで足を運んだ客に、茶の一杯も出さないのがアメリカ流ですか」

「泥棒に出す茶などない」

机に肘を乗せ、ペリーが冷ややかに云った。

「はて、泥棒とは穏やかではない。私は商人であって泥棒ではありませんよ。私が何を盗んだというのでしょう」

「決まっている。今云った十三人だ」

「それならなおさら、私は泥棒ではありませんよ。彼らは自分の意思で上海の地に上がったのですから」

「本当に彼らの意思か。貴様が籠絡したのではないのか」

「お疑いなら、それはこの青年が証明してくれるでしょう。栄力丸一行の一人です」

音吉に振られ、仙太郎は小さく会釈した。ペリーが唸り、音吉は微笑んだ。

「ですから提督、お気になさらず。みんな上海に満足しています。結構、快適に過ごしていますよ。それが彼らの意思です」

「……我が艦隊は合衆国の威信を背負って日本に遠征する」

ペリーの声が低くなった。

「十三人を返せ」

「ははっ。返すも返さぬもありません。なんだか品物の遣り取りみたいですね。首に値札でも付いているのでしょうか。付いているならお返ししてもいいですよ。ただし、倍の値付けで」

「戯れ言はもう結構っ」

ペリーは机を大きな拳で強く叩いた。

「ああ云えばこう云うとはシモンズに聞いたが、これ以上聞く耳は持たんっ。返せ」

「何度も云うが、返すも返さぬもない。それが、彼らの意思だ」

決して声を荒らげることなく、しかし、毅然たる態度で音吉はペリーの要求を断じた。

「助けてもらったことを忘れ、後ろ足で砂を蹴り上げるのが彼らの意思か」

「だからここに一人いる。提督、彼が一行の代表だ」

「一人がなんだ」

「水先案内なら一人で十分」

「不十分だ。怪我や病気をしたらどうなる」

「その準備ならそちらがもうしているだろう。ここにはない、サラトガ号に」

ペリーが一瞬、喉を詰めた。

「ウィリアムズが乗ると聞いている」

音吉は前もって集めた情報の中に知っていた。モリソン号で一緒だった、アメリカ海外伝道会のサミュエル・ウィリアムズが日本語通訳としてペリーに要請され、日本遠征に加わることになったことを。ウィリアムズなら、艦隊を江戸湾まで案内できる。サラトガ号は、そのウィリアムズを待って香港にあるのだ。

「……どこまでいっても、交わらぬ話ということか」

「すでに交わっている。仙太郎が行く」

ペリーは大仰な吐息をつき、椅子の背もたれに身を預けた。

「なかなかいい度胸だ、といってやりたいが、アメリカの国益を犯そうとする輩(やから)を、私は許すことは出来ない。これだけのことをして、すんなりこの艦を降りられると思ってはいないだろうな」

「ほう。アメリカの国益、ね。あなたの、の間違いではないのか」

音吉は薄く笑って席を立った。両脇の下士官が受けて一歩前に出る。

「熱い話になった。提督、風に当たらないか」

ペリーは値踏むように目を細めたが、やがて無言で立ち上がった。

ペリーを先頭に外に出る。

黄浦江には、すでに夜の帳(とばり)が下りていた。

川風はほどよく冷えて肌に心地よかった。最上後甲板からは辺りの様子がよく見えた。

「その胸元の膨らみは短銃のようだが、外に出たからといってそんな物で切り抜けられるとは思わない方がいい。貴様には、十では利かぬライフルが狙いを付けている」

笑って取り合わず、音吉は舷側にペリーを誘った。

「あれは何をしているんでしょう」

静かに問い掛ける。

近くに繋留するスピン号とロイヤル・ソブリン号の船上に明かりはなかったが、小さな篝火のような火を焚いた小舟が周りに幾つも並んでいた。炎明かりに、すでに積み込まれた大砲と人の影が浮かぶ。

「今日は朝から艦砲の取り替え作業だった。外し終えた艦砲をこれから港に運ぶのだろうが、夜になってもとはご苦労なことだ」

「そのことはご存じだったのですね」

「無論だ。数日中に作業をすることは、イギリス領事館からの通達がマーシャル公使を通じて正式にあった。そうでなければ、いきなり間近であんな危険なことをさせられるわけもない」

「そうですか。――おや。でも、それにしてはおかしくありませんか」

芝居がかった口調で、音吉は額に手を翳(かざ)した。

「ボートにイギリス人は一人も乗っていませんよ。見る限り、全部清国人のようだ」

「なに」

眉をひそめ、ペリーも舷側から目を凝らした。が、見えるわけはない。月明かりと小さな炎だけが頼りである。実際、音吉にも見えるわけではなかった。

だが、音吉ははっきりと知っていた。なぜなら、男達は尤老五率いる松江漕幇の一団であった。

「きっと盗賊ですよ。清国は今物騒ですからね。泳いでボートに取り付いたんでしょう。不用心にも船上に誰もいないし、あれでは盗んでくれといっているようなものだ。でも、仕方ないかな。朝からの作業で、みんな疲れ果てているんでしょうから」

「望遠鏡っ」

破鐘(われがね)の声に若い下士官が慌てて従う。

「それにしても提督。あの大砲、火薬と砲弾は全部ちゃんと抜いてあるんでしょうかね。狭いボートの上で火など焚いて、もし入っていたら、危ないなあ」

横目で様子を窺いながら音吉は続けた。下士官が急ぎ持ってきた望遠鏡を覗き、ペリーはそのまま動かなくなった。

「提督、万が一を考えたら避難した方がいいですよ。向きからして、大砲が暴発したら直撃を受けるのはこのサスケハナ号と、ミシシッピー号、プリマス号とサプライ号。なんと、アメリカ東インド艦隊の四隻だ」

ペリーは喉奥で低く唸(うな)った。

「ちなみに大砲の威力は保証しますよ。おかしな保証ですが、なんといってもデント商会が破格値で売った最新式です。沈むことはないでしょうが、当分の間、上海を離れることは間違いなく出来なくなります」

「……謀(はか)ったな。音吉・山本っ」

望遠鏡を放り捨て、鷹の目を音吉に据える。

「何をです。誰もが正しく動きましたよ。まあ、この船から一時間以内に私が降りないと、なぜかあの大砲が暴発するような気はしますが」

音吉は軽く肩をすくめた。

「それにしても責められるべきは、盗賊だけです。うっかり警護を怠ったあの二隻にも責任の一端はあるでしょうが、暴発してもきっと誰も責めませんよ。結果として、艦隊が戦闘能力を失わずに上海に留まればマーシャル公使は大喜びだ。イギリス領事館側も、アメリカに先を越されることをひとまず回避出来る」

「撃てるものなら撃ってみるがいいっ」

ペリーが吼えた。

「撃てばボートごと奴らも死ぬぞっ」

しかし音吉は、〈オールド・ブリュイン〉の咆吼に揺るがなかった。

「知りませんが、あのボートに乗る以上、そういう覚悟はあるでしょう」

漕夫は、そういう男達の集まりなのだ。

「ああ、月も星も、綺麗な晩ですよ」

音吉は一度夜空を見上げた。

「提督、そろそろ止めませんか。私は知っているのです」

舷側に背を預け、パイプを取り出し煙草を詰める。

「十二隻の戦艦で行くはずだったのではないですか。それが四隻止まりだ。――あなたには時間がない。あなたは、焦っている。上海でぐずぐずしている暇はないのでしょう」

「な、にをっ」

そう云ったきり、音吉が煙草を吸い付ける間、荒い息を吐くだけでペリーは何も云わなかった。

音吉はキングや力松の情報でアメリカ国内の情勢を正確に把握していた。

それは、ペリーには芳しくないものであった。

この頃のアメリカは、ちょうど大統領の改選期であった。現大統領フィルモアは支持率が低く、再選は絶望的だという。直前の選挙でも、フィルモアが属するホイッグ党は民主党に大敗していた。

そのフィルモアの信任を受け、鳴り物入りで東インド艦隊司令長官に就任したペリーである。就任直後に出航出来ていれば遠征は確実に武力を以て彼の栄誉と栄達を約束しただろう。だが自身就任を渋り、艦隊の集結がなかなか進まず、徒に一年を費やしたことがペリーを危機に陥れた。

この間に、世論は日本遠征に消極的になっていた。フィルモアが現職のうちはまだいい。フィルモアが認めた遠征なのだ。だが、改選が終わり、民主党の候補が大統領になれば、よくて艦隊の削減、悪くすれば日本遠征自体が中止になるのは明らかであった。

不本意でも栄誉が期待出来るからこそ就任した東インド艦隊司令長官である。計画がなくなれば当然栄誉も栄達もなく、ペリーに残るものは、世論の嘲笑と意に染まぬ極東の地での司令長官の職だけになる。

だからこそペリーは、香港で待つ三隻の船を頼りに、ミシシッピー号ただ一隻で敢然とノーフォークに波を蹴立てた。

ペリーは、一日も早く日本へ行かねばならなかったのである。

「行くなとは云いませんよ。止めもしない。ただ、やるならあなた方だけでやって欲しい。漂流民を巻き込まないで欲しい」

音吉は云いながら船を見回した。

「漂流民は板切れでも積み荷でもない。昨日に笑い、今日に生き、明日を夢見る同じ人間だ。こんな立派な船を造ることの出来る国が、国の男が、同じ人間を手駒(てごま)に使ってはいけない」

しばしの沈黙は静謐(せいひつ)を醸(かも)し、やがて黄浦江に風が渡る。満天から、こぼれるように、帚星(ほうきぼし)が一条(ひとすじ)流れた。

「……私の、負けだな」

ペリーが溜め息をつく。力は感じられなかった。

「このことに、勝ち負けなどありはしません」

「教えて欲しい。私が、それでも君を撃つと云ったらどうしたかな」

「どうもしません。死ぬだけです。あなたの、これからの人生を道連れに」

「ふっ。手口といい、度胸といい、まるで名のある海賊船の船長だな」

「海賊とはまた」

音吉は夜空に紫煙を吹き上げた。

「私は、ただの商人ですよ」

「ふっふっ。そうか、そうだな。はっはっはっ。覚えておこう。この世で一番怖いのは商人だと。デント商会の音吉・山本だと。はっはっはっ」

ペリーが声高らかに笑う。

「仙太郎を、仙太郎の意思を、よろしくお願い致します」

音吉は一礼し、ペリーの前を辞した。

熊親父の笑い声が、しばらく上海の夜空に響いていた。

五月十七日。サスケハナ号は黄浦江に汽笛を鳴らした。

音吉は栄力丸の十二人や市蔵、ビールや開芳と桟橋に並んで船を見送った。

ペリー率いるアメリカ東インド艦隊は順調に日本を目指し、七月初旬に浦賀に入り、久里浜の地に上陸を果たした。

親書は預かるが回答は長崎でという日本側の意向を無視し、日米和親条約の締結に関しての翌年の調印を強引に云い渡してペリーは悠々と去ったという。オールド・ブリュインの面目躍如たるところである。

そして翌一八五四年三月三十一日（嘉永七年三月三日）。再来したペリーによって横浜の地で日米和親条約が締結される。下田・箱館（はこだて）の二港だけであるが、日本はついに外国に対して港を開くことになったのである。

　このとき、ペリー近くに一人の日本人と見られる水夫がいた。幕府側通詞の森山多吉郎は交渉の席で、この男を日本に引き取ることをペリーに申し出た。

　――よろしくと、とある男に頼まれているのだ。本人の意思、それが一番大事だ。

　ペリーは仲間からサム・パッチと呼ばれる、その水夫を船から呼んだ。

　度重なる日本側の説得にも、サム・パッチは頑として首を縦に振ることはなかった。森山は説得をあきらめ、今後帰国を願い出ても叶わぬことを念押ししてサム・パッチを船に帰した。

　それが、一年後の仙太郎の姿である。

　仙太郎は一人ぼっちに負けることなくサスケハナ号で懸命に働き、月に九ドルの支給を受ける、一人前の三等水夫になっていた。

第五章

サスケハナ号が上海(シャンハイ)を離れておよそ四カ月が過ぎ、季節は風爽(さわ)やかな九月、初秋に入っていた。

デント商会のジョン・マシュー・オトソンが提案した自警団は、効率よく租界(そかい)に機能していた。洋涇浜(ヤンキンパン)クリークや租界の西端には夥(おびただ)しい数の土嚢(どのう)が積まれ、万全にも万全を期すために今も増え続けている。

そのための員数は社の規模に応じて割り振られ、デント商会からは昼夜を問わず交代で四人ずつが銃を肩に外に出た。ラッセル商会からも四人ずつで、ジャーディン・マセソン商会からは七人である。自警団では他に、オトソンが世話する漂流民だという日本人十四、五人が、それぞれに組を作って順番に働いた。

どの洋商からも上司、部下に関係なく要員が出された。デント商会でも支店長のオトソンは昼夜に関係なく、ビールは年齢のこともありさすがに夜警から除外されたが、昼に限っては例外ではなかった。

が、唯一、ジャーディン・マセソン商会だけは別であった。支店長のキルビーと次席のゴーランドは、一度たりと銃を担いで租界を廻ることはなかった。

「ふん、オトソンめ」

キルビーは応接室のバルコニーから港通りを見下ろして苦々しげに呟いた。

眼下をちょうど、エンフィールド銃を担いだオトソンが部下と談笑しながら北に過ぎるところであった。この日は、昼からの警邏がオトソンの順番のようだ。

ふいに本社から訪れた査察官の対応にまる三日間を潰し、キルビーは今し方ようやく解放されたばかりであった。次の支店へと向かう査察官を黄浦江に送り、戻った応接室の、床一面に散乱する書類にうんざりしてバルコニーに出たのである。極度の緊張からの弛緩は虚脱に近く、すぐには秋風を心地よく感じることすら出来なかった。

帳簿の操作については、冷や汗ものではあったがなんとか言い逃れることが出来た。疑わしげではあったが査察官からの反論はなかった。あるわけもない。不備はないはずだ。

だが、上海という市場の占有率、売り上げの伸び率に関する説明、つまり言い訳は、査察官の口辺に冷笑を浮かばせることしか出来なかった。

――ようするに、あなたではミスター・オトソンには勝てないということですね。

査察官の言い様は、何度思い返してもはらわたが煮えくりかえった。見てくれの数字にだけ強く、茶の一葉、磁器の一枚、自分で仕入れたことも売ったこともないくせによくも云う。云われて云い返せない現状にも腹が立つ。

——音さん。昨日もらった紹興酒、あれは抜群に美味いですね。

——それはそうだろう。最上級らしいからね。

——ええっ、そうなんですか。云って下さいよ。しまったなぁ。

——なんだ、一気呑みでもしたのかい。

——それならまだしも、みんなで廻し呑みです。ふた口で終わりました。

——あはは。それは豪儀だ。あれ一本で家が一軒借りられるよ。

階下に弾ける陽気をキルビーは睨み付けた。

「オトソンめ」

バルコニーの手摺りを叩く。

「だが、そうして得意気にいられるのも今日までだ。ゆっくりと、最後の租界を見て廻るがいい」

今日まで。

正確には、今日の夜中まで。

ノックの音がした。

「お呼びですか」

ゴーランドが入ってくるなり、雑然とした部屋を見渡して眉をひそめた。

「これはまた、査察官と格闘でもしたんですか」

「まさに格闘だね。査察は、支店にとって常に戦いだよ」

「至言ですね。それで、勝ったんですか」

「負けはしなかった、というところだろう。あれやこれやと書き写していったがね、問題はないはずだ」

キルビーはゆっくりと室内に戻った。椅子には座らない。座面にも、今にも崩れんばかりの書類が積まれていた。

「で、呼んだのは他でもない。ゴーランド君。例の件だが、君の手なずけた買弁くずれからなにか聞いているかい」

「多少は」

「なら、今夜のことは知っているかね」

「今夜。……いいえ」

「結構」

キルビーは満面の笑みで頷いた。

「いよいよ煮詰まってね。昨夜、レイノルズから連絡があった。だから、今日は帰らない方がいい。ここに泊まりたまえ。なんなら、今のうちに荷物をまとめてきたらいい」

ゴーランドは、じっとキルビーを見詰めた。

「他の社員には、どうしたんですか」

「云っていない。情報を知る口は少ない方がいい。それに、若い社員達がもともとこの三階を占拠している。全員とその家族まで引き入れたらね、ゴーランド君、ベッドが足りなくなるよ」

バルコニーから吹き込む川風が床の書類を舞い上げる。

「私の業績をオトソンと比べて蔭で笑う古参の者どもに、そこまで奉仕してやることもあるまい。生きる奴は生きる。死ぬ奴は死ぬ」

雑然と宙に躍る書類をキルビーは楽しげに眺めた。

「なるほど」

「今日は長いよ、ゴーランド君。まあ、君にはここを片付ける仕事を与えよう。君が居残る口実であり、なんと実益も兼ねる。はっはっはっ。仕分けを終える頃には、事も終わるだろう」

キルビーの高笑いをゴーランドは冷ややかに受けた。

「なら、今からやりますよ。居残りの理由など幾らでもあります。支店長が思っている以上に私は忙しいですから」

云いながら膝をつき、紙束を集め始める。

「なんだ、帰らないのか。着替えは要らないのかね」

「まあ、支店長は査察官の対応で一杯でしたから、仕方ないと云えば仕方ないのですが」

いったん手を止め、ゴーランドはキルビーを見上げた。口元に薄く浮かぶのは嘲笑であったか。

「もう泊まり込んでいますよ、ほぼ全員が。支店長と違って、私が気に食わないのは三、四人くらいですから」

「……なに」

キルビーには一瞬、意味がわからなかったようである。笑みを固めたままの顔は無様でさえあった。

「なっ、なんだって。いつからだ」

「三日前から」

三日前なら、査察官がやってきた日だ。

「し、知らないと云ったではないか」

「近々と聞いただけです。今夜とは知りませんでした。わかればわかったで動きやすい」

三日前の近々と、昨夜聞く今日。商人の情報としてどちらが優位かは云うまでもなく明らかである。

「三日前、か」

キルビーは燃える目をゴーランドに据え当てた。

「査察官も君も、私にはどちらも同じものに思えてきたよ」

何も答えずゴーランドは、ただ黙々と床の書類を集め続けた。

「市蔵(いちぞう)さん、これを見て下さい」

午後の高い秋空の下、庭で洗濯に精を出す市蔵の背に開芳(かいほう)の元気な声が掛かった。

「ヘエ、ソイツハ凄(すご)イナ」

汗を拭(ふ)きながら振り返り、市蔵は感嘆の声を上げた。開芳が左手に見事な青魚をぶら下げて立っていた。鰹(かつお)である。

「さっき港に入った船から分けてもらったと云って、徐潤(じょじゅん)が持ってきました。いいでしょう」

得意気に鰹を掲げる。

「市蔵さん、あれ、なんでしたっけ。いつも食べたいと云っていた、藁(わら)で焼いて香りを移す」

「ン、たたき、ノコトカ」

「ああ、それそれ。市蔵さん、今夜は夜警でしたね。夜食にはそのタタキを作ってあげます。楽しみにしていて下さいね」

「ソレハ嬉シイガ、無理ハスルナヨ」

市蔵は洗ったばかりのシーツを、庭に差し渡したロープに掛けながら云った。

音吉の家に住まう漂流民は進之丞(しんのじょう)を除く十六人が、四つの組に分かれて租界を警邏した。市蔵は天正丸(てんしょうまる)の三人との組である。

昼夜を問わずの巡回は、どうしても四組の生活を不規則にした。それに付き合う、開芳の身体が市蔵は心配であった。朝帰ってくる組と出て行く組の早い朝食から始まり、非番の者達の朝食、同じように分けて昼食、夕食、夜食。加えて、誰とも関係なく規則正しい進之丞の食事。

開芳は、それこそ一日中料理を作っていると言っても過言ではない生活を強いられていた。

「チャント寝テイルカ」

育ち盛りの子供のくせに、開芳の頬(ほお)が幾分削(そ)げているように市蔵には見えた。

「大丈夫。僕のことは心配しないで。嬉しいし、楽しいんですから」

開芳は洗濯のロープを潜り、勝手口近くの洗い場に鰹を置いた。

「一日中料理を作っていると、本当の料理人になれた気がします。父や母に、近づけたような気がするんです。皆さんの食べてる姿を見るのも楽しい。美味しい美味しいって云ってくれると、ああ、厨房から父や母もこんな風にお客さん達を見ていたのかなあって思います」

「……ソウカ。オ前ハモウ子供デハナク、一人前ノ料理人ナノダナ」

「はい。音さんも、料理人なら当たり前だよと云っていました」

開芳がひょこりと頭を下げた。

「いらっしゃいませ、お客様。ご注文をどうぞ」

「ハッハッ。ナカナカ板ニ付イテイル。ナラ、ソウダナ、皿鉢、ヲ頼モウカ」

「えっ。サワチ、ですか」

「ソウ。サッキノたたきヲ真ン中ニナ、色ンナ料理ヲ大皿ニ盛ル、私ノ郷ノ宴席料理ノコトダ。作ッテクレルナラ、天正丸ノ三人ニモ云ッテオコウ。夜食ハ土佐ノ、皿鉢ダト。キット喜ブゾ」

開芳は小首を傾げて少し考えた。

「でも、四人分も一緒に盛る大皿なんてありませんよ」

「アルジャナイカ。玄関ノ横ニ」

音吉の家の玄関脇には、最近になって立派な大皿が飾られるようになった。景徳鎮の赤絵だという。よくは知らぬが、えらく高価な皿らしい。開芳は目を丸くした。

「でもあれは、新しく漕幇(そうほう)の大頭目になるっていう人から贈られた」

「構ウナ」

市蔵は最後の洗濯物をロープに掛けた。

「皿ノ本分ハ料理ヲ盛ラレルコトダ。美味(うま)イ料理ニ使ワレテコソノ皿ダ。オ前ノ料理ナラ、皿モ本望ダロウ」

「そりゃあ、そうですけど」

「ソレニ、音サンガコンナコトデ怒ルト思ウカイ」

しばしの思案があり、やがて悪戯気(いたずらげ)な光が開芳の瞳(ひとみ)に灯った。

「……使っちゃいますか」

市蔵は、笑って開芳に頷いた。

「でも、あの皿一杯じゃ大変だ。さあ、何と何を作ろう」

腕まくりで開芳が背を向ける。

「開芳」

市蔵が呼び止めた。

「ソレデモ、クレグレモ、私達ノタメニ無理ハシテクレルナヨ」

「本当に大丈夫。分けてですけど、ちゃんと休んでますよ。なんたって、進之丞さんに出すのは全部残り物ですから」

開芳は振り返って舌を出した。

「美味いも不味いも云わない人には手を抜きます。それも料理人の心得だと、音さんに聞きました」

無邪気な笑顔が、風になびく洗濯物の白よりも、抜け渡る青い秋空によく映えた。


秋の陽が暮れ落ちる頃、自警の任を終えた音吉は事務所に帰り、支店長室に入った。ビールが新聞を読みながらソファで待っていた。

「まったく、いったいいつまで私はここに泊まり込めばいいんだい」

「なんだ、文句か。仕方ないだろう。小刀会の蜂起が見えているんだ」

「それはわかるが、周りが女性や子供ばかりだと、少々疲れるのは事実でね」

ビールは大袈裟に肩を廻した。

「私は奥方連中から旦那の愚痴を聞いたり、子守をするのが仕事ではないんだが」

音吉は思わず噴き出した。

キルビーが昨日聞き、ゴーランドが三日前に知った情報は、それよりなお早く音吉の耳に達していたのである。

――小刀会の動きがおかしいですね。だいぶ慌ただしい。県城の役人も何人かがなにやらの理由を付けて上海を離れました。荷物の多さからいって、避難ですね。間違いないでしょう。

胡雪岩がそう云ってきたのは、五日前のことである。同じ日に、松江漕幇の尤老五からも似たような情報が入った。

――上海の周りがきな臭い。必要ならば手を貸そう。

音吉はすぐさま古参の社員とビール、外に家を持つ社員達の家族を三階に集めた。とはいえ、どこまでの規模で何が起こるかはわからない。期日も切らずすし詰めに大勢が一緒に暮らしては業務に支障も出かねない。デント商会の三階は、それほど広くはないのだ。

入れ替わりに三階の若い社員達を、有事の連絡と対処だけは念を押し、そちらの家に出した。不安がる者が出れば三階へとも思ったが、申し出る男はいなかった。皆優秀と信じる社員達は、幾ばくかの荷物をまとめて快くそれぞれの家に散った。

前夜に紹興酒をやった男は、家を外に借りている社員の一人である。何人かを預かってもらうことへの、心ばかりのつもりであった。

租界全体は、昼夜を問わず自警団が銃を携えて巡っている。社員だけでなく徐鈺亭や徐潤、デント商会と関わりのある者達の周りには常に漕幇の連中の目が光る。音吉の家は進之丞が出ることを頑なに拒み、結局皆で残ることになったが、問題はないだろう。開芳のことは気になるが、市蔵がいる。弥兵衛(やへえ)達は海の男であるし、進之丞もいざとなれば刀を持った武士である。

出来ることはすべてやった。というより、こういうことはどちらかといえば起こった後の方が大事である。慌てず騒がず、刻々と変わるだろう動きを見極めて正しい流れに棹(さお)を差すのだ。

「ビール、いい機会じゃないか。じっくりと奥方達の不平不満を聞いて、出来ることはしてやればいい。奥方達を取り込めば、デント商会はさらに伸びるぞ」

肩を竦(すく)めてビールは渋面を作った。

「それは統括の仕事かい。君の仕事じゃないのかね、支店長」

「これればかりは苦手でね。年の功に期待しているよ。出来たら、子供達の声も聞いてくれたら有り難い」

「やれやれ。君に対して、私に一日(いちじつ)の長があるのがこれだけというのも、笑えない話だ」

「まあ、そう云うな。午後巡回した分、どうせ私も残業になる。ビール、その後でよかったら、スコッチの二、三杯なら付き合うよ」

ビールは天を仰ぎ、そのままの形でソファに沈んだ。

新聞を読む気は、もうないようだった。

上海租界にいう〈華洋雑居〉を動かし難いものにする一事が起こったのは深夜、日付が変わろうとする頃であった。

市蔵は天正丸の三人とともにデント商会の事務所に顔を出し、夜番の社員に何事もなかったことと警邏の交代を告げた。

音吉の帰宅時間を聞くと、社員は巡回の確認事項を書き留めながら、支店長ならビール統括と酒を呑み、そのまま二階で寝入っていますよと笑って云った。

上海にいる限り、どんなに遅くなっても自宅に帰る音吉にしては珍しいことであったが、市蔵は真顔で頷いた。ここ五日ばかり、音吉がどうやら開芳以上に寝ていないようであることは知っていた。

——巡回に出る分時間が足りなくて仕事は山積みだし、考えることも多くてね。

聞けばそう云って笑うだけだったが、疲労は極限まで溜まっているに違いなかった。

市蔵は、若い社員の労い(ねぎら)に送られて外に出た。

——轟(ごう)っ。

数を揃(そろ)えた銃の咆吼(ほうこう)がイギリス租界に響き渡ったのは、そのときであった。

「何っ」

市蔵は思わず腰の刀に手を置いて身構えた。爆音もあまりに過ぎればかえって現実味に乏しい。市蔵は一瞬空耳かとも思ったが、振り返れば天正丸の三人も銃を肩から降ろして辺りを窺っている。見回せば、碇泊する船という船の甲板にも無数のランタンが灯され始めていた。

（夢じゃ、ないがぜよ）

市蔵は身を低く、音の余韻を追って港通りに大地を蹴った。走ることになんの支障もなかった。すでに、港に面するすべての建物から洩れる明かりで通りはうっすらと照らされていた。

音は、西から聞こえた。港通りを駆け抜け、洋涇浜クリークの岸辺に到る。立ち止まる積もりはなかったが、市蔵は突如として湧き上がる、腹をも揺らす鬨の声にぶち当たって動けなかった。

「……燃えちょるがか」

市蔵は呆然として呟いた。

洋涇浜クリークの向こう、フランス租界のさらに西、上海県城の上に広がる夜空が炎の色に染まっていた。聞こえ来るうねりのような人々の叫びが、炎の揺らめきのようでさえある。

「音さんが起こるち云うとった、乱が始まったんじゃろか」

追いついてきた弥兵衛の声に市蔵は我に返った。

どうしようもなく胸騒ぎがした。

市蔵は弥兵衛に答えることなく、ふたたび道に土埃を蹴立てた。

「たたきなんかええき。皿鉢なんかどうでもええき。開芳、儂が行くまで、ちゃんと隠れちょけよっ」

護るべき者のいる場所は県城に上がる火の手と轟音に晒された洋涇浜ストリートの、まだ三〇〇フィート先であった。


「始まった！」

ただならぬ物音に音吉はソファから跳ね起きた。寝惚け眼のビールを揺すり、先に事務所へ駆け下りる。

夜番の社員だけでなく、三階住まいの者達の中からも早い者は寝間着のまま集まっていて、事務所の中は騒然としていた。

「音さんっ」

「支店長っ」

不安げな皆の声を手で制す。

「クラーク、セオドア、ジョン」

敏捷な若い社員を呼び、フランス租界に入って県城の様子を窺ってくるよう命じる。いずれ尤老五の手の者からの報告は入るだろうが、情報は多い方がいい。

「いいか、それにしても無理はするなよ。誰よりも前になどとは考えるな。大事なのは、なによりもお前達の身体(からだ)と命だ」

――はい。

三人が真顔で頷き、押(お)っ取(と)り刀(がたな)で飛び出してゆく。

「さあ」

見送って音吉は手を叩いた。

「まずは倉庫だ。二人一組になって四隅(よすみ)とその間で警固。決めてあった組はわかっているか。それで五分ごとに右回りに交代。ああ、銃とランプを忘れるな。残る者は、半分ずつに分かれて表と裏庭、船着き場に火を灯せ」

音吉の指示を受けて全員が一斉に動き出す。ここ五日ばかり毎朝確認していた手順とはいえ、皆の動きは素早かった。誰しもに不安はあるのだろう。打ち消すには、動くしかないとわかっているに違いなかった。

音吉は事務所の中央に陣取り、次々に事務所に駆け込んでくる通(かよ)いの社員達にも休む間も与えず指示を出す。徐潤や徐鈺亭も顔を出した。

窓ガラスを震わすほどの爆音が響き、皆の動きを縫(ぬ)い止める。小刀会か、県城側か。砲撃も始まったようだ。戦いは、いよいよ激しさを増してゆく。

「音さん」

差配が一段落した頃、表から徐潤が手招きした。外に出ると、尤老五自身が立っていた。

「爺叔（イエシュー）」

「やあ、ご苦労さん」

「始まったぞ」

「小刀会か」

「そうだ。およそ六百人が老北門（ろうほくもん）から侵入した。それに呼応して暴徒と化す奴らが中にいて、県城と県域は今や無法地帯だ」

「暴徒の数は」

「多すぎてわからんが、万より下ということはない」

「万か。すごいね」

「住民の暴徒化は想定外だったようだ。知県の呉道台（ごどうだい）は、イギリス領事館を頼って県城を脱出した。そろそろ到着する頃だろう」

「わかった。他には」

「今はまだそこまでだ」

「引き続き頼む」

「ああ、それと」

事務所内に戻ろうとする音吉を尤老五が呼び止めた。

「爺叔の隣のレイノルズが、昨日も今日もジャーディン・マセソン商会の支店長と接触した。今夜の蜂起との関係も気になる。気を付けた方がいい」

それだけ云うと、尤老五は各社から洩れる明かりの織りなす影の中に消えた。

遠くから爆音が響き、間を空けず起こった別の爆音に掻き消される。

「まったく、厄介な時に厄介なことだ」

音吉は細い溜め息とともに事務所に入った。

「音さん」

音吉の席に、いつの間にか起き出してきたビールがいた。

「少しでも寝ておいて正解だったね」

きちんとした身なりで珈琲を飲み、音吉の分を受け皿ごと差し出す。

「県城が静まるまで、しばらくは眠れぬ日が続くよ」

受け取って一口啜る。苦さと熱さが、全身に滲みた。


――轟っ。

合図の鐘は鳴った。

「オトソンめ。私を軽く見た罰を、今与えてやる」

レイノルズは二連銃の装塡を確かめ、胸に抱えて裏口から外に出た。ジャーディン・マセソン商会のキルビーとかねてより決めてあった、オトソンの射殺を実行するのだ。

個人貿易商として、夢を持って上海に入った。開港に伴い、清国には無限の可能性があるはずだった。だが、上海はレイノルズを拒んだ。いや、上海ではない。ジョン・マシュー・オトソンが拒んだ。評判のよいデント商会との取引を望んでいたレイノルズは、初手でつまずいたのだ。

租界は狭い。まずオトソンに擦り寄ったことは周知となり、ならばと近寄ったサッスーン商会にもラッセル商会にも冷たくあしらわれた。ジャーディン・マセソン商会とは、キルビー支店長の裁量でどうにか取引に漕ぎ着けたが、与えられるのはどれも滓のような仕事ばかりであった。

起死回生をもくろんでキルビーに持ち掛けた電信の敷設も、清国の馬鹿者どもに阻まれ莫大な損失を計上するだけで消滅した。すること為すことがすべて裏目に出た。レイノルズは今や、破産寸前であった。

「オトソンめ」

それもこれも、ジョン・マシュー・オトソンのせいである。レイノルズの夢を砕き、ここまで追い込んだのはオトソンなのだ。

——ミスター・レイノルズ、やってみないかね。なに、夜陰に紛れて我が商会の事務所に駆け込めばいい。あなたに危害が及ぶことはない。なぜなら、上海はそれどころではない事態に巻き込まれるからね。

成功すればレイノルズが買い付ける品物はすべて、ジャーディン・マセソン商会で買い上げてくれるという。

——どんな屑でもね。

キルビーの話は渡りに船だった。レイノルズは、なんとしてもオトソンを殺さなければならなかった。殺さなければ国に帰る費用もなく、自分が異境の上海に死ぬ。

県城の方角から絶え間なく聞こえる銃火の響きに紛れ、レイノルズは暗がりを辿って素早く隣家の庭に忍び込んだ。一階の窓からは煌々とした明かりが洩れていたが、最近は日本からの漂流民が交代で巡回に出るせいか、明かりが一晩中点いたままであることは知っていた。

県城に上がる火の手が夜空を焦がし、オトソン邸までをときに赤く染める明滅を繰り返した。その光を嫌って裏に回る。注意深く、壁沿いに身を低くして進み、レイノルズは一角曲がった先にある勝手口を目指した。慌てず、けれど素早くことを為すのだ。

知る限り、オトソンが自宅に戻らぬ日はなかった。当然、この夜もいるはずである。上海県城の暴動が始まった今はどうしているか。あたふたと着替えて商会の事務所に向かおうとするのは目に見えていたが、そこまでの猶予を与えるつもりはなかった。憎きオトソンの顔は脳裏に焼き付いている、はずである。日本人が大勢住まう今では、区別は少々心許なくはあったが、いざとなれば全員を撃ち殺せばいい。必ずその中にオトソンはいる。抜かりはない。そのための実包の予備は腰の革袋に三十発はあった。

隅に辿り着き、壁に身を寄せ、ライフルの手触りを確かめる。勝手口はすぐそこであった。庭の芝生に赤々とした炎が映っていた。県城も、実に盛大に燃え上がっているようだ。

レイノルズは呼吸を整え、勝手口側に一気に身を躍らせた。

――パチッ。

なにかが爆ぜる音が間近で聞こえたが、止まるものではなかった。

勝手口が開いていた。近くに少年がいた。開芳という清国人に違いない。大振りの鉢に火を熾し、その上でなにかを炙っていた。

ともに驚愕の眼差しで見つめ合い、しばし固まる。

県城の方から何度目かの、音を揃えた銃声が聞こえた。

先に動きを見せたのは開芳であった。

「うっ、うわぁ」

奇声を上げて勝手口の中に逃げ込もうとする。

「こんなところで、止まるわけにはいかんのだ！」

レイノルズは、開芳の背にライフルを構えた。

（もうすぐ帰ってくる。急がないと）

開芳は勝手口から外に大振りの鉢を引き出し、デント商会の倉庫から徐潤が持ってきてくれた藁の束を詰め込んだ。

他の料理は、もう景徳鎮の大皿に並べ終えていた。皿の真ん中に空きを作って香菜（シャンツァイ）で囲み、さらしたネギを敷いた。周りの料理は少し冷めてしまうが仕方なかった。今夜の主菜は、たたきなのだ。生魚を先に仕上げるわけにはいかない。だから他の料理は冷菜と、冷めてもさほど味の変わらない物だけにした。何人かで作るのでなければ、さわち、とはきっと、市蔵の故郷でもそういうものに違いない。

——熱ク焼ク奴モイルガ、私ハ焼キ色ガ付イテ香リガ移レバイイ。今ノ季節ナラ、ソレクライガ美味イ。

市蔵の注文である。

開芳は燃え上がる藁をじっと見詰めた。串に刺した切り身は手にある。まずは試しである。

すぐには差し出さない。火勢が弱まってから直上に翳（かざ）し、藁を少しずつ継（つ）ぎ足しながらじっくりと炙る。

(云われると簡単そうだけど、日本の料理は実に細やかだ)

脂（あぶら）が滴（したた）り、炎に爆ぜて煙が上がる。開芳の腹が鳴った。

まんべんなく焼き色の付いた切り身を眺（なが）め回し、口に放り込んで開芳はにっこりと笑った。

「これなら、僕の醤（ジャン）がよく合う」

台所に戻り、串を打った鰹のさくを持って出ようとする。これからが料理の本番である。

西方からただならぬ銃声が聞こえたのは、そのときであった。

「わっ」

一瞬身を強張（こわば）らせ、頭を抱えてうずくまる。だが、手の鰹は離さなかった。

鬨の声。銃声。栄力丸（えいりきまる）の面々が二階から駆け下りてきて日本語で叫（さけ）ぶ。何人かは様（よう）子（す）を見に外に出て行った。進之丞までが刀を手に現れる。

てんでんばらばらに、しばし音吉邸の中は雑然たる有り様であった。

大きく息を吸い、開芳は台所に顔を上げた。事態は、音吉が云っていた県城の争乱だと目星を付けた。

「こういうときこそ、僕がしっかりしなくちゃ」

立ち上がり、居間に顔を出す。

「サワチ、サワチ」

手の鰹を振り、食堂の大皿を指し示してみたが、皆開芳に一瞥を与えるだけであった。なんのことだかわからないのだろう。

（焼いて持ってくればわかるかも知れない）

焼いた鰹はいい香りがする。それを持ってくれば、たたきとわかって喜ぶかも知れない。落ち着くかも知れない。

「言葉じゃない。僕は料理人だ。料理でわからせるんだ」

開芳は勝手口から飛び出した。鉢の中の藁は、すでに熾き火になりかけていた。急いで継ぎ足し、勢いをつける。秋の夜だというのに汗が止まらなかった。

すぐに鰹から脂が落ち始めた。芳ばしい香りが立ちのぼる。火が強かった。少し焼き過ぎたかも知れないと顔をしかめる。

ふと、人の気配がした。顔を上げる。近くに、隣家のレイノルズが銃を抱えて立っていた。鉢の炎に浮かぶ顔つきは、まるで悪鬼であった。

「うっ、うわぁ」

開芳は叫びながら勝手口の中に逃げ込もうとした。

「こんなところで、止まるわけにはいかんのだ！」

レイノルズの声が聞こえた。後のことはよくわからない。ただ、轟音が聞こえ、背中から胸に掛けてがやけに熱かった。


「なんじゃっ」

開けっ放しの玄関に走り込んだところで、市蔵は近くから上がる銃声を聞いた。止まることなく廊下を走り、居間に入る。

「い、市蔵っ。いったい、なにごとかっ」

床に身を伏せる進之丞が声を張り上げたが無視した。構っている場合ではなかった。

腰の刀を閂に押し、鯉口を切って台所に向かう。

テーブルの上に景徳鎮の大皿があった。すでに料理が見事に盛られている。足りないのは中央の空きに後はたたきと、開芳自身だけであった。

テーブルの奥の勝手口が、玄関同様開けっ放しになっていた。

「開芳、開芳っ」

呼べど応えず、代わりに一人の男が飛び込んできた。銃を携えたレイノルズであった。

「なんじゃあ、おんしゃぁっ！」

返事の代わりにいきなり銃口が上がった。

——轟っ。

ライフルが火を噴くが、動きは市蔵の方が上であった。

一瞬早く、テーブルを盾にとるように身を沈める。慌てて下げられた銃口から発せられる遅れた銃弾は、卓上の大皿を料理ごと四散させるに留まった。

市蔵はテーブルの下からレイノルズの足を睨んだ。そして足の向こう、勝手口の外に、横たわって動かぬ開芳を見た。

怒髪が、ゆっくりと天を突く。

「何を、した」

市蔵はゆらりと立ち上がった。

「あ、あわっ」

レイノルズは市蔵の鬼気に当てられたか、喘ぎながら腰の革袋から実包を取り出そうとし、手に付かず床にばらばらと撒いた。

「おんしゃあ、開芳にっ」

市蔵はテーブルを飛び越え、レイノルズの前に腰を沈めた。

レイノルズの目が、怯えていた。

「開芳に何をしたぁっ！」

市蔵の腰間から銀光がほとばしり、レイノルズの右脇腹に吸い込まれた。

和泉守兼重は業物であることを示し、ライフルの銃身をも両断して一気に走り抜ける。

剛剣、であった。

レイノルズは一声すら上げること叶わず、二身に分かれてその場に崩れた。

袖口で刀身を拭い、鞘に収めると、噴き出す血潮にも構わずレイノルズの遺骸を跨ぎ、市蔵は勝手口から外に出た。

果たして、背中に黒々とした染みを作った開芳が倒れていた。

「開芳、開芳っ」

抱き起こしつつ、涙がこぼれた。すでに呼吸は細く、小さな身体に人らしき暖かさは感じられなかった。

抱え上げて台所に運ぶ。一面の血溜まりであったが、レイノルズの軀から噴き上がる血潮はもうなかった。

「あ、……市蔵、さん。お、帰り」

揺すられて正気づいたか、開芳がうっすらと目を開ける。市蔵はただ、泣き濡れた顔に笑みを浮かべて頷いた。

栄力丸の一同が台所に顔を覗かせ、息を呑む。天正丸の三人も遅れて帰ってきたが、誰も声を発しない。

明かりの中、それほどに開芳の顔は、死相を見せて青白かった。

「ざ、残念、だなぁ。もう少し、で、完成だったのに」

「モウイイ。何モ云ウナ」

「食べさせて、あげたかった、な。市蔵さん、に。日本の、皆さんに」

「スマナカッタ。開芳、スマナカッタ」

市蔵はふたたび、涙を落とした。開芳には、もう聞こえていないようだった。目も一点、テーブルの上を見詰めて動かない。

「ああ」

か細い溜め息を、一度。

「サワチ、が、……こなごな、だ」

一瞬悲しそうな顔をして、開芳は静かに目を閉じた。

市蔵は額から流れる血を拭いながら夜に走った。

開芳の遺骸は居間のソファに寝かせてきた。取り囲むように、誰よりも世話になった漂流民十五人が守っている。一人進之丞だけが騒いでいたが、額を床に擦り付け、そのままの姿勢でずりずりと、ずりずりと、心配ござらんを連発して二階に押し込んだ。額の血はそのせいだ。

他の十五人は皆、ひとまず落ち着いていた。県城の争乱よりも、身近な清国人の料理番の死に打ちのめされたようである。

知らせなければならなかった。誰よりも何よりもまず、音吉に知らせなければならなかった。

開芳の死を。有り余るほどの才能を煌めかせ、飛び立つ日を待ち望んだ少年の死を。聞こえ来る砲音も銃声も人々の悲鳴も、市蔵の足を止めることは出来なかった。

洋涇浜クリークを港通りに曲がると、光が弾けた。黄浦江に碇泊中の船舶は戦艦商船の別なく無数のランタンを灯し、建物という建物の窓に明かりの洩れぬところはなかった。

通りを行き交う人の数も、まるで昼間のようである。

奇異な目を向ける人の間を擦り抜け、市蔵はデント商会に飛び込んだ。

目指す音吉は騒然とする一階の真ん中に陣取り、統括のビールとなにかを話していた。

肩で荒い息を吐きながら歩み寄る。音吉は、すぐ市蔵に気付き口元を引き締めた。

「音、さんよぉ」

「どうした、市蔵さん。家でなにかあったのか」

市蔵のただならぬ気配を察してか、ビールが立ち上がって席を譲る。市蔵には、そのことに礼を云う余裕はなかった。

「開芳が――」

「えっ。なんだい」

「開芳が、死によった！」

目をまなじりが切れるほどに見開き、音吉はゆっくりと立ち上がった。

「……何故。どうして」

「レイノルズじゃ。奴が銃を持って裏から入って来よったき。開芳はレイノルズに撃たれたんじゃっ」

話して込み上げる激情に、市蔵は近場の机を拳(こぶし)で叩いた。

「遅れたっ。儂ぁ、わずかに遅れてしもうたっ」

それ以上は言葉にならなかった。開芳、レイノルズという言葉に反応してか、ビールがどうしたんだいと声を掛けるが音吉からの答えはなかった。

「……聞いて、いたんだけどね」

やがて、音吉が熱い溜め息とともに云った。

「聞いて、知っていたんだけどね。迂闊だった。私は馬鹿だよ、市蔵さん。家になんの手も打たなかった。私こそ、開芳になにもしてやれなかった」

震える声で云いながら、音吉の見開いた目尻から涙がこぼれて頬を伝った。

「せめてこの何日か、銃を持たせてやっておけば、よかったかな。……取り上げたのも、私だ」

口元に自嘲が浮かぶ。

遠く轟く爆音。

泣きながら笑いながら、次第に音吉の形相が変わっていった。市蔵にとって、初めて見る表情である。云わば憤怒であったろうか。

「音さん」

ビールも驚いたらしく、声を掛けながら音吉の肩に手を伸ばす。音吉は手を上げ、甲でその手を拒んだ。

「ビール、先に謝っておく。今から私がすることは、あなたにきっと迷惑を掛けることになるから」

親指で涙を落とし、音吉は一歩二歩と動いた。声は低く暗かった。

「事務所の取りまとめを、頼む」

「お、音――」

ビールは最後まで音吉を呼べなかった。いきなり音吉が駆け出したからだ。

事務所から外へ。港通りを桟橋の方へ、北へ。市蔵もわからず唖然として音吉を見送った。

「あっ、い、いけないっ」

ビールが一瞬後を追おうとし、振り返って市蔵の肩を激しく揺らした。

「頼むっ、日本の人っ」

あとはあまりに早口で、市蔵にはビールが何を云っているかわからなかった。ただ、最後の一言だけは耳にというより心に聞こえた。

——音さんを、守ってやってくれ！

ビールの心に市蔵は大きく頷いた。

「ワカッタ」

刀に手を添え、表に走る。

煌々とした明かりに照らされた港通りの雑踏の中に、音吉はすでに半町以上の先であった。

日々の鍛錬に怠りはなかったが、さして鍛えているわけでもない音吉に市蔵は追いつけなかった。

それでも通りに右往左往する群衆の間を縫い、先を行く音吉を見失うことだけはなかった。

やがて、入り口の扉を蹴破るようにして音吉が左手の大きな建物に飛び込んだ。夜であってもこの日だけは港通りは明るい。光を撥ねる欄間の金文字を見れば、そこはジャーディン・マセソン商会の事務所であった。

距離にして十間遅れで、市蔵もジャーディン・マセソン商会に走り込んだ。

初めて入る事務所であったが、デント商会に比べて広さは倍ほどもあり、当然その分、人も多かった。置かれたソファや机の調度も見るからに高価で、格の違いを否応なしに見せつけるようである。

「キルビー、どこだっ。出て来い！」

音吉は事務所の中ほどに置かれたいかにも高そうな紫檀の机に土足で上がり、声高に支店長の名を呼んでいた。周りにいる者達はいきなりの闖入とその剣幕に、何も出来ずに見上げるだけであった。

広いにもかかわらず、人が多いにもかかわらず、デント商会の騒然や通りの喧噪と違い、音吉一人に気圧されてジャーディン・マセソン商会は静かであった。

呆然と立つ人々を掻き分け、市蔵は辺りに目を配りながらゆっくりと音吉に近づいた。取り敢えず音吉に危害を加えようとする気配は誰からも感じられなかった。

机の前に出ると、市蔵は一瞬上からの視線を感じた。

「市蔵さん。邪魔はするなよ」

「わかっちゅう。ただ、まっこと不測の折りには抜くがぜよ。ミスター・ビールに、音さんを守れと云われちょるっ」

応ずることなく、音吉は市蔵の頭上で大きく息を吸った。

「デント商会の、ジョン・マシュー・オトソンが来たぞっ。キルビー、顔を出せっ」

海の男の、鍛え上げた大声であった。

そのとき、二階からどたどたとした足音が聞こえた。

「あっ」

真正面に見える階段の上から一人の男が現れた。市蔵にとっては見知らぬ男であったが、音吉の奥歯が音を発した。

「オトソン、どうして！　ちっ、レイノルズの阿呆が」

狼狽に思うより声が高くなったか、キルビーの声は静かな室内によく響いた。

「その言葉っ」

音吉は階の男を睨み付けた。失言に気付いてか、キルビーは慌てて口元に手をやった。

「やっぱり、お前かぁ！」

「い、いや、知らないぞっ。私は何も知らない」

首を激しく振りながらも及び腰になって階上に逃げるキルビーを、音吉は机の上から市蔵越しに飛び降りて追った。市蔵も離れることなくあとに続く。階段を上ると、廊下の奥に足音が慌ただしかった。脇目も振らず音吉は廊下を走った。

右に進み左に折れると、おそらく港通りに面しているのだろう部屋の扉が開けっ放しであった。躊躇（ちゅうちょ）することなく飛び込む。

部屋はどうやら、応接室のようであった。

キルビーはバルコニーに面した窓際に立って、肩で息を吐いていた。碇泊中の船に揺れる無数のカンテラが、キルビーの背景にまるで蛍火（ほたるび）のようであった。

右手の壁際に、もう一人男が立っていた。口元から顎（あご）に掛けての髭（ひげ）が濃い男である。こちらも、市蔵には知らぬ男であった。追い詰められたキルビーと違い、階下の皆と同じような呆然を装って立っているが、市蔵は目の端に注意を怠らなかった。男の上着の左側にはキルビーにはない厚い盛り上がりがあり、こめかみには季節柄でない、流れ落ちる一筋の汗があった。

「な、なんですか。これはいったい」

男が怯えた声を出した。

「キルビー。図に乗って、とうとう小者の所業を越えたな」

相手にせず、音吉は一歩窓に詰めた。

「ひっ」

キルビーの喉が音を発する。

壁際の男がかすかな冷笑を浮かべたのを市蔵は見逃さなかった。どこか全身から力が抜けたようでもある。静かに、静かに、開けっ放しの扉に向かって移動する。

「お前もだっ。ゴーランド」

音吉の威声に、ゴーランドと呼ばれた男は身を跳ねた。

「我、関せずを決め込んで逃げる気か。小者の小者は後回しと思ったが、私は知っているぞ。キルビーを笠に着て、キルビーの背に隠れて、ごちゃごちゃとお前が五月蠅いことをっ」

ゆっくりと振り返る。市蔵は音吉の目に、熱き炎を感じた。

「自分だけ逃げられると思うなよ、ゴーランド。膿み崩れた心の小者にたかる蠅も、同罪だっ」

ゴーランドが瘧のように身を震わせ、口中になにごとかを呟きだす。一気に噴き出す汗が髭を濡らして床に滴った。

音吉は射竦めるようにひと睨みし、向き直ってキルビーにさらに詰めた。部屋の外から、何人かの社員達が怖々と覗き込んでいた。

「レイノルズに何を云った。開芳が死んだぞ。お前らの小汚い画策のために、これから大空に飛び立とうとしていた若鷹が死んだぞ！」

「わ、私は別に、そんな清国人のことは知らない。そんな指示を出した覚えもないっ」

キルビーは窓にへばりついて喚いた。

市蔵はキルビーにも注意を怠ることなく、ゴーランドの呟きに耳を傾けた。

——私は雑魚ではない。私は、蝿でなど有り得ない。

聞けば、そんなことの繰り返しであった。

「キルビー、商人だろう。何故商いで競おうとしない。何故裏事ばかりに頼ろうとするんだ。それがお前に限界を作る。それがお前を、卑しい人間に貶める」

「う、五月蝿いっ。勝ち続けの男に、私の屈辱はわからない」

「屈辱がなんだ。砂を噛んでも泥を啜っても、商いから逃げさえしなければ光明も救いも幾らでも見つかるんだ」

「見えないいっ。私には見えない。……お、お前さえ、いなければ。私にとってはお前がいないことが光明だ。お前が死ぬことが救いだっ」

キルビーは云いながら両手で頭をかきむしった。

「ゴーランドっ。何をしているっ。オトソンを撃ち殺せ！」

音吉はソファを越えてキルビーに躍り掛かった。

白むほどに握り込まれた拳がキルビーの顔面に叩き込まれる。苦鳴一つ洩らすことも出来ずに、キルビーの身体は派手に窓をぶち割ってベランダに飛び出した。

そのとき、キルビーの叫びにゴーランドの震えが止まり、目に狂気の光が灯っているのを市蔵は見逃さなかった。

「わっ、私は、雑魚でも蠅でもないっ」

上着の内に差し込まれた右手が、ボタンを弾き飛ばしながら短銃を取り出す。連発銃であった。狙(ねら)いは外しようもないほどの近く、音吉である。

市蔵は滑るようにしてゴーランドに走った。峰打ちにする気はなかった。日本の武士ならば右手を折っても顔色一つ変えず、左手に持ち替えて撃つだろう。

「殺すなっ」

音吉の声がなければ、市蔵はゴーランドを腰断するつもりであった。

潜り込むように身を沈めて鯉口を切り、市蔵は下から抜き打ちの一閃(いっせん)を送った。

ランプの明かりに糸を引くような銀の弧は、ゴーランドの右腕を肘(ひじ)から先で斬り飛ばした。

落ちてゆく二の腕が床に向かって銃声を轟かせる。部屋の外から、恐怖を滲ませて

「キルビーっ！」

幾人かの悲鳴が上がった。

　何が起こったのかわからず、何度か、すでにない指先で引き金を引くような仕草を繰り返し、やがてゴーランドは自身の右腕を確かめた。

　断面に浮く血玉が、奔流となって噴き出し始めたのはこの時であった。

「うっ、ぎゃぁあぁっ」

　赤き血を撒き散らしながら、ゴーランドは部屋の中を転げ回った。

　捨て置きにし、床に落ちたゴーランドの腕から市蔵は銃をもぎ取った。銃口から細い煙があって、銃身はまだ熱かった。音吉に寄ってそれを差し出す。

「なんだい」

　音吉は、いつの間にかいつもの音吉であった。

「開芳の仇を討つんなら、使えばええき」

「――下らないよ、市蔵さん」

　音吉は肩をすくめてベランダに出た。キルビーを見下ろし、次いで夜空を見上げる。

「死を望んでは彼らとなにも変わらない。私は、ただの商人だよ。それに、市蔵さんのことだ。直接に手を出したレイノルズはもう生きてはいないんだろう」

　深く頷く。

「なら、それでいい。今まさに天に昇ろうとする清純な魂に、これ以上のお荷物を添わせては開芳が可哀想（かわいそう）だ」

　音吉に続き、市蔵もベランダに出た。足下のキルビーは白目を剝（む）いて泡を吹き、ガラスにまみれたままぴくりとも動かなかった。音吉の拳をくらい、少なくとも頰骨は陥没しているようである。

「……まあ、そうじゃな」

　市蔵は手の銃を隅に放った。音吉はそれを見てベランダの手摺りに手を掛けた。

「さて、長居は無用だ。市蔵さん、開芳を手篤（てあつ）く葬ってやらないとね」

　音吉は云うと、ベランダから階下の港通りに身を躍らせた。予期せぬ動きに市蔵は一瞬遅れた。

「まっこと、あの拳といい、身のこなしといい、どこがただの商人ぜよ」

　苦笑混じりに刀を収め、市蔵も手摺りを乗り越える。

　真下、ジャーディン・マセソン商会の事務所前に音吉が何故かうずくまっていた。

「なんちゃ、どうしたぜよ」

　膝（ひざ）に手を添え、覗き込む。音吉が手首を押さえ、泣き笑いに市蔵を見上げた。

「いや、ね。どうやら、折れてたみたいだ」

　なんという。

「……ははっ」

笑いが込み上げ、市蔵は中腰のまま膝を叩いた。

「はっはっはっ」

止まぬ爆音と人々の喧噪の中に、腹からの笑いを差す。行き交う人々が怪訝そうに眉をひそめるが構いはしなかった。

まったく、なんという。穏やかにして思慮の人かと思えば、情に激して火の玉にもなる。音吉という男は全く以て面白い。そして、市蔵が今まで出会った誰よりも日本男児として好もしい。土佐にも夢を語って興味深い仲間、いや仲間とも呼べぬ若人はいたが、現実を見据えて生きている分、音吉の方が懐が深い。

「市蔵さん、笑い事ではないよ。痛いんだ」

音吉が訴えるが、市蔵は天を見上げて笑いを止めなかった。

上海租界の夜空には動乱をよそに、星の瞬きが綺麗であった。

小刀会の蜂起は、連動して三日後に挙兵した別働隊が上海にほど近い青浦県城を陥落させるなどの成果を加え、制圧にすぐさま江南大営から清国正規軍が派遣されたが、一向に静まる気配を見せなかった。

県城内にあって小刀会に取り込まれたに等しい、略奪を始めた暴徒の数はおよそ四万であった。それに比べ、派遣された正規軍はわずか二万に過ぎなかった。

この時、太平天国の北伐(ほくばつ)軍が天津(テンシン)に迫りつつあった。天津から皇都北京までは、距離にして一〇〇マイル足らずである。北京は太平天国軍の襲来に震え上がった。逃げ出す高官や富者が後を絶たず、日々人また人でごった返すはずの正陽門(せいようもん)外の市場でさえ、荒れ野のごとき有り様であったという。清朝は皇都の防衛に軍を動員し、上海にそれ以上の戦力を割(さ)く余裕などなかったのである。

四万に占拠された上海県城はいかに訓練された正規軍であっても、たかだか二万の兵力ではすぐに落とせる城ではなかった。

が、この反乱は清国軍が攻めきれないというだけで、キルビーが望んだような結果にもならなかった。

そもそも南京(ナンキン)の太平天国に呼応すべく立った小刀会であったが、上海県城占領後、援軍を得るために南京に送った使者のことごとくが正規軍に捕らえられ、連携が思うように取れなかったのである。加えて、わずか二万ではあっても、音吉から呉道台にもたらされた一報により早くから準備されていた軍の上海包囲は素早く、小刀会側は青浦県城を落としていた別働隊を増援として上海に入れることも出来なかった。

ともに援軍を欲して叶えられることなく、そのことによって正規軍は上海県城を攻めきれず、小刀会も打って出る力を持てず、一進一退を繰り返すだけで、どちらも次の一手は見出せなかった。

だが、この小刀会の蜂起は、キルビーの思惑からは大きく外れたが、音吉の読みをも大きく上回る事態を引き起こした。

――県城が静まるまで、しばらくは眠れぬ日が続くよ。

一人、ビールの言った言葉がいやに象徴的であった。

上海県城とその県域に住む人の数はおよそ二十八万人である。暴徒と化して県城内に残ったのは約四万。差し引きの二十四万は、本来の住むべき場所を失った者の数である。

治外法権の地ではあれ、人道的見地からイギリス領事館は逃げてくる県城の民を拒まないことを宣言した。すると、あろうことかそのほとんど、二十万を超える人々が突如として租界に流れ込んできたのである。通りという通りにひしめく避難民は、黄浦江が氾濫（はんらん）したかのようなまるで濁流であった。

眠れぬ夜、どころではない。二十余万の清国人に埋め尽くされた租界は、手のつけようがない大混乱に陥った。

いったん開けてしまえば、閉めるのは難しい。制限しようにも押し返そうにも、二十万という数は膨大（ぼうだい）であった。ある意味、海禁、鎖国と同じであったろう。

さらには近隣の、太平天国と清朝の戦乱に嫌気が差した者達も噂（うわさ）を聞きつけ流入し始め、一時流入民の数は三十万を上回ったという。

それらの者達は、通りに、路地に、ありとあらゆる隙間（すきま）に、逞（たくま）しくも柱を立て筵（むしろ）を張って生活を始め、やがて定着した。

そうして租界は、いつしか異人だけのものではなくなってゆく。

これが上海租界にいう、〈華洋雑居〉の始まりであった。

レイノルズの死傷、並びにジャーディン・マセソン商会への乱入と傷害事件については、音吉、市蔵ともに領事館の聞き取りだけで不問に付された。

レイノルズに関しては、銃を持ってオトソン宅に侵入したことで殺意は明らかであったし、そもそも、いくら治外法権の租界であっても清国民を、しかもなんの謂（い）われもない少年を英国人が殺害したなどとは、領事館にしてみればあってはならない大事であった。

ジャーディン・マセソン商会のことにしても、電信の敷設の頃から支店長のキルビーとレイノルズの関係は領事館の知るところである。キルビー、レイノルズ連名による申請書に許可を与えたのは領事館なのだ。その後の二人の関係もわかっていたし、キルビーが勝手な憎悪をデント商会に、特に支店長のジョン・マシュー・オトソンに抱（いだ）いていたことも把握していた。紅幇（ホンパン）による蘇州江（そしゅうこう）でのオトソン襲撃事件などは、ビールからジャーディン・マセソン商会のキルビーを名指しで、内々の抗議文が領事館に上がっていた。

そのときは、はっきりとした証拠がないこともあって領事館は何もしなかった。が、今それがレイノルズによる暴挙に繋がるとなれば、下手にオトソンらを罰すれば黙っていないと、今度は正式にデント商会清国貿易総責任者の名でビールから、嘆願書の体裁をとった脅しが出されていた。

不問は当然の結果であっただろう。暗黙の了解で不問はキルビーやゴーランドにも適用された。

実際、指呼の間における県城での激戦や、蟻の行列よろしくあとからあとから入ってきては、場所に関係なく居座って勝手に煮炊きを始める清国人の対応に追われて、領事館はそれどころではなかったのである。

処遇が決まると同時に、音吉は何をも措いて開芳をまず外国人墓地に葬った。混乱の中であれば、すぐに埋葬出来る安らぎの地はそこしかなかったのだ。

天涯孤独の少年であった。両手に持ちきれぬ花を供えながら、外国人墓地であることを音吉は開芳の魂に詫びた。

葬送は音吉、ビールと、進之丞を除く日本人漂流民十六人、それに徐鈺亭と徐潤のささやかなものであった。

「私と関わってしまったことが、お前に不幸を呼んでしまったね」

イギリスとのアヘン戦争によって両親が死に、自身もイギリス人の手によって死ななければならなかった開芳の生涯とは何か。

音吉だけでなく、居並ぶ者達はみな断腸の涙を禁じ得なかった。

友を失った徐潤のひときわ大きな泣き声が、ときおり響く爆音さえ打ち消して開芳の魂を天に送った。


それから、およそ三月が過ぎた。季節は冬へと移り変わっていた。

その日は、曇天から初雪の降る寒い一日であった。

県城の攻防はどちらも手詰まりの様相を呈し、膠着状態に入っていた。不気味なほどに静かである。かえって租界の方が騒々しいくらいであった。

ごった返す人の喧噪だけでなくイギリス・フランス両租界とも、租界の富を狙い、徒党を組んでは夜討ち朝駆けで襲い来る暴徒の集団との戦いを余儀なくされていたのである。特に西の境界線では、断続的ではあったが夜となく昼となく銃火の音が絶える日はなかった。

この日、音吉はシルクハットに粉雪をまぶしつつ開芳の墓に詣でた。

手を合わせる音吉の後ろに並ぶのはビールと、花束を抱えたカールだけである。カールは上海の騒動を聞きつけ、音吉の安否を気遣ってシンガポールから二日前にやって来た。

——最近、やっと苦力の登録が目に見えて増え始めました。張さんたちも手を貸してくれていますし、至極順調ですよ。僕がいなくても変わらないくらいにね。

実際の出資者は音吉であるが、ベルダー商会と名付けられた商社の様子を、聞けばカールはそう云って舌を出した。ルイーザの事務処理能力が卓越している分、兄は繁雑な作業を苦手としていた。

「初めまして、開芳君」

音吉に並び、カールは手の花束を墓に供えた。三人だけの墓参である。日本人漂流民は誰もいない。徐潤もいない。

動乱の折りではあるが、徐鈺亭と徐潤は高麗人参の買い付けのため、今年もすでに北京へ向かっていた。

生きている以上、月日は歩みを止めてはくれない。墓を前にすると生と死の対比は歴然である。音吉も明日には北京へと向けて出発する予定であった。

「お前に仇なす者は、この上海にもう誰もいないよ」

北京行きを遅らせてでも、音吉は開芳にそれを報告したかった。

市蔵によって肘から先を斬り飛ばされたゴーランドは領事館付きの医師によって処置が施された後、騒擾を避けて寧波の療養施設に移された。キルビーも療養を勧められたらしいが、包帯だらけの顔を激しく振り断固として拒否したという。

そして、包帯が取れるやいなや、青黒く腫れたままの顔をさらして領事館に駆け込んだ。

――何故オトソンがのうのうとしている。私の顔を見ろ。私は被害者だ。

レイノルズの事件とは無関係であることを滔々と説明し、暴力を振るわれる覚えのないことを捲し立て、いつしか話はオトソン個人への恨み辛みへとすり替わり、対応した領事館員も辟易したらしい。

ただ、果てに、誰も動かないのならばジャーディン・マセソン商会本社に訴え、しかるべき手を打たせると云われて領事館側ははたと困った。上海だけでなく清国貿易全体を見れば、ジャーディン・マセソン商会はいまだ王座に君臨していたのである。

救いの手がジャーディン・マセソン商会から海を渡ってやって来たのは、この時であった。

キルビーにとっての、ではない。領事館にとっての救いの手である。

やって来たのは小刀会の蜂起の日、次の支店へと去っていった本社からの査察官であった。

――キルビー支店長、雑多にして雑種な清国の貿易にはですね、どうしても矛盾は生じるものです。つまり、完璧な帳簿など存在しないのですよ。完璧であることは、逆に操作の証拠でもあるわけです。小才があるとどうしても小狡く立ち回りたくなる。よくあることです。私は、そうして消えていった男を何人も見てきました。

　査察官は支店の応接室に入るなり、茶の一杯も固辞してそう云った。腫れ上がったキルビーの顔の事情にも一切触れない。

——大きくは別にして、小さな、あるいは少額な品のすべてにまで欠損がないのは有り得ないのです。まあ、デント商会さんの、特に上海支店は完璧に近いと聞きますが、我が商会の管理では、悔しいですが有り得ない。当然、前回のとき見させていただいた、ここの倉庫や手順でもね。

　机上に投げ出される帳簿の写しには、赤い線が無数に引かれていた。

——あまり、本社の査察官というものを甘く見ない方が、いや、小馬鹿にしない方がいい。

　キルビーは慌てて写しの線を確かめた。どれもこれも、たしかに在庫なり売り上げなりを操作した箇所ばかりであった。

——色々、調べさせてもらいましたよ。どうやら、小刀会と結託して賭けに出ましたか。なら、大きく利が出れば見て見ぬ振りをしようとも考えましたが、事態はあまり芳しくないようですね。最後は私の能力の問題にもなってきますので、申し訳ありませんが香港の東アジア統括に報告しました。

査察官は云いながら胸の内ポケットから一枚の紙切れを取り出した。

――ミスター・キルビー。あなたを業務上横領と背任によって、私財没収の上解雇します。今この時から今後一切、なにごとがあろうとも、あなたとジャーディン・マセソン商会は関係ありません。

キルビーの目の前に広げ返される紙面には、間違いなく東アジア統括のサインがあった。

――もっとも、私に少しばかりでも敬意を払ってくれれば、もう半年は生き長らえられたでしょうにね。自業自得でしょう。

査察官の勝ち誇った笑みを以て、キルビーの前途は閉ざされたのであった。

寧波支店からの話によれば、査察官は先に寧波のゴーランドのところに寄ったらしい。傷は、三月であればすでに癒(い)えているはずである。

何を話したのか細かくは音吉も知らないが、支店長としてゴーランドが上海に帰ることはなく、キルビーの解雇と前後して寧波からも消えた。左遷(させん)であった。

その後、支店長として赴任してきたのは、こと上海においてはデント商会への負けをジャーディン・マセソン商会が認めたかのような、大した実績もない見るからに凡庸(ぼんよう)な男であった。

「もうすぐきっと、慣れない北の寒さに閉口して太平天国は兵を退く。そうすれば北京からの援軍があって、上手くすれば県城は奪回されるだろう。租界も少しは静かになるよ。開芳、今はまだ騒がしいけど、もう少しの辛抱だ」

長い祈りを捧げ、音吉は開芳の墓前に立ち上がった。肩に積もった粉雪を払いつつ外国人墓地を出る。ビールとカールもあとに続いた。

三人だけであることには訳があった。というより、日本人漂流民がいないことには訳があった。

三人が向かった先は、桟橋であった。

一艘の大型のジャンクの前に、進之丞まで含んだ十七人の日本人が並んでいた。皆、手に手に大きな荷物を提げている。

この日は十七人の漂流民にとって、旅立ちの日であった。日本への便船の手当てはいまだ見通しすら立たなかったが、音吉は十七人を乍浦の嘉会所に送ることを決めたのである。

一同の顔は、曇天にも冴えて明るかった。進之丞でさえが削げた頬に薄笑いを浮かべ、市蔵に向かって話し掛けている。一人市蔵だけが、上士に言葉を掛けられながら答えも頷きもせず、浮かぬ顔であった。

市蔵が小刀会の蜂起の夜にしたことはすべて不問に付された。ただ、レイノルズの遺体を確認した領事館員は初めて見る刃物による人体の両断にその場で吐き、領事館に帰ってもしばらくは身震いを禁じ得ず、数日は夢にまで見てうなされ続けたという。

市蔵の名が人斬り、人鬼として租界に知れ渡るのにさして時間は掛からなかった。

人伝ては人伝てに走り、自警団として廻る市蔵を人は怯えた目で遠巻きにして避け、地べたに居座りの避難民ですら道を空けたし、音吉の家の近所からはデント商会だけでなく領事館にまで苦情が出された。曰く、

――県城の戦いや暴徒どころではない。人鬼が恐ろしくて夜もおちおち眠れない。市蔵とは、そのまま聞き流してはいずれ商会の商いにまで影響するかも知れない。市蔵は租界から出すしかなかった。

「皆さん、お元気で。嘉会所の役人には渡す物も渡してあります。普通ならあまりいい環境といえる場所ではないのですが、皆さんはそう悪い待遇にはならないと思います」

音吉は一人一人の手を固く握った。皆、口々に礼を云い、栄力丸の長助などは自分からビールやカールにも握手を求め、涙まで流した。

音吉が差し出す手を握らなかったのは傲岸不遜に胸を張る進之丞と、黄浦江を眺めて動かない市蔵だけであった。

進之丞は結局最後までと思えば溜め息一つで振り捨てられるが、市蔵の態度が音吉には気になった。

「どうしたんだい、市蔵さん」

聞いても市蔵は答えない。仕方なく手を退けば、ジャンクの船頭が広東語で出船を告げた。

「では、皆さん」

手でジャンクを示す。無言で進之丞が先頭に立ち、船乗り達が後に従った。市蔵が最後にゆらりと動く。

振り返り振り返り、十五人の船乗りが頭を下げた。

進之丞が乗り込み、十五人が乗り込み、市蔵が船縁に足を掛け、そのままの姿勢でしばし固まった。

清国人の船頭が早く乗れと騒ぐ。

「決めたぜよ」

船縁を蹴って市蔵が振り返った。最前とは違って、やけに晴れ晴れとした顔をしていた。

「音さん。儂ぁ、ここに残るぜよ」

「はっ、濱田っ。おんしゃ、なに寝言云うとるかっ」

市蔵の一言に、まず反応したのは進之丞であった。市蔵は笑って手を振った。

「岡田さん、儂ぁ決めたき。道中、身の回りのことは自分で頼むぜよ。他のみんなに、あまり迷惑をかけんようにな」

「なっ！　濱田っ、上士に向かってなんちゅう云い草じゃ。口の利き方に気ぃつけぇっ」

言葉はわからなくとも、成り行きにビールは音吉の後ろで身構え、カールは胸内に手を差し入れた。

「ははっ。帰らんと決めた儂には、もう上士も郷士もないがぜよ」

「くっ」

進之丞は顔面に朱を散らし、船乗り達を押しのけて桟橋に飛び降りた。刀の柄に手を掛けている。だが、それよりも市蔵の抜刀の方が遥かに早かった。

喉元に剣尖を突きつけられ、進之丞は何も出来なかった。

へえっ、と市蔵の早業に感嘆の声を上げたのはカールである。

「あんたは餓鬼じゃち開芳も云うとった。まっこと、儂もそう思う。あんただけじゃないき。上士は皆、甘やかされて癖んなった餓鬼ぜよ。上士なんちいう、餓鬼のお守りはこりごりじゃ。土佐なんちいう餓鬼のお守りもこりごりじゃっ」

眼光と語気に押され、進之丞はじりじりと退がった。船縁に突き当たり、背中から船に転がり込む。

「もう一度云うき。岡田さん、道中、身の回りのことは自分で頼むぜよ。他のみんなに迷惑をかけんようにな」

　進之丞は何も返さなかった。刀身を肩に担ぎ、市蔵は音吉に向き直った。

「ト、イウコトダ。残ッテモ、構ワナイダロウカ。面倒ヲ掛ケルコトニナルケレド」

　誰に憚（はばか）ることない英語であった。ビールとカールが顔を見合わせる。

「市蔵さんの人生だ。市蔵さんがそう決めたのなら、私に云うことは何もない。けど、本当にそれでいいのかい」

　音吉は穏やかに聞いた。

「イイノダ。本来、人ハ自在ナノダト私ハアナタヲ見テ思ッタ。ソシテ、自在ニ生キテミタイト強ク思ッタ。ソレニ」

　市蔵は刀を収めながら照れくさそうに笑った。

「コノ街ガ好キナノダ。音サンガイテ、私ノ小サナ友ガ眠ル、上海ノ街ガ」

　音吉は小さく頷き、ジャンクの船頭に広東語で出船を許した。

「構わないよな、ビール」

「君の北京（ペキン）行きが、また少し遅れるけどね」

　清国貿易総責任者は、肩を竦めて片目を瞑（つむ）った。

　軋みをあげ、乍浦に向けて船が桟橋をゆっくりと離れる。

　――音吉さん、さいならぁ。

——市蔵さん、さらばなぁ。

行く船の上で、十五人の弁才船乗りが思い思いに手を振った。次第に激しさを増す雪の中、音吉は市蔵と並び、ジャンクが黄浦江の遥かに見えなくなるまでいつまでも手を振って見送った。

急に、音吉の家から人気がなくなった。住み人は音吉と市蔵、それとカールの三人だけである。

人鬼と怖れられる市蔵を移すために手配した乍浦行きであったが、関係のない十六人が向かい、当の本人だけが残るとは皮肉なものである。

「それにしても彼をどうするつもりだい。上海には流石に置いておけないだろう」

そんなビールの疑問に対する答えが音吉の家に姿を現したのは、日本人漂流民が乍浦に向かってから七日後のことであった。

「なるほど。徐潤から伝言は聞いたが、爺叔、これだけの面魂の男は、松江にもそう多くはない」

市蔵と対面するなり、尤老五は腕を組んで唸った。

ビールに対する音吉の答えは、尤老五であった。音吉は市蔵を松江漕幇に預けることにしたのである。

市蔵の腕は荒事を得手とする漕幇の中でも際立つはずであった。いつ終わるとも知れぬ動乱の清国で、武士が武士らしくあるためには漕幇の、尤老五の近くが生き易く、馴染み易いだろう。

「拾いものにもほどがあるな。いずれ返す時には、爺叔、惜しくなるかもしれん」

音吉はさもあらんと満面の笑みで頷いた。それこそ、音吉が望んだことでもある。

市蔵には人鬼の噂が立ち消えになるまでの間だと云ってあったが、尤老五が認め市蔵が気に入れば、そのまま松江も悪くないと音吉は思っていた。

「私ハ、帰ッテキマスヨ、コノ上海ニ。英語ヲモット覚エ、清国ノ言葉ヲ覚エ、アナタノ役ニ立ツ男ニナッテ帰ッテキマスヨ、音サン。イイヤ」

爺叔、と尤老五を真似て市蔵は笑った。郷士の頸木から解き放たれたからか、市蔵は実に闊達であった。

洋装に一本差しの武士は音吉とカールに見送られ、尤老五のジャンクに乗って松江に旅立った。

「一度、手合わせしてみたかったなあ。彼の刀と僕の抜き撃ちのどっちが早いか」

「馬鹿なことを。それよりお前はいつシンガポールに帰るんだい。ルイーザに任せっきりでは文句が出るぞ」

「ははっ、大丈夫ですよ。というか実際、事務処理は苦手でして。かえって仕事を増やすようなもので、ルイーザには怒られてばかりです」

　カールは上着の上から左胸に手を当てた。愛用の銃がそこにあった。

「市蔵さんもいなくなったし、代わりに僕が音さんの身辺を守りますよ。最初からそのつもりで出て来たんですから。だいたい、僕の尻を叩いたのもルイーザですしね。音さんをお願いって」

　片目を瞑り、意味深な笑みをカールは見せた。

「北京から帰ったら、久し振りにシンガポールへ行ったらどうです。ルイーザの顔を見に。安心すると思いますよ。もちろん、僕は邪魔はしません」

　答えず音吉は黄浦江対岸の葦の原に目をやった。風に揺れる葦の中から、ちょうど飛び立つ鳥の群れがあった。雁のようである。北へ帰るのだろう。そんな季節だ。

　行く人有り、来る人有り。開芳が逝き、市蔵が行き、そしてカールがやって来た。

「シンガポールか」

　ルイーザの笑顔が、無性に恋しかった。

「そうだな。行ってみるか」

　雁は早、北の空に見えなくなっていた。

　行く人、来る人。

音吉がそんなことを考えながら市蔵を松江に送る日、上海からおよそ一〇〇〇マイルの香港で一人の男がその生涯を終えた。

男は、音吉にとっての永遠の楫取、岩吉であった。

(熱いな)

この日、岩吉は朝からの頭痛に悩まされていた。血管の脈動が不快を通り越して痛かった。

ここひと月ばかり、眠れぬ日が続いていた。清朝と太平天国軍の衝突を嫌ってか、半年ほど前から香港への渡航者や輸出入が激減したのである。ギュツラフの死を境に翻訳や通訳の仕事は各伝道会や教会が進めるようになり、そもそもの仕事が少ないのは事実であったが、今回はそんなことだけではなかった。貿易監督庁自体に人が余っている状態であった。

久吉のように見切りをつけることなく通訳官の職に相変わらずしがみついてはいたが、することなど探しても有りはしなかった。現地雇いの者がすでに何人か首を切られていた。このままの状態が続けば、その大鉈が岩吉を切るのは目に見えていた。

(それにしても、熱い)

名ばかりの職場にこれ以上いても、心身に痛みはつのるばかりだろう。

(帰るか)

岩吉はそう決めた。イギリス貿易監督庁に職を得て以来、初めてのことである。マカオでも寧波でも香港でも、たとえどんなに体調が優れなくとも始業には遅れたことはなかった。日本にこだわる岩吉にとっては、勤勉さだけが日本人であり続けていることの証(あかし)であり、今をたしかに生きていることの証左(しょうさ)であった。

暇そうに新聞を読む上役に早退を告げて庁舎を出る。風渡る爽やかな季節であるはずのこの日、香港はやけに蒸し暑かった。

激減したとはいえ、香港は世界に開かれた港である。往時には比ぶべくもないが、沖合に七、八隻の船影は見えた。

港のささやかな賑わいを見ながら途中で道を南に折れる。そのまま三十分も南下した辺り、ヴィクトリア・ピークのなだらかな山裾に岩吉の家はあった。民家の少ない場所であったが、その斜面から見下ろすヴィクトリア湾の勝景が岩吉は好きだった。

点在する住居の外れに自宅を認め、岩吉は眉宇(びう)をひそめて足を止めた。岩吉の家だけ、窓という窓が閉め切られレースのカーテンまでが引かれていたのである。

妻麗花(れいか)の不在も考えたがそれは有り得ない。家族がいる寧波の頃は外出することも多かったが、香港に移住してからは一人で外出することなど一度もなかったのである。街に降りるのは月に一度、岩吉と一緒の買い出しの時だけであり、食材の購入は三日に一度訪れるという振り売りから求めて終わらせた。

麗花は家の中でひっそりと、ただひっそりと暮らすのが好きな女であった。

閉め切りの家に岩吉は大いに疑問を感じた。

呼吸を整え、鍵を開けて静かに扉を押す。途端、かすかな物音が奥から聞こえた。麗花の声のようであった。低く押し殺したような、くぐもった声。岩吉は泡立つような胸騒ぎを感じた。

足音を忍ばせて居間に向かう。麗花の声は、さらに奥の食堂の方から聞こえた。開けっ放しの扉の前に、天秤棒と底の浅い桶が投げ出されていた。桶の中には、申し訳程度の青菜が入っていた。

食堂を覗き、岩吉は愕然とした。食堂の床に、絡み合って蠢く四本の足があった。

「ああ、輔成、輔成」

麗花の声には、ついぞ聞いたことのない甘えが滲んでいた。輔成、それが間男の名前なのだろう。

岩吉は、自身驚くほどの力で拳を握った。

「何を、しているっ」

麗花の喘ぎが途絶えて果てた。

家内の空気が暫時凍った。

「出て来いっ」

次の瞬間、雄叫(おたけ)びを上げながら飛び出してきたのは裸の若い男であった。振り売りのわりに肉の薄い、うらなりのような顔をした男であった。野菜ではなく、真の売り物は色なのかも知れない。

男は素早く天秤棒を取り上げ、血走った目で岩吉を睨み付けた。

「うわあぁっ」

動揺を隠せぬ男は弁明も弁解もせずいきなり突っ掛かってきた。

岩吉は床に転がって棒を避け、男の足を爪先に掛けて転がした。踏鞴(たたら)を踏んで止まらず、男は無様に頭から居間のテーブルに激突して棒を飛ばした。

馬乗りになって押さえつけ、岩吉は白むほどに握り込んだ拳で何度も男の顔面を殴りつけた。

やがて抵抗がなくなったことを確かめ、岩吉は男の上から離れた。振り売りは血混じりの涙を流しながら呻(うめ)き、全裸のまま逃げ出した。

眺めながら、岩吉は笑った。喧嘩(けんか)に勝ったことをではない。

間男に対する嫉妬。裏を返せば麗花への愛情。自分の中にそんな感情があることがどうしようもなく可笑(おか)しかった。

岩吉は日本に妻も子もいた。麗花は白い脛(すね)と汚れた爪先に、日本の幻を見て拾い上げた女。それだけの女のはずだった。妻の座を求めに応じて許しはしたが、それは愛からではなく諦めからのはずだった。

（どうやら俺は、いつからか麗花を本当に愛しいと思っていたようだ）

日本人だからか、色恋を口にするのは苦手であった。優しい言葉だけでなく、労いすらただの一度も掛けてやったことなどなかった。

（麗花は、きっと寂しかったに違いない）

その隙を振り売りに突かれたのだろう。

――港に出て、二人で飯を食わないか。

――休みを取って寧波の家族のところに行くか。

それだけで違ったはずだ。

「なあ、今度二人で」

途端、岩吉の脇腹を灼熱が襲った。

「ぐっ」

奥歯を噛んで見下ろす。髪を振り乱した麗花が、岩吉の身体にナイフを突き立てていた。

「な、んだ」

「あんたは、妖魔だっ。私から永遠の幸せを奪う、あんたは妖魔の手先だっ」

麗花の顔が迫り上がる。その定まらぬ猫のような目に浮かぶのは、間違いなく嫌悪であり、憎悪であった。

妖魔とは今や破竹の勢いの拝上帝会が敵を罵る時に使う言葉である。知らずいつからか、麗花は拝上帝教に傾倒していたようであった。ほとんど家から出ない女である。振り売りに仕込まれたのだろう。それ以外には考えられなかった。

「あんたが悪い。私を見ないあんたが悪いっ。私を見ながら私を見ないで、海を日本を、国の家族ばかりを見ているあんたが悪いっ」

拝上帝教の根本はキリスト教である。モーゼの十戒に倣った天条という戒律もある。ならば殺傷は罪、不義・淫乱も罪である。それを棚に上げて麗花は、自分勝手な捻れた言い分を叫ぶ。

(いや)

岩吉は麗花という女が、哀れであった。

(そうか、そうとしか、俺を見ていなかったのか)

喉奥から込み上げてくる熱いものを岩吉はたまらず床にぶちまけた。綺麗な色の、大量の血であった。

(いや、俺の方が、そんなふうにしか見てやらなかったのだな)

痛みよりなにより、急速に萎えてゆく気力に身体が耐えられなかった。血溜まりに膝から落ち、岩吉はふたたび血を吐いた。口を拭いながらしかし、岩吉の口辺にはかすかな笑みが浮いていた。

脇腹に突き立つナイフは身から出た錆(さび)であろう。そう思って味わう口中に鉄錆の味がするとなれば、忍び寄る死に苦笑するしかなかった。

海の上が恋しかった。熱田(あつた)の浜が恋しかった。小袖の袂(たもと)を押さえて見送る、妻と子供が恋しくてたまらなかった。

因果応報。麗花を追い込んでまで抱き続けたその国への想いが、ナイフとなって脇腹に突き立つ。

抜けば、国が見えるか。抜けば、帰れるか。

岩吉は心身に残る力の有りっ丈でナイフを引き抜いた。

噴き上がる血に虹(にじ)は架からなかった。

「そう、だ」

次第に狭くなってゆく視界の中に麗花を収め、岩吉は上着のポケットをまさぐった。取り出したのは、暇の徒然(つれづれ)に折った白い鶴であった。

震える指先で丁寧に羽を広げ、手の平に載せて差し出す。

「これを、やろう」

麗花は受け取らなかった。

まず鶴が落ち、次いで岩吉の身体が横倒しになった。蒸し暑さは、もう感じなかった。むしろ肌寒かった。

だから血溜まりがやけに暖かかった。

白い折り鶴が、血に染まって紅白の斑に汚れていた。

「おおっ、海だ」

薄れゆく意識の中で、岩吉は伊勢の海上を優雅に舞う鶴を見た。

二十年に亘って漂流する岩吉の、それが命の最後に見た景色であった。


岩吉の死が上海のデント商会にもたらされたのは、音吉が北京から帰って四日後の、夕刻のことであった。

「楫取ぃっ！」

訃報を耳にした音吉は外に飛び出し、夕陽に染まる黄浦江に向かってあらん限りの声で叫んだ。

「楫取ぃっ！」

叫んで泣いて、その場に崩れ落ちる。地べたの避難民らが怪訝そうな表情で眺めるが、構う余裕はないようであった。

カールは掛ける言葉もなく、ただ音吉の近くに立った。初めて目にする音吉の狼狽であり、号泣であった。

カールにとって見知らぬ男の死である。共感は出来ない。だが、自分にとっての音吉でありルイーザであったらと思えば想像は出来た。

自分なら、どうするだろう。どうなるだろう。

ただ、

(ここまで感情も露わに泣けるんだろうか。自信はないな)

だから声が掛けられなかった。掛ける言葉もなかった。

「云ったじゃないかっ。だから、大事にしろって云ったじゃないかっ!」

拳で地面を叩きながら喚き散らす音吉の脇に、カールは黙って立ち続けた。

音吉の用心棒である。そのために上海にいる。何があっても音吉の傍が、自分にとっての仕事場なのだ。

「楫取よぉっ!」

黄浦江の川面が撥ねる夕陽の赤に、音吉の涙が染まっていた。

カールは血の色の涙を流す音吉の姿を、終生忘れ得ぬものに見た。

第六章

「おかしな成り行きだ」

九月の初旬であった。

音吉はイギリス戦艦、ウインチェスター号のフォアマストの上にいた。ウインチェスター号は、イギリス極東艦隊の旗艦である。

潮風を真っ向から受けながら、音吉は蒼天に目を細めた。

「運命の悪戯かな。いや、そういう時代の流れ、その直中に生きているということだな」

どこまでも続く青空の中を、真っ白な綿雲がのたりと東に流れていた。

——領事館がね、そろそろペリー提督のときの貸しを返して欲しいと云ってきたんだが。

汗を拭きながらビールが支店長室に入ってきたのは、夏の陽差しが窓から入って長い影を引く午後のことであった。

イギリス極東艦隊司令長官スターリングの通訳として日本へ。

それが、領事館からの依頼であった。艦隊の目的は、ロシアの軍艦が長崎を始めとする日本の港を基地として使用していないかどうかの視察と、近海で英露が戦闘に及んだ場合の中立を日本に促すことだという。

この年三月、前年パレスチナの聖地を巡って開始されたロシアとトルコの戦争に、トルコを支援する形で英仏が参加して戦端を開いていた。いわゆるクリミア戦争である。その影響により、極東地域でロシアと英仏連合の緊張が高まっていたのは音吉も知るところであった。

カムチャツカやシベリアに基地を置くロシア艦隊に対して英仏軍は、自国の船舶の安全と権益を守るため、香港や上海などを防衛する必要に迫られた。極東のイギリス海軍は、東アジア近海のロシア艦隊を拿捕攻撃することに勢力を傾注した。

その結果、イギリスの目は初めて極東の島国日本へも向くことになった。アメリカに遅れはしたが、ロシアもまた海軍中将プチャーチンに一個艦隊を与えて日露通商の道を模索していたのである。

イギリスの香港総督兼在華全権代表ボウリングは、この時ヴィクトリア港に居合わせたサー・ジェームス・スターリングが指揮するウインチェスター、エンカウンター、ステークス、バラクーダの四艦を以て日本近海、ひいては長崎港の探索へと向かわせることに決めた。前年来、頻繁に日本近海に現れていたプチャーチンの艦隊が長崎に寄港する確率は極めて高かったのだ。

舟山経由で呉淞に立ち寄ったスターリング艦隊は、長崎への入港に向けて上海領事館に日本語の通訳を求めた。

日本近海の事情に明るく、日英両語に堪能な男。

一も二もなく、領事館側は艦隊にジョン・マシュー・オトソンの名を告げたという。

――音さんの気持ちがまず先だろうと云ったんだが、貸しをの一点張りだ。領事館とはここで終わりの関係ではないしね。すまないがそれ以上、強くは何も云えなかった。

――ビールが謝ることではないよ。けど、いいのかい。こんな時期に私が上海を離れても。

音吉の云う、こんな時期。小刀会の蜂起から一年以上が過ぎた、こんな時期。

上海は、未曾有の混乱の直中にあったのである。

音吉が開芳の墓の前で告げた通り、二月の初旬になると太平天国側の北伐軍は一斉に退却を始めた。南方人が多くを占める太平天国軍にとって、やはり華北の冬は想像以上の強敵であったのだ。北京は防備のために集めておいた圧倒的戦力で追い打ちを掛け、三月十五日までには北伐軍をほぼ殲滅した。

北京にはようやく、上海県城奪回に向ける余裕が気持ちの上にも兵力の上にも生まれたのである。

万を超える援軍が上海の西に着陣したのは、黄砂降りしきる三月下旬のことであった。

そうして、この軍が上海を未曾有の混乱に陥れる原因となった。適当に数を集めただけの質の悪い援軍に規律はなく、ただ正規軍であることで嵩にかかり、租界に侵入しては暴行を働くなど、県城内の暴徒と何も変わらなかったのである。

時期も悪かった。小刀会の蜂起からこの方、領事館は再三再四艦隊を要請したが、本国は渋るだけで派遣が決定されることはなかった。遠くヨーロッパの戦役も激化の一途を辿っていたのである。租界の自警団は義勇軍へと姿を変えざるを得なかった。英仏は手を組んで租界は租界として一つになり、清国軍、小刀会との三つ巴の戦闘に突入した。

租界は碇泊中の船舶からも人数を動員し、ほぼ全員が西側境界線へ繰り出しての応戦となった。

商人でありながら、船乗りでありながら、誰もが銃を手にイギリス租界の西へ、フランス租界の南へと駆け回る毎日であった。

五月、六月、七月。

いつしか三つ巴は三竦みの様相を呈し始めてはいたが、ときおりの銃撃戦は八月に入っても続いていた。

――大丈夫かどうかは、短期的に見るなら予断は許さないと云うしかないが。ただね、音さん、朗報も仕入れてきたよ。我が国がいまだ渋るだけなのは残念だが、フランスが上海へ海軍を投入することを決めたようだ。我が国に劣らずフランスの艦隊も強力だよ。この数カ月を耐え切れば、上海の空から黒雲が払拭されるのは間違いない。

――へえ、フランスが。

この情報はまだ、音吉の耳にはどこからも届いていなかった。さすがに、ことヨーロッパの政情に関して、本気なら領事館は早い。

――だから音さん、行ってきたまえ。というか、行って欲しい。

領事館に見込まれてしまった以上、と最後に云ってビールは会話を切った。顔は、相手の意思も問わずそう云わなければならない自分自身に、苦り切っているようであった。

それから三日間、音吉は考えた。日本行きのことだけではない。来し方行く末のあらゆることをである。

そして、日本行きとともにある結論をビールに告げた。

——無事に帰ってきたら、帰る上海が穏やかになっていたら、ビール、許して欲しいことがある。

音吉の話をビールは微笑みのうちに聞いた。

——驚かないよ。私もいずれはと考えていたことだ。君が留守の間に本社には打診しておく。

——カールは置いてゆくよ。ビール、身の安全にはくれぐれも気をつけて。

どちらからともなく手を差し伸べ、音吉とビールは固い握手を交わした。

そうして来たる、八月下旬。

——支店長、ご無事でぇ。

——早く帰って下さいよぅ。

音吉はビールやカール、デント商会の皆に送られて黄浦江に船を出した。呉淞で待つイギリス極東艦隊に合流するためである。

揚子江河口、上海からわずか一五マイルの港町、呉淞。

一八五四年九月一日。イギリス極東艦隊の旗艦ウインチェスターは、日本へと向けて呉淞の海に帆を上げた。

「モリソン号から十七年、マリナー号から五年か」

見渡す限りの大海原である。船首から盛大に上がる波飛沫に七色の虹を眺めながら音吉は呟いた。

漂流以降、三度目の帰国、いや、来邦。今度の日本は、音吉にいったいどんな姿を見せるのだろう。

「コンナトコロニイタンデスカ。探シマシタヨ」

不意に声が掛かった。こなれてきてはいるがいまだ辿々しい英語。市蔵であった。

トップボードを英国の習慣通りに外から上がってくる。姿を現した市蔵は、音吉に投げる視線がかすかに尖って鋭かった。

「市蔵、そう怖い目で見るな。船上だよ。どこにも行けやしないよ」

「ケド、害意ハ、悪意ハドコニデモアリマスヨ。私ハ、イヤトイウホド見テキマシタカラ」

さらりと云って市蔵は音吉の隣に並んだ。松江の尤老五の元に預けられた市蔵は、九カ月あまりの間に相当数の修羅場を潜ってきたようである。

この年三月、人参調達の旅から帰った音吉を待ち構えていたかのような尤老五の一言にもそれは明らかであった。

――大した男だ。使えるどころではない。英語だけでなく広東語もこなれてくれば、俺はすぐにでもあいつを頭目の一人に数えよう。

たかが三月でどんな修羅場を、と尤老五を責めることは出来ない。預けた先は幇であり、修羅場が尤老五達の生きる場所であった。

「私ハ、音サンノ用心棒デス。上海ノ、カールノヨウニネ。ナニカアッタラ、私ハカールニモビールニモ、合ワセル顔ガナイ」

日本行きを特に公然と云いはしなかったが、馴染みの男達の情報網はさすがであった。

呉淞でウインチェスター号に乗り込んだとき、あろうことか満面の笑みで音吉を出迎えたのはスターリングその人であった。

――君を待ってと思ったが、我慢出来なくてね。何本か味見させてもらったが、あれほどの酒には滅多に出会うまい。極東貿易に名高いオトソン君は、なかなか良い友達を持っているようだ。

苦笑するしかなかった。送り主は、胡雪岩であった。音吉への手紙とともに、艦隊宛てに件の紹興酒を送ったようである。家一軒借りられる酒の、聞けばその数は二百本はくだらないという。

――帰途にも、大いに期待しているよ。

上機嫌で去るスターリングを見送れば、今度はタラップの方が騒がしかった。

――私ハ、ドウシテモコノ艦ニ乗ラナケレバナラナイ。

こっちは尤老五からの贈り物かと思えば、笑いが声になって出た。タラップ下では、ジャンクに乗った市蔵があらん限りの声で喚いていた。

胡雪岩の酒が効き、市蔵の乗船はスターリングに容認された。胡雪岩の酒は、実はこのために送られたのかも知れない。

そうして今、市蔵はトップボードの上にいる。

「シカシ、デカイ船デスネ。アノサスケハナ号ホドデハナイニシロ、私ガ乗ッタ中デハ一番デカイ。マッタク、世界ヲ思イ知ラサレルクライニ、デカイ」

甲板をひと渡り見下ろし、市蔵はかすかに笑った。以前より凄みはあったが、同時に温かさも感じる笑みであった。云うなれば俠の笑みである。

「そういえば、市蔵には三年振りの日本だったね。故郷は恋しくならないかい」

市蔵は首を振った。

「ナラナイト云エバ嘘ニナルケレド、二十二年ノ人ヲ前ニ云エルホドノ感情デハナイデスヨ。ソレニ、私ハ帰ルタメニ行クワケデハナイ。物騒ダト聞ク日本カラ、アナタヲ守ルタメニ行クンデス。云ウナレバ、仕事デスカラ」

「……物騒、ね。尤老五がそう云ったのかい」

「ソウデス。ソレデ私ニ、行ッテコイト」

「やれやれ。漕幇にまで伝わっているとは」

音吉は肩をすくめて見せた。

事実、日本はたしかに、物騒であった。

そもそもアヘン戦争後の清国の有り様を聞き、以前から外夷（がいい）を入れれば同じ道を辿るという考えが日本国内には根強かった。それが、ペリーの来航に端を発して捻（ねじ）れ、極論にまで発展していたのだ。

すなわち、鎖国を守り、諸外国列強を排除し、外夷を擁護（ようご）する者までも誅（ちゅう）する。いわゆる、攘夷（じょうい）である。

日本人でありながら異国に暮らし、通訳として異人とともにやって来るなどとは、もし出会ったりすれば攘夷論者にとって音吉は格好の標的であろう。

「上海モ物騒デスケド、音サンダケガ危ナイワケデハナイ。ケド、日本ハ違ウ。目立ツコトヲスレバ、音サンダケガ標的ニナル」

「大丈夫。目立つことなんかしないよ」

音吉の言葉に市蔵は頭を振った。

「通訳ハソレダケデ十分ニ目立チマスヨ。司令長官ノ言葉ヲ訳スアナタハ、天皇家ノ侍従（じじゅう）ニ等シイ」

「なるほど」

音吉は細い溜め息を紺碧（こんぺき）の海に流した。

「出来るだけ、大人しくしていることにするよ」

全周どこまでも遮るものとてない絶海であった。左舷前方で目を留める。一部、水平線の彼方で波が白く騒いでいた。風が来る。

――左舷前方、キャッツポー。急げっ。

音吉が声を発するより一瞬早く、メインマストから声が上がった。振り返れば、音吉より一〇フィートの高みで年若い水兵が白い歯を見せて手を上げた。

自分が衰えたとは思わない。高さの差だろう。それでもフォアマストの音吉より先に何かを見つける者など、今までほとんどいなかった。さすがにイギリス極東艦隊旗艦の檣楼員だ。

「まあ、何かあったとしても、この艦の乗組員は皆優秀だ。心配はないよ」

「シカシ」

「風が来る。市蔵、降りるよ。それに――」

音吉は云いながらトップボードの手摺りを越え、五フィート離れたシュラウドに飛び付いた。あっ、と背に市蔵の驚愕が聞こえた。

それに誰よりもお前がいてくれるからねという言葉は、シュラウドからシュラウドに飛び移り、瞬く間に二〇フィートは置き去りの市蔵に届いただろうか。

五年振りの日本、攘夷の日本。

しかし、胡雪岩の酒があって市蔵がいれば、音吉に不安は何もなかった。

蒸気船三隻、フリゲート艦一隻からなる異国の艦隊が長崎の沖合に姿を現したのは嘉永七年閏七月十五日（一八五四年九月七日）のことである。遠見番所の船が最大の蒸気船に近づこうとすると、ただ一隻のフリゲート艦から頻りに招く者があったという。乗船すると、〈先づ先づ是れへ。今日は大いに御苦労〉と日本語爽やかに話し掛けてくる男がいた。遠見番所の中村六次郎が〈其許は本邦言語の対応振り万端外国人とは見え申さず〉と疑問を口にすると、〈私義は実は皇国尾州産にて、二十余年前十四歳にて、洋中漂泊の危難英国船に助けられ乗組み、遂に彼の国え罷り越し、愛憐を受け、追々死に失せ、只今両人罷り在り、彼の国にて少々手習ゐ等仕り候趣、委曲申し出で候由に候。其の坐当用の事につき、楷書にて書き候処、相応認め候由に候〉と答えたと、日本側の記録には残されている。

その間にも艦隊は長崎に接近し、小瀬戸付近に達したところで検使出役を乗せた検問船が到着する。出役は艦長室に通され、検問は通訳である音吉という日本人漂流民を通して行われた。

〈渡来の次第は、敢へて商売筋相願ひ候ためにこれ無く、露西亜の義につき、御忠節筋申し立て度きにつき、いづれ鎮台え御目に懸り申し上ぐ可く候。尤も国書は持渡り

申さず候。随つて露西亜使節同様の御取扱ひに相成り候ては心外の仕合せ。右露西亜

使節はフレガット組四艘の船将にて、自分は右の如く、四艘を十五組合せ、是れを一

軍と唱え、六十艘の惣司を掌る元帥なれば、おろしあ使節身分とは格別に候えば、

此の儀は御含み置かれ度き由〉

スターリングの身分を、国書は持参していないから使節としての待遇は期待しないが、プチャーチンと同列ではないと説明して四十日に及ぶ交渉は始まった。

スターリングは来航の目的を記した英文の手紙一通と、クリミア戦争に関するヴィクトリア女王の布告を掲載した新聞一通とその和訳を出役に渡した。持ち帰られた手紙に対し、時の長崎奉行水野筑後守忠徳の対応は早かった。水野は長崎奉行就任直後に、すでに一度プチャーチンの来訪を経験していた。

英文の手紙はすぐさまオランダ商館長ヤン・ヘンドリック・ドンケル・クルチウスによってオランダ語に訳され、奉行所の阿蘭陀通詞が日本語に重訳するという手順で翌日には慌ただしくも完成した。水野はそれを熟読するなり伺書をしたため、十七日、和訳その他と一緒に江戸の老中阿部伊勢守正弘に早飛脚を出した。

伺書の内容はイギリス艦隊来訪の事実と、スターリングの要求に対する取り扱いの私見であった。音吉についても、〈日本人乗組罷在、阿蘭陀通詞不要之旨申聞、右之者万端通弁仕〉と報告された。

到着した江戸では、閏七月二十九日付で老中の指示が出された。指示は、水野の私見をまったく肯定し追認するものであった。

だが、この早飛脚によって江戸にもたらされた書簡は、実は大いなる誤訳であった。スターリングの手紙は艦隊の来航目的があくまで軍事的であることを強調しながら、イギリス及び同盟国がロシアと交戦中であることを伝え、ロシアの軍艦が日本の港を使用しているかどうかの視察に来たことを続け、最終的には交戦国の船が入港（あらゆる日本の港に）することについて、日本国の見解を知りたいと述べるものであった。

ところが和訳では文末が、

〈……ブリタニヤ国奉行所の心得にては、親睦の旨を主とし、何卒日本国帝或は其従属の高貴の方に対しての軍戦等の儀、心の及び候丈ヶ相避候様仕度志願に候、先斯の如き心得に有之候に付ては無余儀情合御汲分、日本於御奉行所御勘考被下、御当国港等に此度の一件一身の者罷出候儀、御免許御座候様所希候。

右の訳合に御座候間、可然様御含、彼是都合能相整、万端の御差図被成下、万事差支無御座候様相成、当長崎港は勿論、日本国領の港及び其他の場所に罷出候儀相叶候様仕度心願に御座候〉

つまり、〈イギリスは日本との友好関係を求め、先に挙げたロシアの軍事行動を阻害すべく長崎のみならず、あらゆる日本の港に入港を望む〉という意味にすり替わっていたのである。

戦時における中立国のヨーロッパ的概念に対する無知、あるいは未知。アメリカ、ロシアに続いてやって来たイギリスも同じ要求をするだろうという先入観。そして、重訳に与えられたあまりの短時間。

なんにしてもドンケル・クルチウスの責任ではあるまい。クルチウスはライデン大学を卒業し、英語やフランス語にも堪能な秀才であった。誤訳は奉行所の阿蘭陀通詞、西吉兵衛、西慶太郎、楢林栄七郎の全員かまたは、この年の年番通詞であった楢林が負うべき責であったろう。

当然、この和訳は幕閣を間違った方向に導くことになる。水野自身間違いに添って、ロシアと先に応接しているのでイギリスに接近しては信義が成り立ち難いのではないかとの懸念を表しつつも、あらゆる港ではなく長崎と箱館、その他二、三の候補を考えていただきたいとの考えを伺書に披露して間違いをさらに増長した。老中阿部正弘は、戦時における入港は信義上認め難いが、やむを得ぬ薪水と食料の補給、船体補修と限るならば長崎・箱館、交渉の次第によっては下田をも認めることを示唆した。

日本に対し〈戦時における国際的、一般的中立〉を求めるスターリング艦隊に対し、日本はこの段階ですでに〈戦時・平時を問わぬ補給・補修のための入港〉の許可を決めていたのである。

一節一文の、紙面で見ればわずかにそれだけのこと。

しかしそのことによって日本は、アメリカに続く二国目との和親条約締結に向けて走り始めるのである。


江戸表からの返書を待ち高鉾島の東側に繋留されたスターリング艦隊は、一カ月以上も長崎に住む日本人の見世物であることを余儀なくされた。その上、会談あるまではと常に十艘の監視船に取り囲まれ、長崎への上陸は許可されず、オランダ商館との連絡さえ禁止された。食料の購入も御法に触れるとして拒否され、贈り物として水・魚・野菜などが奉行所から届けられたが、艦隊の総勢九百六十人全員の分を賄うには不十分であった。

日本の国法を鑑みて大人しく待つ艦隊であったが、千人近い人間が籠の鳥状態であれば身勝手に振る舞う者がいなかったわけではない。

この間に起こったささやかな事件が、『鍋島直正公伝』に残されている。

そもそも長崎では定例のオランダ商船入港時であってさえ、警備の任にある諸藩は動員態勢を取る。一八〇八年のフェートン号事件により、〈英艦長崎に乱暴し、奉行を自殺せしめ、以て我が藩に恥辱を与へたりし以来、我が藩にては英国を以て西洋諸国中最も強情にしてがさつの国と云ひ倣し、専ら之を憚り〉たる佐賀鍋島藩は、特に厳重な警備態勢を取っていた。

閏七月二十日正午頃、ウインチェスター号から六人を乗せたボートが漕(こ)ぎ出し、干潮で生じた干潟(ひがた)に内二人が上陸して天体観測を始めた。深堀番船(ふかほりばんせん)の佐賀藩士と役人が制止したが通じず、事態を重く受け止めた役人が検使に報告すべく去った。日本側のただならぬ雰囲気を感じてか、先のボートは英人二人を残して旗艦に戻り、十二人乗りとなってふたたび戻った。ボートには、事を収拾すべく通訳の音吉が乗っていた。やがて公役人嘉悦孫三郎(かえつまごさぶろう)らを乗せた船が到着すると、超然として音吉は〈皆様、バッテイラに御掛けなさい〉と一行を呼び止めた。孫三郎が居丈高(いたけだか)になぜ無断で上陸したのかを問うと、音吉は恐れ入った様子もなく〈地続きならば上がらざれど、此(ここ)は満潮には海となる瀬なるを以て、敢(あ)へて差支へなかるべし〉と鮮やかに切り返した。重ねて〈今日は済みたり、船がかく多数集まっては、天文のことは致されず、此(こ)の上(うえ)揚陸したき節は本船より印を立つるにより、出張(でば)りありたし、段々御苦労をかけたれども、以後も宜(よろ)しく願ふなり〉と挨拶すると、一同を乗せて洋々とウインチェスター号に戻っていったという。

音吉が大事を未然に防ぐ、水際立った弁舌を披露した一例である。

それでも十五日、二十日と過ぎるにつれ、艦隊の苛立(いらだ)ちは次第に募っていった。

八月六日、スターリングは乗員の憤懣(ふんまん)を受けて水野筑後守に使者を送り、艦隊を江戸へ回航することを通告した。水野は手附大井三郎助、御徒目付櫻井又五郎を向かわせて懸命になだめ、十日の猶予を求めるとともにかねてから要求のあったオランダ商館からの食料の購入と、演習用としての地所への上陸を許した。

何を差し置いても止めなければならない、〈艦隊を率いて江戸へ向かう〉という大砲を突き付けられては、いまだなんの権限もない奉行所側はただ媚びへつらうしかなかった。

待ったなしのあと十日ではあったが二日後、待ちに待った老中からの指示書が江戸表からもたらされる。

水野は目付の永井岩之丞尚志と申し合わせ、直ちに会見の使者をウインチェスター号に送った。

日時は、八月十三日と定められた。

晴れ渡る秋空の下、音吉は幟を立てた番船に先導されて港へと入るボートの上にいた。五艘に、約十五人ずつの士官が分乗していた。

（なにもかも、すべてが面白い成り行きだ）

先頭、スターリングと同じボートに揺られながら音吉は長崎の町並みを眺めた。

スターリングも当初、上陸までは考えていなかったようである。

ようだ。

——なんとも仰々しいね。

戦時における日本の明確な態度を確認しにきただけである。それが三十日も待たされ、今また大勢の部下を従えて長崎の地に上がることになるとは夢にも思わなかったようだ。

司令長官がそうであれば、当然通訳の音吉も同じである。どちらかといえば音吉の方が強く思う。だから面白い成り行きなのだ。

長崎に入ってしまえば、奉行所側にも阿蘭陀通詞がおり、オランダ商館に人もいる。ただ戦時協定の確認なのである。音吉が上陸しなければ進まぬ事態などありようもない。

だが事前の打ち合わせの中で、音吉の随行がいつの間にか決まっていた。スターリングが言い出したことではない。これは長崎奉行所側のたっての要望であった。上陸した際の安全を水野筑後守が保障までするという。

モリソン号の時ともマリナー号のときとも違う。なにかが違う。

音吉は商人としての勘で、どこからか吹く風を感じていた。ただ、その方向がわからなかった。

長崎の街に上がれば何かがあるのか。それが、音吉には面白かった。

桟橋にボートが着き、まず他の四艘から士官が降りて周りを固め、スターリングが悠然とボートを降りる。音吉は付き従うように、実に二十二年振りとなる故国の地を踏んだ。

上陸したスターリング一行は、通りを埋め尽くす見物の群衆から警固の番士によって厳重に守られながら立山番所へ入った。まずは長崎奉行水野筑後守、目付永井岩之丞を始めとして居並ぶ役方歴々との挨拶である。

音吉はスターリングの隣、通訳の位置に立ったが、正面には誰も立たなかった。いなかったのではない。立っていなかったのだ。

この時立ち会った士官の一人が、後にこう語る。

〈二言三言、奉行は低い穏やかな声で彼の足許にいる卑賤の者に話し掛けた。その男は主君をほとんど見上げようともせず、痙攣を起こしたような「イチ、イチ」という言葉で、一句一句理解したとの意思表示を示し、奉行が話すのを止めると、彼は数回畳敷きの床に接吻してのち、奉行の言葉をオトに向かって繰り返した〉

音吉の前には、土下座で身を這い蹲らせた男が一人いた。奉行所の小者に違いなかった。

――オウ。

男の土下座を見て一行は口々にざわめいた。

「オトソン君、実に見苦しい。なんとかならないものかね」

スターリングでさえが眉根を寄せて小声で囁く。だが音吉はその前に、のちに士官が記すこの奉行の〈二言三言〉に反応していた。

――尾州の漂流民であると聞く。その方はなぜ、我らの前にひれ伏さぬ。

笑うしかなかった。

「何に対してですか。権威に対してだと云われるなら、今の私は英国極東艦隊司令長官、スターリング提督の通訳です。私がひれ伏しては、これからお伝えする提督の言葉を貶めることになります」

音吉の言葉に水野はすぐには反応しなかった。足下の小者が音吉の云ったことを余さず繰り返す。

「ふむ。それも考え方であるな」

水野は小さく顎を引いた。

その後、双方型通りの挨拶を済ませ、いったん休息所に引き取ったあと、一回目の会談が始まった。長テーブルの左右に分かれて座る。今度は音吉の前に永井岩之丞が座り、小者は水野の背に控えて身を低くしていた。

「申し立ての儀は大抵、心得て居り申す。先ず以てイギリスの国王におかれましては本国の無事、並びにヨーロッパ諸国の太平を思われ、諸事を手篤く取り扱われることにそれがし感じ入って御座る。また艦隊におかれましても長崎へ到来の後、我が国の法を厚く遵守(じゅんしゅ)され居りしは、まったく国王の心志を受け継がれてのことと、これもまたなお感じ入る次第に御座る。さて、このように先達(せんだつ)ての書簡の意は大方相わかって居り申すが、なおまた面談にて委細をお聞かせ願いたいと存ずる」

水野の言葉の、出来るだけ正確な訳を音吉はスターリングに伝えた。私意を介在させることはなかった。国と国との話である。音吉はただ一介の、商人なのである。

「この場においてお奉行に面談の上、書簡の趣について語り合えることは大変喜ばしいことです。疑問があれば遠慮なく話して下さい。我らは日本に悪意を持ってきたわけではなく、ヨーロッパにおける軍事行動の一環としてきました。けれど、万が一敵方の船と沖合で遭遇した時にはたしかに戦闘は避けられません。日本にはいささかの危害も及ぼす気はありませんが、いきなり砲音を響かせては迷惑になると思い、事前にそれを話しておきたかったのです。この地にロシア船が現れた場合、戦闘に及んでは国法に触れることになるでしょう。そうなった時の日本の態度を、我々は是非にもお聞きしたいのです」

スターリングの言葉にも正確を期す。小者が言葉を伝えた。だがそのとき、水野が一瞬眉をひそめたのを音吉は見逃さなかった。

水野は咳払(せきばら)いとともに身を傾け、自然な所作で永井になにごとかを告げた。

——なにかが違うぞ。

集中していなければ聞き取れぬほどの小声であった。

（なんだ）

違和感があった。商人ならでは、音吉ならではの感覚であったろうか。ただ、思えばその違和感はこの場で初めて感じたものではなかった。

音吉の脳裏に、八月初旬にスターリングから手渡された奉行所の訳文が蘇る。手紙が正しく訳されたかどうかを確かめるべく、スターリングが奉行所に求めたものであった。久し振りに目にする縦書きの、しかも毛筆を、そのとき音吉ははっきりとは理解出来なかった。違和感を感じつつも眺めただけに過ぎなかった。

水野の囁きが文字に意を与える。

（へえ）

天啓の如き閃きがあった。

〈イギリスは日本との友好関係を求め、先に挙げたロシアの軍事行動を阻害すべく長崎のみならず、あらゆる日本の港に入港を望む〉

肯定が否定に、本文の意味がまったく逆転していた。そうなれば軍事協定ではない。

これは、一般条約も同じであった。

（だからか。これだからだな）

だから音吉は、身の安全の保障を附けられてまで奉行所側に呼ばれたのだ。つまり条約締結に向け、英国の意を正確に伝える者として。締結に前向きでなければ場など設けないだろうし、そうでなければ英国側の通訳など呼ばないだろう。

(面白い。これだから、生きることは面白い)

音吉は口辺に笑みが浮かぶのを禁じ得なかった。

「なにか」

水野と永井が揃って音吉を見ていた。口を開くより早く、脇でスターリングが喚いた。

「オトソン君、彼らは何をしているのかね。早速本題に入ろうと伝えてくれたまえ」

水野と永井が吼え掛かるような英語を聞いてわずかに狼狽を見せる。音吉の腹はこのとき決まった。おかしな成り行き、時代の流れ、その直中に生きているなら、乗ってみるのも面白い。

「お奉行、入港の件、書簡はあらましをしたためたに過ぎません。詳しいことはこれから、この面会の場で詰めていきましょう」

「委細承知」

狼狽の結果か、小者も通さず水野の答えは早かった。一度茶で喉を湿し、滔々と話し始める。

「そちらの趣意と当方の心得についての意味齟齬に関して、詳しいことはあとにすると致し、まず肝要のところを承りたい。書簡の趣意にてはロシアと交戦中であれば日本の港に船を繋ぎたいとの申し出と当方は理解して御座る。戦闘については、日本海岸であれば国法を破るということは御座らんが、港においての戦闘はこれを固く禁じさせて頂く。飽くまで、沖合のことと左様心得られたい」

音吉はまず水野の言葉の後半だけをスターリングに伝えた。

「わかりきったことだ、先へ進めたまえ」

面白くもなさそうにスターリングが手の平を見せた。

音吉は深く息を吸った。これからの一言一言が、艦隊からの趣意と日本を繋ぐのだ。

「港の中で戦争をすることは、どの国においても法に背くことです。ご安心下さい。とはいえ、戦闘をすれば人も傷付き、船も破損します。戦時には国際的人道的に見て、どの船も入用があれば港に入るのは当然のことです。養生補給はもちろん、薪水・野菜も買い入れなければなりません。もっとも、我が艦隊は長崎へ食料を調達しに来たわけではありません。国命を受け、余儀なき任務としてきたのです。ロシア船がイギリス商船から略奪し、この港に入るようなことがあればそのままには出来ない。友好的にそのときのことに対処すべくここにいるのであって、この国にいかなる危害も加える気はありません」

小者からの伝えを聞きながら水野は何度も頷いた。

「聞き申し、段々と船将の心底、おおよそ理解して御座る」

繋がった。繋げた。

「ただ、イギリス船を繋ぐ港の儀、長崎の他一港くらいは決め置き申すが、――」

続く水野の話を音吉は聞かなかった。立山番所の庭を見ていた。赤とんぼが庭木に戯れる。秋がずいぶんと深まっていた。

ここから先、詰めていくのは条約、すなわち契約。そうなればこの中にはスターリングさえ含め、極めて優秀な商人である音吉の右に出る者はいないのだ。

(ああ、秋だな)

遠く高い空に、鰯雲が浮いていた。

二度目の会談は八月十八日のことであった。話し合ったことを、英国側が草案に起こすことで終わった前回の会談の続きである。もちろん、草案は音吉の手によるものである。不備はあるわけもなかった。

席上、長崎奉行から草案に対応した日本側の案文が披露され、意趣説明が行われた。案文は随所に日本の意思を強く打ち出し、港の中だけでなく広く近海においても戦争を否定するというのは音吉にも意外であったが、おもねるように、ただし戦争に因らなければ長崎をすぐにも開港することを水野は示した。

会見の間中、終始スターリングは不機嫌だった。

「オトソン君、なんだね。これでは一般協定の締結ではないか」

それもそのはずで、スターリングがボウリング全権代表から受けた指示は日本との戦時協定なのである。

「けれど提督、箱館はいざ知らず、このままなら明日にでも長崎が開港されますよ。飽くまで戦時協定にこだわるならそれもいいでしょう。そう伝えます。また三十日、もしかして揉めたら五十日、六十日、江戸からの答えをただ待つ覚悟があるならば」

音吉はスターリングにも切り返した。

実際、飽きるほどの日々を船上で過ごしている。スターリングは唸ったきり何も云わなかった。

英国側も日本側も一手に握り、すでに会談の主導権は音吉にあった。

細かい詰めが進み、やがて音吉は一切の承知を水野に告げた。部屋の空気が一気に緩んだ。誰もが日英和親条約が成ったことを知る一瞬であった。

条約の調印は八月二十三日と決まった。

「ああ、それとお奉行」

立山番所を出がてら、音吉は水野に声を掛けた。

「もういいでしょう。艦隊の周りにいる監視船をどうにかしてもらえませんか。苛立ちを隠さない者が多いのです」

「相わかった」

直接の会話である。言葉を継ぐべき小者はこの日一度も姿を見せなかった。

「何を彼と話したんだね」

帰途、スターリングが音吉に声を掛けた。

「なに、提督の不機嫌を少しでも解消するための魔法をね」

「……わからないね」

スターリングは歩きながら両手を広げた。

「さすがに四十日もあれば底をついたでしょう。上手くすれば明後日にも、司令官室にあの酒をお届けしますよ」

「おお、それは有り難い。有り難いが、ますますわからない」

「はっはっ。提督はわからなくてもいいのですよ。これは多分に、私の商いの範疇(はんちゅう)です」

音吉は悪戯げに片目を瞑(つむ)って見せた。

――おう、あれが異人の通訳ばする日本人たい。

――海民のくせに、お役人衆に偉そうな顔ばしよったとか。

沿道の群衆から何人かの話し声が聞こえた。奉行所から伝わったものだろう。どうやら長崎の住人に音吉のことは知れ渡っているようであった。

音吉は顔を振り向け、声の聞こえた方に手招きした。

「そうだよ。私がその、山本音吉だ。云いたいことがある人は前に出て来たらいい。他の国ではみんなそうする。人混みに紛れて云うのは、卑しいことだ」

誰も出て来はしなかった。かえって、群衆の中にこそこそと消えてゆく頭が幾つか見えた。

「今度は何を話したんだね」

スターリングが話し掛ける。

「これも提督にはわからなくていい話です。これから始まる付き合いの国を、嫌いになってもらいたくないのでね」

音吉は云いきって口を噤んだ。

スターリングもなにかを察してか、それ以上問い掛けることはなかった。


翌朝、約束通り水野筑後守は艦隊への監視船をすべて引き上げた。

日英の同意が成ったということで朧気ながらにも帰国が見え、監視船が取り払われたということで長崎の街がくっきりと見え、船員達の表情はどれも皆明るかった。

この夜、音吉は市蔵を連れて長崎の街に出た。もともと上陸の意思などはなかった。

奉行所への随行についてもそうである。

が、音吉は数日前より、昼夜を問わず監視船の外を、艦隊を窺うようにして往来する清国式ジャンクの存在に気付いていた。

(やれやれ、どうしてもということかな)

英国艦隊と長崎の海に浮かぶジャンクに繋がりなど有り得ない。考えるまでもなくそれは、艦隊ではなく音吉の様子を窺うジャンクであった。

〈阜康銭荘と取引のある薬草問屋が、長崎にも店を構えています。主は、こちらの主人の血族です。昔、二、三度乍浦で会ったことがありますが、信頼出来る男です。男の名は、黄朱武と云います。近々出る貿易船に乗せて、音さんのことを知らせる手紙と甕出しの紹興酒を送っておきます〉

呉淞で受け取った胡雪岩からの手紙にもそう書いてあった。手回しのいいことである。

それで前日、ふと思い出して水野筑後守に監視の解除を頼んでみたのだ。

案の定、夕刻になってから通り掛かりを装うジャンクがウインチェスター号に寄ってきた。下から甲板に向かい、音吉の名を告げながら手を振るのは明らかに清国人であった。

「市蔵も来るかい」

二度の上陸には、奉行所との会談であればさすがについてくるとは云わなかった市蔵に聞いてみる。

「無論デス。ナンノタメニ来タト思ッテイルンデスカ」

「心配はいらないと思うけどね。胡雪岩が信頼出来ると云い切る男のところだし、いざとなればこれもあるし」

音吉は左胸を押さえて見せた。そこには上海でカールに押し付けられた新式の銃が収まっている。

「銃モ私モ念ノタメノモノデス。重ネテ過ギルモノデモナイデショウ。ダイタイ、目立チスギナンデスヨ。マッタク、アレホド目立タナイヨウニト云ッタノニ」

文句を言いながらベルトに刀を差し落とす。すべて音吉のせいにはしているが、仕度をする姿はどこかいそいそとして見えた。四十日を超える船上暮らしである。どこの地であれ、大地を踏めるとは気分が浮き立つことに違いない。それが日本の地ならなおさらであろう。

音吉は市蔵と二人、夕暮れの海に浮かぶジャンクに乗り込んだ。四人の水夫の中から一人の男が出て来た。

「ようこそおいで下さいました。主、黄朱武があなたの訪れを楽しみにしております。

私は陳瑛と云います」

陳の口から出るのは、綺麗な広東語であった。

「そちらのお方は」

陳が視線を音吉の背後に向ける。

「私ハ、音サンヲ守ル者ダ。モトハ同ジ日本ノ漂流民ダガ、今ハ松江ノ漕幇ニ身ヲ預ケテイル」

音吉が説明するより先に市蔵が自らを語った。英語と同じほどには、辿々しいがこなれた広東語であった。周囲を威圧するかのような口調は、漕幇という市蔵が置かれた環境によるものだろう。

――おおっ、松江漕幇。

――尤老五大頭目の。

他の水夫から呟きが洩れる。陳は市蔵についてそれ以上何も聞かなかった。

「唐人屋敷に、ご案内致します」

陳の声に、ジャンクは暮れなずむ長崎の港を粛々と進んだ。

唐人屋敷は、もともと十善寺御薬園だった場所に元禄二年（一六八九年）、それまで町中にばらばらであった唐人を一カ所に集める目的で作られた。高塀に囲まれ、敷地は九千四百坪という広大なものであった。同じような目的でオランダ人に許された出島の、実に倍以上である。裏を返せば、それだけの広さを必要とする数の唐人が、元禄の頃から長崎にはいたのである。

ジャンクが着いたのは、唐人屋敷の荷捌き場であった。

陳に先導され高塀に沿って歩く。入り口には唐人番だろう地役人が詰める見張り小屋があったが、陳は気にも留めないようであった。

「昔は塀を越えたり、地に道を掘ったりしたようですが」

近頃は出島の異人達でも町中を闊歩出来ると陳は云う。長崎は急激に、外に向かって開かれた港町になりつつあるようであった。

敷地の中には清国風の二階屋が並び、道幅は三人が横になっては通れぬほど狭かった。すでに明かりが灯された家からは、夕餉の仕度なのだろう濃い油の匂いがした。上海の夕べと同じ匂いであった。迷路のような小道を奥に進めば箇所箇所に観音堂があり、天后堂があり、行き交う人々は皆、旗袍を身につけていた。

清国の街そのものであった。唐人屋敷は、すべてが圧倒的に清国であった。

ただ、居酒屋だろう店から通りに弾ける陽気な声の中には、福建、広東の言葉に混じっていくつもの純粋な日本語も聞こえた。清国人が外に出て行くだけでなく、訪れる日本人もそれなりにいるようだ。

強烈に異国情緒を醸しながらも、唐人屋敷は百六十年あまりを経て、長崎にしっかりと溶け込んでいるようであった。

「こちらへ」

陳が路地へ折れた。ついていくと狭い路地の先に空き地があった。きれいに整地されている。十数の卓が並べられ、幾つかには大きな陽傘も差し掛けられていた。唐人屋敷に暮らす者達の、憩いの場なのだろう。すでに夜となった今では、それぞれの卓の上には燭の明かりがあったが、憩う者は白髭の老爺一人しかいなかった。

その老爺が皺を深くして立ち上がった。

「お待ちしておりました。私が、黄朱武です」

邪気のない、満面の笑みである。なるほど、胡雪岩が信頼出来ると云い切ったのもわかる男であった。

「ジョン・マシュー・オトソンです。お招きにより」

音吉は勧められるままに椅子に腰を下ろした。市蔵は椅子を断り、立ったままである。陳は一礼を残してどこかに消えた。

「条約の締結、大任でしたな」

隠すことではないが、黄はすでに締結までを知っていた。大任というからには、きっと音吉の役回りについても把握しているのだろう。

「そのことも祝しましてな」

黄が手を叩くと、用意されていたのだろう料理と酒が運ばれてきた。口を付けると、清酒であった。馥郁たる香りが口中に起こって鼻から抜ける。立ち飲みの市蔵が背後で低く感嘆を洩らした。

「久しく口にされていないのではと思いまして、用意させていただきました。いかがですかな、灘の上物です」

「市蔵の反応を見ていただければおわかりかと」

音吉は呑み干した酒器を手の内でもてあそんだ。

「たしかに酒としては美味いのですが、申し訳ありません、感慨はないのですよ。なにせ、十四の歳に日本を離れていますので」

「ああ、そうでしたな。聞いています。私などには真似出来ない、激動の半生でしたな」

頷く黄の目に、深い慈と憂いが見えた。

「我が一族は、代々この唐人屋敷におりましてな。守ってゆくのが、いわば仕事なのですよ。だから、清国人にもかかわらず、アヘン戦争という国の悲劇を直接には知らない。今の太平天国の大乱も知らない。私はこれまでもこれからも、狭い狭いここから、母なる大清国の広大な天地を思いつつも、守ってゆくのが仕事なのですよ」

音吉の人生の対極を、黄は一杯の酒に含んで呑み干した。

酒宴はそこから穏やかに花開いた。音吉の漂流を黄は黙って聞き、デント商会での仕事を笑顔で聞いた。

「さて、そろそろですか。黄から話すことは少なかった。

「さて、そろそろですか。長々とお引き留めしてしまいましたな。胡大人からの紹興酒をどうしてもお届けしたかっただけなのですが」

酒宴は、いつの間にか二時間を超えていた。

「いえ、楽しく過ごさせてもらいましたよ」

音吉は礼を云って席を立った。

「私も音さん、でよろしいか」

「ええ」

黄は遅れてゆっくりと立った。酒を過ごしたか、少し揺れ加減であった。

「音さん、明日も来られませんかな。是非にも、会ってもらいたい者達がいるのです」

「いいですよ。ご存じの条約に関して、もう私のすべき事はほとんどありませんから」

そのとき、ふたたび陳が姿を現した。

「大人。ご指示の酒は船に積み終えましたが、夜ですし、だいぶ苦労しました」

「どのくらいになったかな」

ほどの酒を送ってきたものか。


「四艘です」

「ああ」

音吉は溜め息とともに額を叩いた。胡雪岩らしいと云えばらしいが、いったいどれほどの酒を送ってきたものか。

「市蔵、頼むよ」

「何ヲ」

「四艘分の酒を艦に積み込むのをさ。私は酔っている。使い物にならないよ」

「儂じゃち、酔っちゅうがぜよ」

あからさまな土佐弁が中秋の月夜に響き渡る。

「なんだ。用心棒ではなかったのかい」

音吉は溜め息を深くした。

市蔵は明らかに、音吉よりも酔っていた。


(今日は、呑まんぜよ)

市蔵は心に誓って、音吉とともにジャンクに乗った。

前日と同じ手順道順で唐人屋敷に向かう。違っていたのは、憩いの場で待つ者が黄一人ではなかったということと、料理がすでに幾つかの卓の上に所狭しと並べられていることだけである。

黄の老いが極端に見えるほど、他の待ち人は皆、目を輝かせた若人ばかりであった。羽織と袴をきちんと身につけて居並んでいる。日本の、しかも侍の子弟達に違いなかった。

「先に始めていてはと云うたばってん、あなたがお越しになってからと誰も手を出しまっしぇん」

今日は流暢な長崎弁で黄が笑った。

「音さん、こん皆さんは、来年から始まりよる海軍伝習所に興味を持って長崎に来られた方達ですたい」

海軍伝習所とはこの翌年、安政二年（一八五五年）七月、諸外国列強に追いつき追い越すため、幕府が長崎奉行所内に開設する予定の教場であった。操船術、艦砲演習、船上操練、医学、科学、物理、天文学、数学、代数、騎馬術、歩兵操練など科目は多岐に亘り、当然各藩から送り出されてくるのは選び抜かれた俊英達ばかりであった。しかも伝習生ばかりでなく、この頃長崎にはそんな俊英達との交わりを願う、野に埋もれた秀才達も集まりだしていた。

「あなたを一度呼びたい思っちょると洩らしましたら、どげんしても会わせちょくれ云いよりますたい。先んこと考えたら、それもよか経験と思いよりましてな。なかでん」

黄は云いながら、一番手近に立つ大柄な若者の背を押した。

「こん男が、一番頑固でしたったい」

「わ、私は」

泳ぐようにして前に出る。

「佐賀の中牟田倉之助と云います。は、初めてお目に掛かります」

だいぶ興奮しているようである。中牟田は大きな身体を縮めて何度も頭を下げた。

「やあ、初めまして。山本音吉です」

音吉は気さくに握手を求めた。一瞬考え、中牟田は袴で強く手を擦ってからおずおずと差し出した。

「同じく、佐賀の納富介次郎です」

「薩摩の五代才助でごわす」

「鹿児島の、川村純義」

「幕臣、榎本釜次郎でござる」

挨拶が続き、音吉はその一人一人と握手を交わした。様子がわかったからか、中牟田のような遅滞は誰にもなかったが、袴で手を拭く仕草は皆一緒であった。

黄が声を掛け、それぞれの椅子に座る。

──今度の日英条約とはどのような。先達ての日米和親条約と同じような内容なのですか。

──日本が諸外国列強と渡り合ってゆくには、まず何が一番必要と思われますか。

──上海で世界的商社にお勤めとか。商社とは問屋のような仕組みなのでしょうか。

どれが誰の問いであったかわからない。椅子に座るやいなや、一同は一斉に聞きたいことを口にした。

「ははっ。なにがなんだかわからないよ。まず」

音吉はゆったりと足を組み、酒杯を取り上げて口に運んだ。

「ま、待った待ったぁ」

この時、息せき切って憩いの場に駆け込んでくる男があった。歳の頃は居並ぶ俊英達と変わらなく見えるが、着衣は一段も二段も落ちる粗末な物であった。色の褪せた単衣を尻っ端折りにしている。どう見ても商家の丁稚か職方の見習い、そんな風にしか市蔵には見えなかった。

「おお、福澤」

呼び掛けたのは納富と名乗った男であったか。

福澤は音吉の脇に立って息を整えると、自分から手を差し出した。

「豊前中津ノ、福澤諭吉デス。ドウゾヨロシク」

簡単な構文の、辿々しい言葉であった。だからこそ、市蔵にもわかる。福澤が口にしたのは、オランダ語であった。

「へえ、上手いもんだね。どこで習ったのかな」

音吉が興味深げに聞いた。

「誰ニモ。デモ、学ブ気ニナレバドコデモ。ココハ、長崎デス」

福澤の答えに大きく頷き、音吉は隣の椅子を指し示した。福澤が座るのを待ち、一同を見回す。

「さて、どういう順序で話したら、君達に良く伝わるだろうか」

静かに話し始めた音吉を見て、市蔵はその場を離れ近くの卓に腰を下ろした。誰もが熱心に音吉の話に耳を傾けていた。場のどこにも害意や敵意はない。ひとまず、音吉の身は安全であった。

であれば、少し離れるに限る。辺り構わず発散させる若人の覇気、青雲の志とでも云うべき気概は、大乱の血みどろの中を漕ぎとして生きる市蔵には眩しすぎるものであった。

土佐の夢を語って興味深い仲間、いや仲間とも呼べなかった若者も、会えばこの場の青年達と同じくらいには成長しているか。土佐を思えば、それだけが懐かしい。

呑まぬと決めた市蔵は、代わりに、黙って卓の料理に箸を付けた。驚くほど、日本にあってそれは十全の広東料理であった。

開芳が懐かしかった。上海が、松江が懐かしかった。

帰りたいと思った。土佐にではなく、清国のあの血みどろの中に、早く帰りたいと市蔵は強く思った。


一夜だけでは若者達の旺盛な知識欲を満たせるわけもなく、彼らは翌晩も音吉を請うた。

音吉も快く受け、市蔵も三日連続の上陸となった。

（今日は、食わんぜよ）

初日の失敗を糧に、二晩目は酒を口にすることなく料理に手を出したが、三時間に及ぶ酒宴というも音吉の講義には間が持たず、少々どころか大いに食い過ぎた。おかげで艦に帰ってもなかなか寝付かれず、一人夜更けの甲板に出て刀を振ったとは我ながらに情けなかった。

（なにごともほどほど、中庸じゃち云うわな）

少し食い、ちびりとやり、月を愛でる。三晩目にして、ようやく市蔵はそこに思い至った。

近くの卓では、前夜に劣らぬ若人の熱気にまみれた音吉の話が続いていた。

「ならば新式の武器弾薬に、やはり戦艦でごわすか」

五代才助が唸った。

「力に力という考え方は際限がなくなるから大いに疑わしいけどね。アヘン戦争から見る結果は悲しいかな、そういうことだ」

「安穏としとる場合ではなかばい。藩のお歴々に上申して、早速にも買い入れねばならんばい」

中牟田が腕を組んで納得顔である。

「じゃっどん、大金が掛かりもっそ。屑ばつかまされてもならんど。まずは目利きでごわす。黄大人や音さんには失礼じゃっど、異国の商人は狡賢いと聞きもす。どげんしたら、良し悪しば見極められっとか」

「学ぶことだ。ありとあらゆることをね。そのための海軍伝習所ではないのかい」

音吉はきっぱりと言い切った。

「だがまあ、一つには人から人を頼るという手もある。異人だからといって全員が狡賢いというわけではないよ」

「音さんは売らんのですか」

榎本が口を挟んだ。

「そうじゃっ。音さんのデント商会から買えばよかばい」

中牟田が手を叩く。だが、音吉は静かに首を横に振った。

「私には私の考えていることがあってね。どうにも、このことには関われそうもない。けど、そうだね、今上海にいるグラバーという青年貿易商が日本に強い興味を持っている。和親条約が修好通商条約にでも発展すれば、彼ならすぐにも日本に来るだろう。我が社ではなくジャーディン・マセソン商会と親しい男だが、私が見る限り彼が一番信用出来ると思う。上海に帰ったら、君達のことを伝えておくよ。君達もトマス・グラバーという名を覚えておいて、彼が日本に来ることになったら会いに来るといい」

輝く瞳（ひとみ）の若人達が、一斉に強く頷いた。

「濱田（はまだ）さん、でしたの。土佐のお人とか」

酒杯を持って、福澤と名乗った青年が市蔵の前に座った。

「ええんか。音さんの話を聞くんじゃろう」

市蔵の問いに福澤は軽く笑った。

「儂（わし）は、軽輩ばい」

「軽輩か。ふふっ。同じじゃな。儂も土佐の郷士じゃき」

「似たようなものばい。それに、商いの話に興味はなかです。儂は、異国の学問に興味があるとです」

福澤は黒く太い眉と、真っ直ぐに人を見て動かぬ瞳がやけに印象的な若者であった。

「濱田さんも異国の言葉をしゃべるとですか」

「おう、まだまだ未熟じゃが、英語と広東語なら出来るぜよ。オランダ語も、おまんが話す程度のことならわかるき」

「へえ、凄（すご）かばい」

それからしばし、市蔵は福澤と外国語について話をした。市蔵にとってはさして面白い話でもなかったが、福澤は驚くほどに聞き上手であった。

やがて、宴もたけなわといった頃合いであったろうか。口に運びかけた酒杯を、市蔵はぴたりと止めた。

「黄大人。皆ヲココカラ出セ。今スグニダ」

椅子を蹴立てて立ち、広東語で叫ぶ。皆が市蔵に注目した。

「何を急に」

「イイカラ出セ。漕幇ノ男トシテ云ウ」

漕幇という言葉が効いたか語気に当てられたか、黄は青年達に退席を強いた。不承不承に一同が従う。音吉だけが動かなかった。

「どうしたんばい」

わけもわからず立ち上がる福澤に、市蔵は凄みのある笑みを見せた。

「なに、儂の仕事の時間になったち云うことぜよ」

そうして誰もいなくなった憩いの場に、市蔵と音吉だけが残った。

「音さん。動かんがか」

「動けば騒ぎが大きくなるだろう」

パイプに火を入れながら音吉がつまらなそうに云った。

「人の口に戸は立てられないからね。私の訪れを知って彼らのような者達が来るんだ。三日も同じことを繰り返せば、そうでない者達も来るだろう。ねえ、市蔵」

「ほう、わかっちゅうがか」

「私だって、これで幾つかは修羅場を潜ってきたんだよ」

音吉が紫煙を吐く。市蔵は傍に寄り、腰の和泉守兼重を閂に押して鯉口を切った。

最前から感じていた殺気が、福澤らが去ったのと反対の暗がりに強くなる。姿を現したのは、頭巾に顔を隠した三人の侍であった。

「ふっふっ。酒宴か、余裕じゃのう。まあよいわ、それも今宵、このときまでじゃからな」

「海民の分際で異人の手先などになりおって。そのまま大人しく直り居れ」

「そう。国を売る者は、我らが天に代わって誅してくれる」

口々に吐き捨て、刀を抜き放つ。音吉は動じることなく、パイプをくわえたまま立ち上がった。

「市蔵、殺してはいけないよ」

「なんじゃ、面倒いぜよ」

「みんなに迷惑が掛かるし、話がややこしくなるからね」

「ちっ」

舌打ちとともに市蔵は走った。三人の侍が虚を突かれ、一瞬身を硬くする。

（阿呆じゃ）

数と身分に恐れをなし、粛然と頭を垂れつつ黙って斬られるとでも思っていたのか。甘い、甘すぎる。一度も本当の修羅場に生きたことがないのだろう。それで天誅とは恐れ入る。土佐の上士とまるで同じ。自分や音吉に比べれば、揃いも揃って餓鬼である。

「て、手向かい致すかっ」

「おのれっ！」

声が出れば身がほぐれてしまう。市蔵は、まだ一言も発せずにいた一番右端の男の前に身を沈めた。

抜刀一閃。それで、右端の男は刀ごと手首から先を失った。

まず一人。

呆然とする男を蹴倒し、返す刀に月を映す。真ん中の男に退く間も与えず、市蔵は刀身を低く水平に薙いだ。切っ先に感じるのは、太股の骨まで届いただろう手応えであった。

残りはあと一人。とはいえ、これがなんとも殺すなとは難しい。武士であれば、この間に虚から復していることだろう。

(さて、どう対しちゃろうか)

だが、市蔵の考えは杞憂であった。

「ひっ、ひぃぃっ」

残る一人は仲間を置いて恥も外聞もなく背を向け、暗闇に向かって逃げていた。

(ふっふっ。まだまだ儂が、武士に甘いき)

血振りをくれて刀を収める。

「うん、上出来だ。ご苦労さん」

のたうつ刺客の悲鳴の中、元いた場所から一歩も動かず音吉は超然と立っていた。

市蔵は何も答えなかった。仕事である。褒められるようなことではない。

「さて、黄さんに挨拶と、手当てを頼んで帰ろうか」

なにごともなかったかのように歩き出す。

市蔵もまた、なにごともなかったかのように後に従った。

日英和親条約の調印式は、閏八月二十三日のことであった。
一、イギリス船（軍艦、商船問わず）に対する長崎・箱館の開港
二、開港期日（長崎は即日、箱館は退帆の日より五十日後）
三、難船以外の、右外諸港の使用禁止
四、日本国憲法の遵守
五、最恵国待遇（オランダ人、清国人の現特権は対象外）
六、調印後十二カ月以内の批准書交換
七、取り決めの将来に亘る変更の禁止
これが、全文七条である。かくて、日本とイギリスは慶長・元和以来、二百数十年を経てふたたび国交を回復したのであった。

無事調印を済ませ、出席者の一人一人と握手を交わし、スターリング一行は立山番所をあとにした。警護衆に囲まれて三度目の、そして最後の帰路に就く。

通りを埋める群衆は、どのときよりもさらに増えていた。人出は、最後にもう一度イギリス人一行を拝んでおこうとする興味であったに違いない。

「見世物になるのも今日限りだと思えば、このお祭り騒ぎも名残惜しい気がするね」

云いながらスターリングは、通りを埋める観衆に笑顔で手を振った。人々を警護衆が掻き分けるようにして進む道中では、なかなかに港は見えなかった。

「音さん」

誰かの声が音吉に掛かった。見れば群衆の最前列に中牟田、五代、榎本、福澤の四人が立っていた。遅々として進まぬ一行の最後尾が音吉の脇を通るまでには、まだだいぶ間があった。

「提督、ちょっと失礼」

音吉はスターリングから離れ、四人近くに立って秋空を眺めるふうを装った。

「この前は済まなかったね」

オランダ語である。長崎の衆も奉行所の者達も大勢いるのだ。日本語は使わなかった。

「イエ。音サンコソ、大変デシタ」

福澤が四人を代表してそう云った。

「楽しい二晩だった。日本の若い人達と語り合えてよかった」

「コチラコソ、ゴ教示有リ難ウゴザイマシタ。薫陶ノ数々、一生忘レマセン」

「ははっ。薫陶なんて大袈裟なものではないよ。見たままありのままの話をしただけ。すべて、君達が海を渡って外に出れば自ずとわかることばかりだ」

「ハイ」

「ただ、後でみんなに伝えて欲しい。これだけは覚えておいた方がいいと」

音吉は秋空に腕を伸ばした。

「海も空も、果てしなく続いている。清国に行けば、広く大地もヨーロッパまで続いている。すべてが繋がっているんだよ。島国にいるとわかりづらいかも知れないが、海はね、国と国を隔てるものではないんだ。海は国と国、人と人とを繋ぐ、遥かな道なんだよ。イギリスもフランスも、そう思って大海に漕ぎ出した。君達に出来ないわけがない。英知を磨き、飛び出すんだ。ははっ、道だと信じれば、そう、人はね、いつか空も飛べるかも知れないよ」

「……ハイ」

福澤の声が、潤んでいた。

「それと福澤君、出来たらオランダ語ではなく英語を学ぶといい。オランダ語も悪いとは云わないが、これからを考えれば英語の方が便利だろう。英語が出来れば、世界を歩ける」

「ハイ。必ズ」

「御通詞殿」

警護の衆が声を掛けてきた。一行の最後尾が、音吉の脇を過ぎるところであった。

「広い世界のいつかどこかで、また会える日を楽しみに」

音吉はスターリングを追って駆け出した。

日本でしなければならないことは、もう何もなかった。

呉淞でウインチェスター号を降り、市蔵とも別れた音吉は、ジャンクにのたりと揺られながら実に二カ月振りの上海に帰った。

支店廻りや北京に出れば三月四月帰らぬこともあったが、今回ばかりはなぜか黄浦江の黄色い河面も整然とした租界の町並みも、県城から響く銃声も砲音も、すべてが皆懐かしかった。

港に着くと、教えていないにもかかわらずビールが桟橋に出ていた。情報の早さはさすがである。いや、さすがと思う音吉の方が、日本の悠長さに嵌まってしまったのかも知れない。

（やれやれ、しばらくは大変そうだ）

音吉は苦笑しながらジャンクを降りた。

「お帰り、音さん」

ビールの声も、懐かしく響いた。

「長崎ではなかなかの活躍だったようだね。本国やボウリング全権代表からの評価は分かれるところだろうが、こちらの領事館は手放しで大はしゃぎだ。通商に向けての第一歩だとね。案外、そんなことまで密かに期待して君を推挙したのかも知れないよ。

なんたって君の周りは、いつも激動だからね」

「そんなことはない。成り行きだよ。だがまあ、成り行きが転がった先は、少々面白かったけどね」

二人揃って事務所に入る。出迎えたのは社員一同の大歓声であった。

――お帰りなさい、支店長。

――やりましたね、凄いですね。

握手を交わし、肩を叩き合い、ひとしきりの波が静まったところで支店長室に上がる。

苦笑いも出ない。下での歓待が嘘のように、机の上に堆く、無情に積まれた書類の山にはめまいを起こしそうであった。

(まあ、こんなところだろうけど)

机に向かう気がせず、ソファに腰を下ろす。対面にビールが座った。

「ところで音さん、例の件だが」

尻の据わりは、悪いようであった。

「うん、わかっているよ。呉淞で聞いた。フランス軍の到着が遅れるんだってね」

「そうなんだ。音さんには済まないが、クリミア戦争が激しくなっているようで、戦力の分散が難しいらしい」

「帰る上海が穏やかになっていたらと条件付けしたのは私自身だよ。ビールが謝ることじゃない」

無事に帰ってきたら、帰る上海が穏やかになっていたら、音吉はデント商会を辞めてシンガポールに移住するつもりであった。

マリナー号、スターリング艦隊と、正式ではないにしろ二度にわたってイギリスという国の目的のために日本へと駆り出された。特に、スターリング艦隊の当初の目的は戦時協定であった。結ばれてイギリス船の入港が増えれば、領事館から日本行きを依頼される回数が増えるのは目に見えていた。和親条約ではなお悪い。

日本に行くのが殊更いやだというわけではない。祖国でもあり、広い世界、どこでも同じだ。ただ、国の目的のために何かを、しかも好むと好まざるとに拘わらずしなければならないというのがどうしてもいやであった。音吉は外交官ではないのだ。外交官になりたかったらギュツラフに頼んで、マカオ時代に岩吉や久吉と一緒にイギリス貿易監督庁の世話になっている。

音吉は、商人でありたかった。天地の下自在に、一介の商人でありたかった。だから、ビールに辞意を告げた。

「本社も、音さんの気持ちを伝えたら、すぐに待遇の改善を伝えてきてね。そういうことではないと云えばさらに上乗せだ。放っておいたら音さん、最後はなんと二倍になったよ。まあ、それだけ音さんのことを買っているという証なんだろうが」

「へえ、二倍か。それは凄いな」

「ああ、給与の面だけ見れば、役員さえ超えて音さんはデント商会一の高給取りになれる。受けるならね」

「そう、受けるならな」

多くて困るものではないが、今に不満があるわけではない。おそらく現状でも音吉は上海租界一の高給取りである。

「ぐずぐず賃金のことばかり云うんでね、最後には、そんな煮え切らない会社なら私も辞めると宣言してやった。そうしたらようやく認めると云ってきたよ。渋々ね」

「いいのか、それでは憎まれ役になるよ」

「別に構わんさ。音さんの気持ちを聞いたときにも云ったが、私もいずれは本国に帰りたいと思っている。君を円満に送り出せないのなら、私の時も推して知るべしだ」

ビールは両手を大袈裟に広げた。

――私も、幸いに蓄えは十分ある。出来たら霧のロンドンで妻とのんびりしたいと思っているんだ。清国で永くやってきたからこそ培えた伝手も沢山あるが、そろそろ、その清国の動乱戦乱に耐えられる歳でもなくなってきているからね。

たしかに、音吉もビールの偽らざる真情をそう聞いていた。

「ただ、今は困るという本社の意向だけは受けた。君の条件にも入っていたし。音さん、県城の争乱が治まるまで、治まって租界がすべての機能を取り戻すまでの辛抱だ」

「うん。それでいい」

「……とはいえ、いったいいつの日のことなんだろう」

「ははっ。それは私にもわからない。わからないが、ビール」

音吉は立って、机に歩いた。

「とにかく、これをこなさないと私に明日は訪れないということだけはわかるよ」

書類の山を軽く叩くと、雪崩をうって机一杯に広がった。

「これが今の、現実だ」

「はっはっ。違いない」

ビールの笑いが、部屋内にいつの間にか差し始めた夕陽の朱によく馴染んだ。


一八五四年十二月。

待ちに待ったフランスの軍艦が黄浦江に姿を現した。このときまでの租界側の死者は二名、負傷者は十五名、暴徒側には三百名を超える死傷者があったという。

錨を降ろすやいなや、軍艦からは正式な使者が清国正規軍に送られた。最新式の艦砲を向けられ、正規軍は半ば脅しに屈する形でフランス軍の提案を呑んだ。ひとまず県城を据え置き、まず租界を脅かす暴徒並びに暴徒と化した清軍兵士の殲滅を優先させたのである。

手を組んだ両軍により、二十日と経たぬうちに租界の西・南の境界線から暴徒は一掃された。

年明けた一月中旬、休むことなく両軍は県城の小刀会に対する。数でも兵器でも劣る小刀会に為す術など有りはしなかった。

二月、小刀会の全面降伏を以て、ついに上海は十七カ月振りに県城を賊軍の手から奪回したのである。

上海の空に終日の鳥たちが戻る。租界はここに、日常の営みに立ち返ることを許されたのであった。

国籍を問わず、人々の顔は明るかった。租界に避難していた県城と県域の人々も、懐かしき我が家を求めて三々五々散っていった。

広く清国全土を見渡せば清朝と太平天国の間に降る血の雨はいっかな止むことはなく、租界内に暮らす清国人が激減するというには到らなかったが、それでも道端までを人が埋め尽くすという事態はなくなった。

租界は、次第に静けさと街路の幅を取り戻していった。

だが、だからといって即、すべてが旧態に復したわけではない。ジャーディン・マセソン商会やデント商会などの主だった会社は、倉庫の整理や争乱で去った苦力の補充などに追われ、十全の機能を取り戻すのに数カ月を費やしたのである。

一八五五年七月。

それが、ようやく音吉を上海に、デント商会に縫い止めるいかなる理由も消滅した月であった。八月に入ると、デント商会本社からの正式な退社証明が末日付けで届く。

音吉は音頭をとり、港通りで盛大な祭りを催した。

――上海租界の、復活祭ですよ。

音吉の一言に領事館も大いに賛同の意を示した。どの商社からも反対の声は起こらなかった。

その日、各社は自社持ち出しの食品や商品を前に並べ、テーブルやパラソルを出し、買弁らが呼び集めてきた清国の屋台が通りを埋め尽くした。

盛大な祭りになった。上海知県を始め、近く乍浦や寧波からも清国の有力者を招待した。租界の再生を広く知らしめる意味もあった。個人的には胡雪岩も尤老五も呼んだ。今までよりは遠くなる、挨拶の意味もあった。もちろん、尤老五には市蔵もついてきた。

通りを往来する人は、波であった。かつての上海を超え、これからの上海を思わせる。

「凄い人出だね。これは評判を呼ぶよ。恒例にしたらいいんじゃないか」

云ったのは、長い付き合いになったオリファント商会のチャールス・ウィリアム・キングである。デント商会前のテーブルで豚(ぶた)の角煮、東坡肉(トンポーロー)にかぶりつくキングは、ワインですでにほろ酔い加減であった。

「もちろん、考えているよ。租界に対する置き土産(みやげ)だね」

音吉もワイングラスを傾けた。テーブルには他にカールとビールが座を占め、尤老五と胡雪岩が外国人に挟まれて居心地悪そうにしていた。徐鈺亭(じょぎょくてい)は徐潤(じょじゅん)を連れ、人混みの中に紛れているようである。市蔵はいつも通り、音吉の近くに立っていた。

桟橋近くでは、キングが連れてきてくれた楽団が陽気な音楽を奏でて祭りに華を添えていた。演奏されている曲は近年流行し始めているという、スティーブン・コリンズ・フォスターの〈おおスザンナ〉であった。

県城と租界の安寧を奪回すべくフランス軍が上海に到着した日から、音吉はそれまで親交のあった人々に手紙を書き始めた。四日掛かった。出す相手は百人を超えていた。

〈そう遠くない将来、私はデント商会を辞めてシンガポールに移住する。カールとルイーザに任せていたベルダー商会を、オトソン&ベルダー商会として動かすことにな

ると思う。そのときはよろしく〉

対して、香港の庄蔵と力松からは同じような内容の返書が来た。

〈だいぶ近くなりますね〉

他も大多数は遠くなる近くなると距離的な悲喜はこもごもであったが、誰一人オトソン商会のことを喜ばぬ者はいなかった。

その中で一番直接的だったのが、キングだった。

——やあ音さん。久し振りだね。

サンフランシスコにいるはずのキングがひょっこりと上海に姿を現したのは四月、黄砂の中であった。

——マカオと福州にちょっとした用事があってね。

キングは笑ったが、ちょっとした用事で動ける若者でも小者でもない。音吉に会いたいがために来たのは明らかであった。

——モリソン号の頃は英語に堪能な、たしかに頭のいい少年だなとは思ったが、こうまで商才があるとは見抜けなかった。我が社に誘っておけばと、今でも私は後悔しているよ。

モリソン号のこと、ペリーのこと、スターリング艦隊のこと、そして商いのこと。

音吉はスコッチを舐めながら、夜通しキングと語り合った。

あるんだ。

——そうだ、音さん。シンガポールで商売を始めるなら、船を買わないか。出物がある時分のことであった。

キングが酔眼に悪戯気な光を灯しながら身を乗り出したのは、黎明が窓から差し入る時分のことであった。

持ち船の重要性は音吉もわかっている。実際、デント商会本社やイギリス各地の造船所にはそれとなく売り船を、老朽破損にかかわらず打診した矢先であった。

新造船は、はなから考えになかった。金額の問題ではなく、戦時であれば注文から進水まで何年かかるかわからないからだ。

——補修は必要だが、しっかりとした船だよ。船足は保証つきだ。なんといってもチャイナ・クリッパーとして働いてきた船だからね。

キングが提示した代金は破格も破格、云えば補修費だけに等しい金額であった。

——少々の驚きも込めて、私からのお祝いだ。

キングの笑顔に、音吉は黙って頭を下げた。

ただ、ならばと備え付けの大砲や装備品については主砲以外の全交換を注文し、正規の価格を支払うことを断言した。

それでも三倍にはならないだろう。よしんば三倍を超えたとしても、普通ならば船は買えない。

——有り難いね。それだけで、まあサンフランシスコに帰っても、何をしてきたのかと社員達に白い目で見られないですむ。

キングは戯(ふざ)けて手を合わせ、日本風にお辞儀をした。

——ああ、少々の驚きも込めてと云ったが、上手くすればもう一つ加えられるかも知れない。期待してくれていいよ。

驚きという以上、音吉はあえて何も聞かなかった。

次の一日を上海で過ごすだけで、キングはいそいそと香港行きの船に乗り、この日の前日、また上海にやってきたのである。

——間に合ったよ、音さん。すべて間にあった。後は、明日を楽しみに。

そうして訪れた、今日であった。

「イヤ、ビール統括。音サンガイナクナッテモ、徐鈺亭ヲ通ジテ、今マデ通リニヨロシク。音サンニハモチロン、今マデ以上ニヨロシク」

袂(たもと)から出した紙片を見ながらの胡雪岩である。

「私モ同ジ。何カアレバ云ッテクレ。音サントハ、云ウマデモナイ」

何も見ず、これは尤老五である。ともに、辿々しくはあったがきちんと意味のわかる英語だった。時刻は、すでに五時に近い。呑(の)み且(か)つ食い、二人ともカールやビールにだいぶ慣れてきたようであった。

八月とはいえ、五時であれば陽は西にずいぶんと傾いている。屋台にはところどころ、片付けを始めているところもあった。通りの人波も潮を引き始めている。

そのときであった。何を思ったかキングが席を立ち、一人ふらりと通りに出てゆく。

「やあ、やっとだ。なかなかいい時間だね」

楽しげなその声に、音吉はカールのグラスにワインを注ぎながらふと顔を上げた。

キングが赤ら顔に微笑みを乗せ、黄浦江の彼方に腕を伸ばしながら音吉を見ていた。

「音さん、来たよ。君の船だ。船名は、宝順丸（ほうじゅんまる）にさせてもらったよ」

それだけであれば、さほど驚きはなかったろう。実際、しばらく彼方の宝順丸を音吉は眺めていただけである。

だが、やがて音吉は手のワインボトルを取り落とした。

「なっ！」

テーブルのグラスが倒れるのも構わず椅子を蹴立てて立ち上がる。

「あ、あれは、キング、あれは」

「ははっ。驚いてもらえたようだね。修繕と補強で多少形は変わっているが、君ならわかると思った」

音吉の狼狽に、キングは満足そうに頷いた。

「そう。あれはモリソン号だよ」

モリソン号。仲間とともに音吉を日本に導き、引き裂いた船。

ほう、あれがと呟いてビールも席を立った。倣(なら)って全員が腰を上げる。

チャン塗りも黒々とした船体に夕陽を浴び、悠然と港に近づいてくるモリソン号こと宝順丸は、実に姿の美しい船であった。

「門出なら、あそこから始めるといい。君に、謹(つつし)んであの船を進呈するよ」

目を船に据え、音吉は震える手をキングに差し出した。

「……なによりだよ、キング」

けれど、キングは音吉の手を握らなかった。それどころか、指を立てて顔の前で左右に振った。

「まだだよ、音さん。もう一つ。いや、もう一人」

振った指を、キングは船の方に倒した。

船上が肉眼でもはっきりと捉えられるようになっていた。

――おーい。

かすかに声が聞こえた。誰かが左舷前甲板で手を振っていた。

「彼とは何年か前、ロンドンで知り合ってね。今や会社を定年していたのは幸運だった。君のことを話したら、二つ返事でまた船長として海に出てくれることになったよ」

宝順丸が、さらに近づく。音吉は動かなかった。

「さすがにわからないかい。なら、これはどうだろう。彼が君に云った言葉だ」

キングは一つ咳払いをして、両手を大きく広げた。

「この船での日々を忘れないで欲しい。この船は、君達に外洋を渡る船乗りとしての知恵と、海の男の英語を教えた船だ」

音吉はそれでも動かなかった。いや、船上の一声を聞いたときから動けなかった。

「駄目かい。ならこれは。――音、英語をもっと学びなさい。誰とでも、どんな場面でも通じる、しっかりとしたキングズ・イングリッシュをね。マカオから先は、ハドソン湾会社の手も離れる。きっと必要になるはずだし、君なら出来る、だったかな」

音吉の目から涙が溢れた。忘れるはずはない。それは音吉に外洋を渡る男のすべてを教えてくれた、イーグル号の、ウィリアム・ダービー船長の言葉だ。

身体中から力が抜けた。立っていることは出来なかった。音吉は膝から崩れ落ちた。

「船も一級品なら、船長も一流だ。どうだい、音さん」

「……過ぎるほどに、十分だ。……これ以上は、ない。これ以上は、何も要らない」

誰かのもらい泣きが聞こえた。

キングの合図で、楽団が〈星条旗よ、永遠なれ〉を奏で始める。

——おーい。音ぉ、ビール、元気かぁ。

懐かしさを滲ませながら、ダービーの声が近くなってきた。

夜である。時刻は十時を回っていた。

屋台や祭り見物の清国人はほとんどが通りから姿を消していたが、それでも静けさにはほど遠い。祭りは、賑わいは終わらない。

イギリス租界の者達は主催者側の責任から解放されて、ようやくそれぞれに楽しみ始めたようであった。人の少なくなった通りでは輪を作り、楽隊の陽気な曲に合わせて踊っている若者達もいた。

租界に、異国が蘇る。ここから先が、本来の租界の祭りなのかも知れない。

「なんだか居づらくなってきたな。ここから先は、どうやら内輪の祭りのようだ」

市蔵はワイングラスをテーブルに置いた。

胡雪岩と尤老五はすでに帰った。音吉もビールもこの場にはいない。キングに連れられ、錨を降ろした宝順丸に乗り込んでいる。

デント商会前のテーブルにいるのは、市蔵とカールの二人だけであった。

市蔵はここまでに、ワインをだいぶ過ごしていた。酩酊するというほどではなかったが、身体の火照りに黄浦江からの夜風が気持ちよかった。

「何を云っているんだい。市蔵さんも内輪じゃないか。一時的に松江に行っているだけで、もともと上海の人だし、市蔵さんは音さんの身内だよ」

金色の髪を風に揺らし、カールは市蔵のグラスにワインを注いだ。

「見る方側からではない。俺の感じ方だ」

今では英語は滑らかにして、広東語にも不自由はなかった。帯刀さえしなければ、もう租界にいても日本人漂流民には見えないだろう。人の噂も七十五日。人斬りと怖れられることもないに違いない。

いつでも帰れた。だが、帰らなかった。いつのまにか、租界に境界線を感じる自分がいた。松江の泥池が、漕幇の修羅場が、市蔵の生き方には合っていた。

――よくやった。お前は宝だ。

人斬りとして揉め事の場を渡り歩き、いいように使われていると認識しながら、市蔵はそう云って肩を叩く尤老五の手に父の温もりさえ感じ始めていた。

――市蔵、喜べ。来年にはお前を新たな頭目として推すぞ。もう、皆に内諾はとってある。

悪くないと思った。音吉には恩義も魅力も感じるが、陽の下に生きる男である。昇る陽であれば輝きを増し、手を翳して泥濘の中から見上げるだけの自分とは、次第に距離を離してゆく。

清国人として松江に生き、漕幇としてどこかで死ぬ。それを悪くないと市蔵は思っていた。

カールが満たしてくれたグラスを呑み干し、市蔵は和泉守兼重を手に席を立った。今やこの刀だけが、日本との繋がりを示すものであった。

「おや、どちらへ」

「用足しだ」

「ははっ。小便にもそれ、持っていくんですね」

「お前の拳銃と一緒だ。もっとも、お前のように内懐に吊しては、祭りの飲み食いの時にも取れないだろう。考えようによっては、俺の方が身軽だ」

市蔵はデント商会の中に入った。事務所を通り抜け、裏の荷捌き場に出て運河に用を足す。表の喧噪も裏までは届かない。

見上げる月が、きれいだった。

(なんちゃ)

用を足し終えて事務所に入りかけ、市蔵は右手に長々と続く倉庫から感じるかすかな人の気配に反応し、瞬時に自分の気配を絶った。身に備わった心得であり、すでに癖であった。そうして血みどろの中を生きてきた。

祭りの晩である。気配がかすかであるということがそもそもおかしい。

「カール、倉庫が変だ。表側から回れ」

急ぎ表に走って異変を告げる。デント商会と隣、アスピノール・コーンズ商会の間には二社共用の脇道があった。運河からの商品を、直接表に回すためのレンガ道である。

呑んでいても、市蔵と同じくカールも音吉の用心棒を自認する男であった。二度聞かず即座に立ち上がり、祭りの賑わいを乱すことなく、何気なくを装って歩き出す。

行く方を確かめもせず、市蔵は裏に戻って和泉守兼重をベルトに差し落とした。

デント商会は運河に接して田の字形に四つの大きな倉庫を持っている。

市蔵は気息を調え、足音を殺して運河と倉庫の隙間をゆっくりと歩いた。

倉庫と倉庫の間には、幅一間ほどの路地がある。その路地から抜け出た辺りの運河に、目立たぬようにして小舟が一艘舫われ、木箱が二つ積まれていた。探れば、故意に隠そうとする気配がいくつかあった。この日を狙ってデント商会を襲う夜盗に違いなかった。

県城の争乱が終わり気が緩んでいたといえばそれまでだろうが、祭りの夜である。巡回はいざ知らず、見張りは誰もいなかった。

（音さんらしゅうないが）

おそらく残務整理や引き継ぎだけで、すでに実務には携わっていないのだろう。

路地の奥から足音が聞こえた。市蔵は腰を落とし、和泉守兼重を抜き払った。

果たして、現れたのは酒樽を担ぎ、顔中に泥を塗りたくった清国人の男であった。

月明かりの中に市蔵を見つけ、夜盗の目が驚愕に引き剝かれるのも一瞬。市蔵は光撥ねる刀身を迷うことなく喉元に突き入れ、樽を奪いつつ引いた。

一声すらなく夜盗が地に臥す。噴き出す血潮が運河に飛び、水面にささやかな音を立てた。

その場に樽を降ろし、市蔵は男を跨いで路地に入った。他の者達が市蔵に気付いた様子はなかった。

運河に近い、アスピノール・コーンズ商会との脇道側の倉庫の壁が崩れていた。

この夜だけの手際ではないだろう。わからぬよう何日か掛けて入念にひびを入れ、今宵一気に崩したに違いない。知恵者がいたものだ。

複数の気配と囁き声が倉庫の中から聞こえた。市蔵はしばし瞑目し、心気を研ぎ澄まして壁の裂け目から中に飛び込んだ。

明かり窓からの月光だけであったが、市蔵には十分だった。

整然と積まれた木箱の間、五間ほどのところに三人の男の影があった。

「何をしている」

身を強張らせる影の間を躊躇うことなく市蔵は走り抜けた。

倉庫の空気が、三度軽やかな音を発した。

——ひっ。

悲鳴らしい悲鳴を上げられたのは、最後に真っ向から顔面を割り裂かれた男だけだった。

残心の後、市蔵は刀身を拭って鞘に収めた。倉庫の中に余人はもういなかった。寄り来る気配が外にはあったが、おそらくカールのものだろう。少し早い気もするが脇道に入ってから走ったに違いない。

事実、月明かりを浴びつつ壁の崩れに現れた影は金髪であった。

「ド、ドウシタ」

なぜか押し殺した辿々しい広東語であった。

「なんだ、カール。なぜ広東語だ」

金髪の影は動かなかった。市蔵の方が近づいた。

「夜盗だったが、終わったぞ。誰か呼んできてくれ。早く始末しないと、品物に血の臭いが移る」

影が胸元に手を入れる。市蔵は外から吹き込む風に垢染みた臭気を嗅いだ。影はそういえば、シャツもズボンもあちこちが裂けているのか、形がおかしかった。

「お、お前、日本人だな」

聞いたことのある声。しかしカールのものではなかった。慣れてはいるが、発音の崩れた英語である。同じような崩れを市蔵は広東語でよく聞いた。酒かアヘンか、どちらかで壊れた言葉であった。

「ゴ、ゴーランドの腕を落とした、あの日本人だな」

声はジャーディン・マセソン商会の、あのキルビーのものであった。

「む、無一文で、ここまで落ちぶれたぞ。お前らのせいだっ」

キルビーが胸元から取り出したのは短銃であった。やはり酒かアヘンか、銃口は震えていたが、それでも避け得るはずのない近さであった。

「お前らのせいだ。オトソンのせいだっ」

(南無！)

――轟っ。

腹に灼熱を感じ、市蔵は木箱の山を崩しながら後方に吹き飛んだ。

「ふ、福州でも寧波でも、誰もが小馬鹿にしてくれたぞ。な、仲間、部下、なんでもいい。一時は私に、みんな媚びへつらったくせに」

銃を突き付けたまま、キルビーは倉庫の中に入ってきた。

「な、なんちゃ、ないぜよっ」

市蔵は木箱に寄り掛かって身を起こすが、立ち上がるまでの力は出なかった。

「あ、あげくに、上海に戻って夜盗だぞ。清国人に混じって、こ、この私が夜盗だぞっ」

キルビーは一人呟きながら酒樽を抱えるが、持ち上げることは出来ないようであった。

「祭りだと。ふざけるな。私のいない租界で、何が祭りだ。だから狙ってやった。――やり直すんだ、ここから。オトソンの倉庫から。誰に文句を云われようか。これは全部、私のものだ」

なにかが、狂っていた。狂いながらずりずりと、酒樽を裂け目の方に引きずってゆく。

キルビーの金髪にまた月光が当たった。

「ははっ。これを金に換えて、私はイギリスに帰るんだ。ははっ。イギリスに帰って、もう一度やり直すんだ。バラ色の人生を、やり直すんだっ」

その途端、間近で響く銃声とともに金色の頭がかすかに震えた。半笑いのキルビーの、左側頭部に一瞬激しく花が咲く。霞む市蔵の、目の錯覚では有り得なかった。糸が切れた操り人形のように、キルビーは顔から地べたに激突して動かなくなった。

「市蔵さんっ」

現れたのは銃を手に持った、今度こそ正真正銘のカールであった。

「や、やられた。間抜けなことだ」

抱き起こそうとするカールの手を市蔵は拒んだ。

「もう、戻らんき。む、無駄は、よしちょき」

腹から温かく、生きる力が流れ出していた。

「市蔵さん、今、音さんを。待ってろよ、死ぬなよ」

カールが駆け出してゆく。

「云われても、待てるもんと違うぜよ」

自覚はないが、生死の境に来て言葉は終始土佐弁であった。カールには、わかるまい。

苦笑する。痛みが腹を圧して噎せた。込み上げてくる吐き気を抑えず吐いた。腹が軽くなった代わりに、視界がまったく暗転した。前後左右の感覚もなかった。

（まっこと、面白かったぜよ。異国に生きて、悔いはないいき）

漆黒の中に死の恐怖はなかった。かえって楽だった。

——市蔵さん。上士も郷士も関係ないぞ。儂ぁ己の人生、一片の悔いもなく生きたいんじゃ。

唐突に幼い声が聞こえた。

（ああ、そうじゃ。おまんも、よくそんなこと云うとったなあ）

幼い声は彼の日、土佐というむさ苦しさの中、市蔵に吹く一陣の涼風であった。

――人はのう、市蔵さん。一人残らず、面白可笑しく生きていいんじゃ。十年、いや、五年待っちょれ。儂がまず江戸に出て、先陣切っちゃるき。

少年の目の輝きは彼の日、土佐という闇の中、市蔵にとって降る一条の光であった。

（ふふっ。あの頃は月の浜に見る夢物語じゃち思うたが、儂が自分でやっとるわ。儂自身が、夢物語の中に生きちゅう）

江戸ではなく、異国で。

市蔵の脳裏で、幼い声と輝く目が少年を形作る。姿形はまるで開芳であった。

（幾つになったぜよ。江戸には出たか。出たなら、江戸を聞かせとおせ。昔はおまんの話を聞くばかりじゃったが、今なら儂も話しちゃるき。儂も、上海や松江を話しちゃるき）

開芳はたしかに、市蔵に向かって頷いた。市蔵も微笑みながら、かすかに頷く。

（月の浜に寝転んで、真っ暗な外海、眺めよってなあ）

月の光の、桂浜で。

（異国の話に、おまんはどんな顔をしゆうか。なあ、龍馬）

微笑みのままに動きを止める。

明かり窓から差す月光が、ちょうど市蔵に降り注いだ。

はや、命は月の浜に向かったか。
市蔵の手から愛刀、和泉守兼重が転がった。

終章

――ドォォン。

大海原(おおうなばら)から岸辺に向け、腹の底まで揺るがす轟音(ごうおん)が上がった。切り立つ崖(がけ)の間に開けた、猫(ねこ)の額ほどの浜に砂の爆発が起こる。

浜には材木を四〇フィートの高さで櫓(やぐら)に組み、その上に一〇フィート角の白い板を乗せた的があった。

爆発の砂柱は的の遥(はる)か後ろで、崖の岩肌を舐(な)めるように起こった。

「仰角甘(ぎょうかくあま)いっ。ブラン、何度目だっ。次こそ当てろよ」

爆音の余韻(よいん)の中、噎(む)せ返るほどの煙を掻(か)き分けるようにしてカールが伝令管に叫(さけ)んだ。

――わかっちゃいますがねっ。

アッパーガンデッキのブランから声が戻る。

「わかってるなら次こそ当てろっ」

——そのつもりですよっ。

「装塡も長い。あと一分詰めろ」

——どっちかにして下さいっ。

カールは伝令管を平手で叩いた。

シップ型チャイナ・クリッパー、かつてのモリソン号、今は宝順丸の船上である。

「スターボゥッ」

ダービーの潮焼けた声が船上を走る。

——せぇっ。

いたるところで男達が応じ、宝順丸は瞬滞すらなく滑るように廻頭を始めた。音吉が採用した弁才船の掛け声は、宝順丸の隅々にまでしっかりと浸透していた。

シンガポールの南側、いまだ手付かずの大自然が広がる、人知れぬ浜を見る外洋である。

市蔵の亡骸を開芳の隣に葬り、租界の皆に見送られ、宝順丸が上海に帆を上げたのは九月下旬のことであった。順調に航海をこなして十一月、宝順丸はシンガポール、ジョンストン埠頭に錨を降ろした。それから、すでになにごともなく半年以上が過ぎていた。

「はっはっ。カール、ブランには相変わらず厳しいね」

ダービーが近寄ってくる。細身ではあるが髪鑠として、若い頃は強面だったのだろう顔には、いい意味で穏やかさが加わり威厳すら感じられた。それでいてなにごとも人任せにせず、迷うことない的確な判断と指示の、ダービーは優れた船長であった。

「なあに、船長。あいつにはこれくらいで丁度いいんですよ。なんといっても、僕が認めた唯一の男です」

カールは笑って、煤だらけの鼻を擦った。

「それに、新式砲に早く慣れたいと云ったのはあいつ自身ですから」

「それならいいが。――アームストロング砲、か」

ダービーは云って舷側にもたれた。

大砲と装備品の全交換を頼んだ音吉が、ただ一つキングに任せなかった、それが宝順丸の主砲であった。売り船をイギリス国内に打診した際、複数の造船所から音吉はこの年、一八五五年に開発されたばかりの新式砲の情報を得たという。

事実、ウィリアム・ジョージ・アームストロングが従来の後装式ライフル砲に改良を加えた層成砲は、軽量かつ装塡時間の飛躍的な短縮を実現させた画期的な火砲であった。パドル炉、ウォーター・ハンマーなど、イギリスの工業水準ですら最新最高の設備を持った工場でなければ生産出来ない寡産品である。

音吉は上海を去る前に、誰よりも早くこの新式砲を、ハドソン湾会社のシンプソン卿を頼って注文した。

——新型は不具合も考慮しないといけない。何度も試射を繰り返せば、おそらく三門や四門は駄目になるかな。それでも、砲手の命には代えられない。

計十門。小型の旧式ならば帆船が買えるほどの金額であったらしい。だが、音吉は迷わず購入した。

決断の早さは一流の商人ならではであろう。このわずか二年後、アームストロング砲はイギリス軍の制式砲となり輸出は全面的に禁止される。

——新式砲に似合いの、砲手が欲しいところだね。

音吉の言葉を受け、カールはプロシア本国に手紙を書いた。

アームストロング砲の納入と合わせるかのように、ブランがシンガポールに到着したのは三カ月前のことであった。

——よく来たな。

——新式砲と聞いてはね。それに、なんだかこっちの方が面白そうでしたから。

ブランはカールが海軍にいた時、年は若いがこれはと認めた唯一の砲手である。海の男には稀な、ブランは繊細かつ、不器用な男だった。

その不器用さが、この上なく好ましい。もたもたとして海軍の頃は罵声を浴びてばかりであったが、覚え込んでのちの失敗は、不器用ならばこそ絶対と云っていいほどなかった。

——ふうん。そういう男ね。

音吉は顎をさすりながら薄く笑った。

——なら、十分に慣れてもらおうか。ダービー船長ともども、宝順丸とアームストロング砲にね。

音吉は挨拶もそこそこに、ブランに新式砲の試射を命じた。音吉の予想通り、二門は二十発を超えたところで、一門は四十発で発射不能に陥り、一門にいたっては爆発した。結局宝順丸に積めたのは、左右両舷に三門ずつであった。

宝順丸は主砲にアームストロング砲六門、キングに発注した副砲に量産型のカロナーデ砲十二門を搭載し、ジョンストン埠頭に帆を上げた。

——十発十中。それなしでの上陸は認めないよ。水や食料補給の、寄港中であってもね。

風があり、潮流がある。船上からの砲撃は威嚇以外、至近距離でなければ至難の業である。

——しばらくは船で暮らす覚悟だよ、カール。私もシンガポールに馴染むまで、当分はのんびりさせてもらうつもりだから。

そうしてすでに、二カ月が過ぎた。いまだ二発と続けて当たってはいない。

「大丈夫。私が見る限りでは半年だね。ブランはなかなかいい砲手だよ」

ダービーは明言した。

「半年、ですか」

「そう、半年だ。というより二発目だね。二発目が当たれば、彼にとってきっと十発も二十発も一緒だよ」

「僕はいいですけどね。ああまで仲睦（なかむつ）まじいと、家に帰っても居場所はないし」

カールは舷側にもたれて溜め息をついた。

シンガポールに移住して二カ月目に、遂（つい）に音吉はルイーザに愛を告げた。以来、音吉にとってギュツラフの妻、母なるメアリーの思い出が詰まった家は、ルイーザとの愛を育む巣になった。

――これでオトソン&ベルダー商会は、数の上でも仕事量の上でもオトソンが逆転だ。

そのときのカールの言葉は、云（い）い得て妙であった。

「左舷目標、よう揃（そろ）ぅっ」

ダービーの声が響き渡った。

――よお、そろ。

各所から声が返る。

「まあ、帰ったら本気で家を探すとしましょうか」

カールは伝令管の蓋を開けた。

「ブラン、砲撃準備っ。もたもたするなっ」

——とっくに出来てますよっ。いつでもどうぞっ。

口を尖らせたブランの顔が目に浮かぶ。

「ってぇ！」

——ドォォン。

指示に被るように轟音が上がった。

煙にむせながら、カールは浜の彼方に目を凝らした。

浜辺の的が、砕けて散った。


「やあ、今日も賑やかだね」

テロック・アヤのマーケットをルイーザと二人で廻りながら、音吉は終始笑顔であった。

「そうなのかしら。私はもう見慣れたから、そんなには感じないけど」

「賑やかだね。上海より香港よりここは賑やかだ。なんといっても、飛び交う言語の数が違う。今ならわからない言葉はほとんどないけど、聞き分けるのは大変だ。でも、それも楽しいけどね」

　沖合には大型船が何隻も錨を降ろし、近くジョンストン埠頭周辺には小型のプラフ船が無数に行き交い、マーケットは堆く積まれた南国の食品と、ひしめき合う雑多な人々の体臭で噎せ返るほどであった。

　遠くシンガポールまでは清国の動乱も届かない。上海や広東の停滞をよそにシンガポールはますますの隆盛を見せていた。

　南国の太陽は、伸びやかにして暖かな陽差しを惜しげもなく大地に降り注いだ。

　カール、ブラン、宝順丸のいつ終わるとも知れない必死の訓練をよそに、音吉にとっては命の洗濯といってよい時期であったろうか。

　ふと、ルイーザが傍を離れて出店に寄った。マンゴスチンとジャック・フルーツを手に、店主と交渉し始める。流れるようなマレー語である。顔を動かすたびに肩下までの金髪が揺れ、陽光に輝くようであった。

（ここはまったくの、泰平だね）

　音吉は陽差しに手を翳した。

　仕事の方も順調すぎるほどに順調であった。デント商会の社員ではなくなったが上海支店と切れたわけではない。ビールの片腕として、いわば顧問のような立場で定期的に各支店を査察した。このことについて特段の報酬があるわけではなかったが、見返りにビールは自社のシンガポール支店を差し置き、東南アジアの香辛料をオトソン&ベルダー商会に一任してくれた。ペラナカンの張一族とつながる音吉は、もともとスパイスの調達には強みがあった。

そのペラナカン達に、音吉はシンガポール移住と同時に、張一族を通じて清国の糸行や牙帖商人らと同じように無償で高麗人参を配った。

北京での買入を担当したのは徐潤である。徐鈺亭も一緒ではあったが、デント商会の正式な買弁に頼むわけにはいかない。音吉は見習いである徐潤に任せた。見習いといっても、友である開芳の死を間近に見た徐潤はいつのまにか青年への変貌を現し、優れた商人への階段を一気に駆け登り始めていた。

音吉は、上海におけるオトソン&ベルダー商会の買弁を徐潤に決めた。

買入の結果は、音吉が思うより良質の人参が安価にして大量であった。

惜しむことなく、音吉は徐潤の成果をすべてばらまいた。古くからマレーに根を下ろす元は清国商人であり、清国の習俗を頑なに守り続ける彼らは、高麗人参の有り難みをよく知っていた。

ペラナカン達の間で張一族の徳は上がり、オトソン&ベルダー商会は広く名を売った。

徳と評判に勝るものはない。瞬く間に張一族を通じ、ことマレーのスパイスに関してはオトソン&ベルダー商会がシンガポール第一の商社になった。音吉の才覚とネットワークはここでも生きたのである。

加えて、労働力として集まる漕幇の若者や苦力も三百を超え、来年にはラッフルズのジャクソン計画によってチャイナタウンから西に延びる道路の整備事業から、人工と資材の発注を受けることが決まっていた。総額は新式の帆船、アームストロング砲が五十門は買えるほどである。音吉はその利益の大半を、三百人の労働者に追加報酬として分配するつもりであった。清国の苦力に比べれば十倍以上の賃金となる。会社の経費さえ出ればそれでいいと音吉は思っていた。

そうすればきっと、オトソン&ベルダー商会の徳は上がり、評判は清国に届く。

(海を越えて、どんどん出てくればいい。動乱の中で徒に命を落とすことはない。人が、命が、一番高価なのだ)

清国の動乱は、ますます混迷の度合いを増している。弁才船の仲間達、最初の妻エリーゼ、子エミリーに続き、開芳を失い市蔵を失った、それが音吉の偽らざる本音であった。

「お待たせ」

ルイーザが両手一杯の果物を抱えて戻ってきた。

「おいおい、そんなに抱えて大丈夫かい」

「平気よ。でも、ちょっと多かったかしら」

ルイーザは愛らしく舌を出した。

「いったん戻ってから行きましょうね」

「仕方がない。けどまあ、今はまだ慌てるほどの忙しさでもない」

音吉は肩をすくめて歩き出した。実際、他の商社からの妨害も嫌がらせもない。上海で評判のオトソンに最初から諦めたか、シンガポールでどこまでのことをするか静観中といったところだろうか。

「ゆっくりと、のんびり行こうか。それがシンガポールの魅力だしね」

この日の本来の目的は、オーチャードの丘に新築の売り家を見にいくことであった。港通りの事務所の他に、音吉は本社も兼ねた住居を探していたのである。社の発展を見越した社員の補充を考えれば、港通りの事務所はあまりにも手狭であった。

(それよりも何よりも)

ノース・ブリッジ・ロードを歩きながら、一人音吉は陽差しに笑った。

長い航海訓練から夫婦で待つ家に帰ったときの、カールのやるせない溜め息は聞くに忍びなかった。

およそ二カ月後の十月であった。北東モンスーンが吹く、雨季である。シンガポールは十一月から二月頃まで、三日降っては二日晴れるといった日々が続く。

その前にと、音吉はオーチャードの丘に本社兼住居を正式に移した。事務所として使う居間の他に八間を数える立派な邸宅である。母屋の隣には馬屋まであり、広大な庭園には南国を強調するかのように色鮮やかな花々が咲き誇っていた。

この日は、その披露目の日であった。朝からの快晴である。日取りは大まかに決め、四日前にこの日と決めたのは、いまだ衰えぬ海の男の勘である。

朝にもかかわらず使用人や料理人が忙しげに動き回る庭園は、デント商会シンガポール支店長を始めとする招待客で賑わっていた。礼儀を重んじる欧州人は皆、紳士はシルクハットに燕尾服又はフロックコート、淑女はクリノリンドレスである。だからこそ蒸し暑いシンガポールでは、人々は陽の高くない朝に好んで集った。

庭に、カールやダービーの姿はまだない。張家からは元玠大人の子、玉成と志俊がやってきた。ビールや胡雪岩、尤老五にも招待状を出したが、折悪しく参加出来たのは尤老五だけであった。

「爺叔、賑やかしく集めたものだな」

グラスを片手に、旗袍に身を包んだ尤老五が寄ってきた。しっかりとした英語である。声は清国内にいるときより、南国特有の陽気のせいか幾分くだけて聞こえた。とはいえ、尤老五に陽気を感じるのは音吉だけだったろう。目つきの鋭い旗袍の男に、好んで近づく者はほかに誰もいなかった。

尤老五が参加出来たのはこの日のためにわざわざやってきたからではない。この地における組織の拡充を図るべく、尤老五は一月前からすでにシンガポールにいたのである。

シンガポールはすでに、漕幇第二の拠点であった。船員として、苦力としてだけでなく、漕幇本来の賭博やらに従事する者達まで含めれば四百人は下らない。

参会者の中にも、それぞれの社の情報網を以て、尤老五を漕幇の大頭目と知る者は少なからずいるに違いなかった。

「爺叔、宣戦布告の会か」

「ははっ。そんな気はまったくないよ」

「だが、敵意丸出しの目が随分とある」

グラスの酒を舐めながら尤老五は辺りを見回す。何人かはシルクハットの鍔を下げ、何人かは目を逸らした。

「誰に挑むつもりもないけどね。ただ、休暇に等しい期間の終わりを知らせる会ではあるかな」

「商いは戦いだ。休暇の終わりは、戦いの始まりではないのか」

「敵ばかりではないし戦いばかりでもないよ。仲間も出来れば、持ちつ持たれつもある」

音吉は視線を尤老五の背後に向けた。一人の紳士が、ゆっくりと近づいてくるところであった。

「ミスター・オトソンにご挨拶(あいさつ)をと思いまして。ちょっとよろしいか」

深みのある声を受け、尤老五は旗帽(チーボウ)に手を当て、口元に薄ら笑いを浮かべつつ座を譲った。

「初めまして。サッスーン商会シンガポール支店、支店長代理のバクストンと申します。失礼ながら支店長は今ロンドン支店の方に行っておりまして、私が代わりにお招きに与(あずか)りました」

華奢(きゃしゃ)な銀髪の男は、軽く会釈(えしゃく)しながら云った。サッスーン商会は一八三二年、バグダッドを追われたユダヤ人、ダヴィッド・サッスーンがボンベイに移住して間もなく設立した、デント商会にも匹敵する一大商社である。

「初めまして。ジョン・マシュー・オトソンです」

音吉はにこやかに手を差し伸べた。バクストンが握る。柔らかな感触の手の平であった。

「そろそろ、本格的にこの地で商売を始められるのですな。あなたに本腰を入れられたらどうなるのかと、特に私どものような雇われの者は皆、戦々恐々としております」

「はっはっ。まだまだ未熟者です。土地の利を考えるのもこれからですし、かえって皆さんのお力添えを必要とすることの方が多いのではないでしょうか」

「ご謙遜を。清国からの苦力をまとめられた手腕といい、マレーにおける人脈といい、三年といわず港通りに、いったい幾つオトソン&ベルダー商会の倉庫が並ぶのかと、口さがない者達の間では専らの噂ですよ」

バクストンは如才ない男であった。

「やあ、音さん、どなたかな」

「私達にも紹介してくれないか」

張玉成と志俊が、どちらも赤い顔をして寄ってきた。だいぶ酒を過ごしているようである。

「ああ、玉成さん、志俊さん。こちらはサッスーン商会シンガポール支店の、バクストン支店長代理ですよ」

張家の二人にはこれからのことを考え、音吉は来れば胡雪岩や、知る限りの洋商を紹介しようと思っていた。サッスーン商会も悪くはない。

「バクストンです」

「張玉成です。初めまして」

「私は、張志俊です」

三様に名乗り、握手を交わす。

「おお、あなた方がペラナカンの」

バクストンは得心顔であった。

「お三人が揃ったのなら丁度いい。ミスター・オトソン」

音吉を呼びながら向き直る。

「近く、いや明日にでも商売の話をしませんか。我が社はもちろん、ここにいるお二人やオトソン&ベルダー商会にとっても悪くない話です」

「私達にもとは、香辛料に関する話ということですか」

音吉に代わって張玉成が云った。

「はい」

グラス片手に、バクストンは満面の笑みで頷いた。

言葉通り、バクストンがオーチャードの丘を登ってきたのは翌日の、そぼ降る雨の中であった。

出迎えたのは音吉と、是非にも同席したいと願った張家の二人である。商売と聞き、いまだ健在な父の下、第二第三の男に甘んじている二人は貪欲であった。

　音吉はならばと二人を新居に泊めた。今日の雨は、海の男の勘でわかっていた。フロックコートの雨を払い、居間兼事務所に入るなりバクストンは話を始めた。

「前年、我が社は社主ダヴィッド・サッスーンがイギリス国籍を取得しまして。ミスター・オトソン、そのことはご存じですかな」

　音吉は黙って頷いた。バクストンは続けた。

「バグダッドを追われ、流浪に等しい社主にとって、寄る辺の国籍は念願でした。感謝の意も込め、社主は多くのことに貢献し、いずれ大英帝国の爵位をいただけたらと願っております。それにともない、我が社はイギリス国内でも批判の高まってきているアヘンの売買から率先して手を引くことを決めたのです」

「ほう」

　思わず音吉は唸った。叶えられるなら、自分の手で実現したいことであった。

「とはいえ、アジア三角貿易の利は莫大です。手を引くなら引くで、我が社はアヘンに代わる柱を早急に探さねばならない。各支店の長には、全員にそういう指示が出ています」

　英国でランカシャー綿を仕入れてインドで売り、インドでアヘンを仕入れて清国で売る。それがアジア三角貿易である。

ルイーザが銀盆に珈琲を乗せて入ってきた。バクストンは慇懃にソーサごと受け取った。

「生糸、綿花、茶、スパイス、陶磁器。なんにしても、太いルートをお持ちのミスター・オトソンがこちらに移られたのは私にとって幸いでした。加えて、ペラナカンのお二人がご一緒であったのも私の運でしょう。シンガポール支店としては、東南アジアのスパイスを柱にしたいと決めたのです」

張兄弟に視線を移し、微笑みのうちにバクストンは珈琲をひと口含んだ。

「それにしてもアヘンに代わる利をとなると、到底私どもだけで集めきれる量ではありません。そこで、出来ましたら広い人脈をお持ちの、ミスター・オトソンにお手伝いいただけないものかと」

音吉はすぐには応えなかった。

「……私と、デント商会のつながりはご存じですね」

「重々承知の上です」

「それでも、と」

「はい。是が非にも」

「どれほどの量を」

バクストンは静かにカップを置いた。

「少なくとも、今年デント商会と取引された量の三倍は」

「ほう、それはまた」

張玉成が感嘆を洩らした。アヘンに代わるものをと云われれば納得せざるを得ないが、仕入れに掛かる代金だけでも尋常ではない大変な額である。

「お願い出来るのならご助力には報いますよ。集めていただいた商品はすべて、通常の倍の値で引き取らせていただきます」

「ほほう、倍とは凄い。しかし、それでアヘンに代わる利が出るものですか」

これは張志俊の言である。

「ぎりぎりではありますがね。ただ、ミスター・オトソンならご理解いただけるでしょう」

バクストンは音吉を見た。張兄弟の視線も動く。

「そう、たしかにそのまま市場の独占までもっていければ、ヨーロッパでのスパイスはいずれ、サッスーン商会ロンドン支店の言い値ということになる」

「早くて三年後、遅くとも五年後を考えております」

誇らしげにバクストンは胸を張った。

「いかがでしょう」

手に取ったカップに珈琲の波紋を見詰め、音吉は即答しなかった。

自立した商社としてデント商会以外に相手先を広げる機会ではある。内容も悪い話ではない。どころか、またとない商機でもある。

機会であり、商機であり、だが――。

「いい儲け話じゃないか。音さん、何を考える」

音吉の思考を断ち切ったのは張家の弟、志俊の声であった。

「私が集めるよ、任せてくれ。音さんのお陰で我ら一族の徳は、今やマレーでも一、二を争うほどだ。大丈夫。倍までならこの場でも確約出来るよ。足りなければ、マレー以外から掻き集めてもいい。オトソン&ベルダー商会と我らの名は、音さんが思う以上に東南アジア全域に広まっている」

張志俊は胸を叩いた。どうやら音吉の迷いが量の確保にあると思ったようである。

音吉は兄の玉成に視線を流した。玉成は、咳払いしつつ音吉の方に身を寄せた。

「弟がやる気になっている。私も、これが上手くまとめられれば、やっと父の陰から日向に出られるような気がする」

「兄の云う通りだ。音さん、やろう」

兄の声は低く、弟の声は大きかったが、含まれる熱意の総量はどちらも変わらなかった。

この兄弟なら間違いなくそれだけの量を集めるだろう。

　それにしても、しかし。

　――儂は、十分に生きた。もう長くはないだろう。音さん、儂の意志はこの二人が継ぐ。ともに栄えんことを、よろしく頼む。

　初見のシンガポールで聞いた、張老人の声が耳の奥に響いた。

(久しくあなたにもお会いしていませんね)

　音吉の逡巡を、幻の張元玠が決断に後押しする。

(逆らえないかな)

　苦笑しながら、音吉はバクストンに正対した。

「ミスター・バクストン、契約書はボンベイの本社作成のものをいただけますか」

「おお、では」

　バクストンの驚喜に音吉は頷いた。

「二人がこうまで乗り気では仕方ありません。ここで断ったら、二人との後々の商売にも影響が出かねませんしね」

　音吉は立ち上がり、威儀を正してバクストンに手を差し出した。

「オトソン&ベルダー商会は、契約書の取り交わしを以てサッスーン商会シンガポール支店の依頼をお受け致しましょう」

　握るバクストンの手の平は、雨季の湿気のせいか、やけにじっとりと汗に濡れていた。

のちになって音吉はこの日、この一時の商談の迂闊さを後悔する。

間近に見る張兄弟の熱意、幻に聞く張老人の声、それだけではあるまい。サッスーンという一大商会がアヘンと手を切ることへの賛意、バグダッドを追われたダヴィッド・サッスーンと自分の境遇の類似、それだけでもあるまい。

ある意味、すべてを一つに溶かす南国の陽気に、音吉は負けたのかも知れない。

そもそもの音吉の引っ掛かりは、サッスーン商会の商売そのものにあった。

アジア三角貿易。音吉が扱わないというだけで、デント商会でもジャーディン・マセソン商会でもそれは平然と行われている。ただし、デント商会もジャーディン・マセソン商会も、アヘンを降ろした港から船に清国の品を満載してマラッカ海峡を越え、ヨーロッパに向かった。唯一、サッスーン商会だけが空船であったのだ。つまり、サッスーン商会は清国の品に価値を見ない商社、アジア三角貿易、アヘンだけで巨万の利を生み出す商社であった。

果たしてそんな商社が、本当にアヘンを捨てられるのだろうかと思いながら、ないとは云いきれないから逡巡した。現に、音吉は捨てた。デント商会上海支店は捨てられたのだ。

（あとで力松とビールに裏を取ろう。場合によっては、尤老五に動いてもらってもいい）

今出来ることは、まずはそこまで。音吉はいったん、このことについて考えることを止めた。対処の柔軟性は、浅からず深すぎぬ思考から生まれるのだ。

契約についての細部を摺り合わせ、デント商会シンガポール支店長を立ち会い人に頼み、音吉とバクストンは仮契約書にサインをした。正式な契約は年を跨ぎ、一月初旬になる予定であった。約三月の間隔はボンベイ本社からの、ダヴィッド・サッスーンが一筆入れた本契約書を待つ期間である。

張兄弟はマレーに帰り、この間にもペラナカンの取りまとめに飛び回り始めていた。スマトラの奥地にまでも足を延ばし、成果は上々のようである。

この年の暮れ、六カ月を過ぎても、宝順丸がジョンストン埠頭に帰港することはなかった。が、代わりに一艘のプラフ船が、カールの手紙を音吉にもたらした。

――すっかり海に馴染んだので、もう少し船にいることにします。ついては廃船に近い小型のボロ船でいいので、十艘ばかり買って港に繋いでおいてくれませんか。

何も考えず、音吉はすぐさま手配した。船はその後、気がつくとカールの受領書だけを港通りの事務所に残し、一艘二艘となくなっていた。

宝順丸は宝順丸で、なにやら忙しそうである。

この年の暮れまでにオトソン&ベルダー商会は、イギリス人の社員を新しく二人加えた。

力松もビールも、バクストンの言葉を肯定した。サッスーン商会では、どの支店もアヘンに代わる商品を血眼になって探しているようである。

——アヘンしか扱ってこなかった商社だからね、急にというか、今さらなにかを売買しようとしても、そうそういい芽があるわけもないけどね。

ビールは手紙の最後をそう締めた。

——アヘン商ですけど、ダヴィッド・サッスーンは人物ですよ。慈善事業にも積極的で、近年、バグダッドにユダヤ教に基づく大きな学校も設立するそうです。そういえば、ご存じでしたか。音さんの友人の胡雪岩さんも同じですよ。彼も、今年だけで各地に十は橋を架けました。無償でね。

力松の報告である。

それを踏まえて一月初旬、オトソン&ベルダー商会とサッスーン商会は正式に契約を結んだ。

商品の納入場所はテロック・アヤのマーケットにほど近いサッスーン商会シンガポール支店、納入期限は、六月末日の日没であった。

この年、三月に入っても宝順丸は帰ってこなかったが、プラフ船がまたカールの手紙を運んできた。

――宝順丸は快適ですよ。ダービー船長も生き生きとしています。ついてはまた廃船を、今度は二十艘ほど手配してくれませんか。

何をしているのかは知らないが、音吉はカールやダービーが羨ましかった。

南国の陽気にもシンガポールという土地にも慣れた今、無性に海に出たかった。

同月下旬、上海の徐潤からこの年の高麗人参が届いた。価格は変わらなかったが、質も量もまた上がっていた。音吉はすべてをマレーに送った。少しは、張兄弟の助けになるだろう。

四月になって、その兄弟から知らせが来た。

――五月中にはマラッカからシンガポールに向けて、十分以上の量を載せた船が出せると思う。そのあと、デント商会の今年の分に掛かる。

ひと月の余裕を持って、船が着く。マレー語で書かれた玉成の文字も躍っているように見えた。

サッスーン商会との商売は、なにごともなく順調であった。

このときまでは。

五月に入っても、宝順丸は帰らなかった。

五月下旬、清国とマレーからの船が相次いで港に入った。昼前に着いた清国からの船には、尤老五と百人からの漕幇の者達が乗っていた。この年の半ばを過ぎれば、チャイナタウンから延びる道路の整備が始まる。尤老五が連れてきたのは、苦力としてオトソン&ベルダー商会が出す労働力の追加分であった。

「爺叔、どうだ、俺の見込んだ男達は」

「みんな、やる気十分のようだね。いい顔をしている」

どの男の目にも、異国における不安を打ち消してあまりある期待の光があった。

「そうだ、大頭目。今回は長くいられるのかい」

「奴らの仕事始めを見ていこうとは思っている」

「ならちょうどいい。六日前に手紙が来てね。今日の午後、マレーからスパイスを積んだ船が入る。大型船十数隻を連ねた船団がね。壮観だが、荷下ろしがまたひと苦労だ。手伝ってくれると有り難い」

「ふっふっ。有り難いも何も、最初からそのつもりなのだろう」

「はっはっ。実はその通り。だから、人手は用意しなかった」

輝く陽光の下、照り返す波の煌(きら)めきを浴びながらの会話であった。

だが実際には、午後になってやって来たマレーの船を見て、音吉、尤老五ともに眉をひそめた。

船は船団などではなく一艘で、かつ到底アヘンに代わる量のスパイスを積んでいるとは思えぬ小さな船だった。

やって来たのは久し振りに見る張家の主、張元玠と張玉成である。志俊の姿はなかった。

「……音さんと、漕幇の、大頭目、か」

玉成に肩を借りながら船を降りる張老人の声には力がまるで感じられなかった。年相応以上に、身体全体も見るからに枯れ果てていた。憔悴、であったろうか。玉成が一度も音吉を見なかった。

「儂は、君に詫びを、云いに来た。詫びて許される、ことではないと思うが、それでも、詫びを、云いに来た」

喘鳴に近い声である。目に、命の光自体が乏しかった。

「志俊が、死んだ」

船旅がこたえたのか、張老人はそれだけ云うと玉成の手を離れて桟橋に倒れた。

音吉と尤老五が事の一部始終を聞いたのは、張老人を運び込んだカニング・ライズにある病院の廊下で、玉成からだった。ギュツラフの妻メアリーも、音吉の娘エミリーも見取ってくれたイギリス人医師、ロバート・リトルの病院である。

話し終え、玉成はがっくりと肩を落とした。

「奪われた、と。スパイスを」

音吉は、自身の声をどこか遠くに聞いた。

「……そう。たぶん、大半を」

手持ちの船、仲間の船、計十五隻の船を連ねて張兄弟が意気揚々とマラッカを出航したのは、十日前のことであったという。志俊が乗り込んだのは先頭の船である。玉成は最後の、少し遅れて帆を張った船に乗ったらしい。

一〇〇マイルほどの船旅である。荷を満載の船足を考えても丸三日あれば楽にシンガポールに到着するはずであった。

異変が起こったのは、翌日の午後のことであった。小島が点在する遥かな航路の先から、いきなり巨大な帆船が姿を現したのだ。

――船籍を示すものはなにも掲げていなかったが、海賊船（かいぞくせん）では有り得なかった。それほど、立派な船だったのだ。

張玉成はそう云った。

巨大ではあったが潮も風も得ていたようで、船は見る間に船団に近づいてきたという。胸騒ぎはしたが、腹にスパイスをたっぷりと詰め込んだ船は簡単に動かせるものではなかった。そうして。

――撃ってきたのだ、大砲を。先頭を行く弟の船は、ひとたまりもなかった。弟も、ひとたまりもなかった。船尾最上後甲板で何かを叫ぶ弟の頭が吹き飛んだ。

砲撃は二隻目と三隻目にも立て続けにあって、そこで止まった。

――船から降りろと。あれはたしかに、その猶予としか思えない。

玉成は船長らに引きずられるようにして、避難用のボートに強引に乗せられた。船団から急ぎ離れるボートの上で、火薬に引火したのだろう爆発とともに燃え上がる弟の船を涙ながらに玉成は見たらしい。

――二隻目と三隻目はわからないが、おそらく弟の船は沈んだだろう。

大型船十四隻に詰め込めるだけのスパイス。四隻でちょうどデント商会扱いの一年分だと音吉は聞いていた。それが十四隻。約三年半分のスパイスが奪われた。

「置き捨てにして、仲間の船も失った。我が一族は、徳も含めてすべてを失った」

玉成は頭を抱えてうずくまった。

「出航の日時と航路を知る者は」

見下ろして音吉は聞いた。隣の尤老五は黙したままであった。

「出航の十日前からは父と私と志俊。三日前からならそれに各船の船長。あと、音さんとサッスーン商会のバクストンさんには手紙で」

「バクストン、ね。彼にも教えたんですか」

「そう。四月頃からスパイスの船出が待ちきれないと、何度もマラッカに顔を出していた。出航の日取りが決まったら是非教えてくれと、見に来たいと」

「それで、見に来ましたか」

「来た。出航の三日前に」

音吉は、溜め息しか出なかった。病院の白い天井を見上げる。しばらく誰も動かなかった。

病室の扉が開き、中からロバート・リトルが出て来た。難しい顔をしていた。

「玉成さん、まずは老人の看護からだ。あなたがしっかりしなくてどうするんですか」

背を叩き、音吉は玉成を病室に押し込んだ。

リトル、尤老五と並んで玄関に向かう。

「ドクター、張老人の具合は」

「老骨に、随分とひどい鞭を振るったものだ」

リトルは音吉の問いに首を振った。

「君関わりの、三人目になるだろう」

とは、メアリー、エミリー、張元玠ということか。

「私は、無力だね。君は立派な商人なのだろう。出来たら私に、命を売って欲しいものだ」

重い言葉であった。逆に云えば、音吉は今までリトルの元に、死ばかりを運んできた。

張老人をくれぐれも頼み、音吉は尤老五と病院を出た。陽差しは、内に暖かさを運ばなかった。

「やられたな、爺叔。サッスーン商会に」

「ああ、やられた。客と仕入れ先を一堂に会すると、直接取引以外にこういう事態も起こるんだね。ははっ。商売はまだまだ、奥が深い」

「どうする、爺叔」

「もちろん取り戻す。限られた一月の間でね。荷下ろしの仕事はなくなったが、もっと厳しい仕事が出来たね、大頭目」

「何をすればいい」

「マラッカとシンガポールの間をマレー側、スマトラ側の別なく、海から陸から、ペラナカンの船と巨大船の探索」

「まだ、海峡にいると」

「海運局や馴染みの商船の連中にも当たっては見るが、海上で膨大な量のスパイスを、しかも破損した船も含めた十四隻から積み替えるなんて離れ業は目立って仕方ないだろう。必ずどこか、人目につかない入江や浅瀬に寄っているよ。寄って積み替えに汗を流しているはずだ。それも、十日やそこらで終わる作業じゃない。各地の市場や村で、食料や水を大量に買い込むこともあるかもね」

「今いる五百では足りないかもしれん。時間は掛かるが、香港からも動かすか」

「頼む」

「報酬は高いぞ」

「構わない。契約書では、集めたスパイスの量が取り決めより足りない時は、あちらの売値で不足分を支払うことになっている。足りないどころか、一粒の胡椒さえ私にはない。期日を過ぎれば、私は間違いなく破産だ。大頭目、足下を見てくれていいよ」

「精一杯にはやる。だが爺叔、破産のときの報酬はどうなる。七百人からを動かして無償というわけにはいかない」

仕事である。情で何百人は動かせない。当たり前の話だ。

「万が一の時は大頭目、道路の仕事をそっちに譲る。そのために道路の仕事はそれとなく、いつでも私の商会から切り離せるようにしておくよ」

「わかった。あとでペラナカン達の船の形と大きさ、船名などわかる限りのことを教えてくれ」

病院に隣接するアルメニアン教会の鐘が厳かに鳴り響いた。
何を鎮め、誰を導く。
音吉は尤老五と二人、尖塔の十字架を見上げながら鐘を聞いた。

海運局や商船、寄港中の軍艦にも奇妙な船団のことは確認した。誰からもどの船からも、返ってくる答えは同じであった。

見ていない、と。

漕幇の男達は尤老五の檄の下、一斉にマレーとスマトラの各地に散った。

自分だけのことではない。張一族と仲間のペラナカン達、それに今ではルイーザが、妻がいる。会社を率いる、家庭を持つとは、やはり大変なことである。平静を装いながらも音吉は眠れぬ夜が続いた。

何食わぬ顔のバクストンがオーチャードの丘を登ってきたのは、六月に入ってすぐのことであった。

「少々心配になりましてね。こうして参上致しました」

サッスーン商会に嵌められたことを、すでに音吉が理解しているとわきまえた上での来訪なのだろう。バクストンの薄ら笑いには親愛の情は欠片も見られなかった。

「マラッカで張さん達の出航を見送らせていただいてからもう十日です。なのに未だ船団は姿を見せない。いったいどうしたのでしょう」

「何、ご心配には及びませんよ。近くの港に立ち寄って品物の検品をしています。粗悪な物をお渡しするわけにもいきませんし、第一シンガポールに来てもそれだけの量は我が社の倉庫に入りきらないのでね」

「それを聞いてひと安心です。ならば、我が社の倉庫をお使いになればよろしいのでは」

「いえいえ、そんなご迷惑をお掛けするわけにはいきません。倉庫を確保しておかなかったのは、駆け出しでもやらない私の不手際ですから」

「いやいや、駆け出しということもないでしょう。私も今お聞きするまでうっかりしていました。我が社の倉庫もそれまでに空きを確保しておかなければなりませんね」

上っ面の、薄っぺらい探り合いが続く。

「で、いつ入港する予定ですか。準備をしなくては」

「さて、薄暗い船倉での膨大な検品ですからね。いつと仕切るのはちょっと難しいですね。ただ、期日には間違いなくとだけ云っておきましょうか」

「そうですか。御苦労なことですな。そうだ」

バクストンはわざとらしく手を叩いた。

「それならそれで、私も船の皆さんを労いに行きますか。ミスター・オトソン、船はどこの港に」

バクストンが身を乗り出す。

「それはお教え出来ません」

音吉もバクストンに顔を寄せた。

「なんといってもお引き渡しするまで、荷は我が社の物ですから」

「……用心、ということですかな」

「商人の心得でしょう」

バクストンは口元を歪(ゆが)めて立ち上がった。

「六月末日日没の期限、お間違えなきよう」

シルクハットを雑に被(かぶ)る。

「そうそう、その日は午後も早めに、港通りのサッスーン商会においで下さい。ともに日没を確認しましょう。その頃には、我が社の支店長もロンドンから帰っているはずですから」

その日まで、いや、その日になっても入港しないと決めてかかっている。あからさまな挑発であろうが音吉は無視した。切り札を握るのは向こうなのだ。

バクストンは足音も軽く出ていった。

しばらくして音吉も重い腰を上げた。カニング・ライズの、リトルの病院に向かうためである。
何があっても日に一度は、病室に張老人を見舞うことだけは欠かさなかった。

六月も半ばを大きく過ぎた頃であった。音吉はソファに座り、天井の一点を見詰め続ける日々が大半であった。

隠せぬやつれは顔にも表れていたが、ルイーザは何も云わなかった。商人の妻として、けなげに耐えているに違いない。

窓から差し入る夕陽の眩しさに、音吉はソファから腰を上げた。

庭に出る。爽やかな風が吹き渡っていた。大きく息を吸う。潮の香が身体中を解きほぐすようであった。

「爺叔、やっと見つけた」

近く、尤老五の声が聞こえた。庭の置き石に、いつの間にか尤老五が腰掛けていた。旗袍も旗帽も人脂が浮き、顔は垢にまみれていた。大頭目自らも動いてくれたようである。

「見つかったかい」

「見つかった。爺叔が云っていたように、補給の線から辿ったら見つかった。俺も近かったのでな、自分で確認もした。スマトラのベンカリスの奥、際まで樹林で覆われた入江に、聞いたペラナカンの船十四隻と船籍不明のでかい船があった。敵ながら、よくあんな入江を見つけたものだと感心する」

「そうか」

膝(ひざ)の力が抜けた。音吉は玄関先に尻(しり)から落ちた。

「見つかったか」

「張家の長子が云っていたように、サッスーンの船は実際大した帆船だった。宝順丸の三倍はある」

宝順丸は五六四総トンである。その三倍というならば一五〇〇総トンを超えるのか。たしかに、巨大な船であった。

「それと、調べているうちにサッスーン商会についてもおかしなことを聞いた。それも含めて、いいかな」

置き石から立ち、尻をはたく。音吉は尤老五を迎え入れた。

居間に入り、海図を広げて詳細を聞き、音吉は尤老五を玄関に送った。すでに、陽はとっぷりと暮れていた。

「御苦労様。今日くらいゆっくり休んでくれ」

「なんのことはない。それより、この先の手だ、爺叔」

「考えるよ、じっくりと。大頭目は取り敢えず、出来るだけ多くの手をその近くに潜ませておいてくれ」

「わかった」

「向こうに、気取（けど）られないようにね」

「無論だ」

尤老五は星空を見上げた。

「星の瞬（またた）きほどにも、気付かれることなど有り得ない」

夜道に尤老五を送り出し、音吉は居間のソファに座った。パイプに煙草（たばこ）を詰め吸い付ける。

（さて、次の手、詰めの手、か）

天井を見上げ、音吉は動かなくなった。ありとあらゆる想念が湧くが、一つにまとまることはなかった。パイプに煙草が燃え尽き、朝が来て昼が来ても、音吉は一点を見詰めて動かなかった。やがて夕陽が、居間兼事務所に前日同様の影を生む。

そのとき、いきなり玄関が荒々しい音を立てて開いた。

「やあ音さん、探しましたよ。二人に当てられないで済むから僕は有り難いけど、随分とまた立派な家に引っ越したんですね」

聞き覚えはあったが、考えに考え続けた一昼夜の思考漬けに、現実感が伴わなかった。

音吉は目を細めて玄関に当てた。夕陽を背に受け、三つの影が立っていた。

「六カ月で目標には達しましたよ。どうせなんで動く目標もってことになって遅くなったけど、ねえ船長」

「ああ。ここまで上手くいくとは思わなかったがね」

「なあ、ブラン」

「はいっ。宝順丸は、無敵です！」

昨日もそうだった。今日もそうだ。赤い夕陽が吉左右を、オーチャードの丘に連れてくる。

音吉はソファから立ち上がった。

「お帰り。カール、船長、ブラン」

中に入ってくる三人は、背後から夕陽を受けるからだけでなく影に近かった。三人とも陽に焼けて真っ黒な、実に頼もしい海の男であった。

奥からルイーザが現れた。

「やあルイーザ。ただいま」

カールの声を聞くなり、ルイーザはその場に泣き崩れた。

「なんだよ、そんなに嬉しいか――って、どうやら、そんな様子じゃなさそうだな」

カールの声から陽気が消えた。

「そうだな、音さんもやつれがひどいようだ」

ダービーがゆっくりと音吉に近づいた。

「さて、私達が留守の間に何があったか、聞かせてもらおうか」

「なに、大したことじゃないけどね」

音吉は肩をすくめてソファに座り直した。

「船長達が帰った以上、実に大したことじゃない」

音吉は久し振りに、自分が心底から笑えたような気がした。


音吉はこれまでの経緯(いきさつ)を三人に話した。へえ、ほうと、話の間中騒がしかったのはブランである。カールは終始にやつき、ダービーは腕を組んで無言であった。

「へえ、三倍ね、そうかそうか、へえ。——なら、さて」

話が終わると、カールが勢いよく立ち上がった。ダービーも腕をほどき腰を上げる。

「そうだな。行くとするか。まずは、今頃酒場でくだを巻いてるに違いない奴らを船に引きずり戻さないとな」

「ええっ。もうですか」

ブランだけが座ったまま二人を見上げた。

「砲撃だけか、お前は」

カールがブランの頭を小突いた。

「期日のことを聞いただろう。一分でも二分でも、動き出しは早い方がいいに決まってるじゃないか」

カールの言葉の間にも、ダービーはすでに玄関近くまで歩いていた。ブランが慌ててソファから立つ。

玄関でダービーが振り返った。

「音さん。砲の点検、弾薬の補充、薪水の補給をしたら行くよ」

「そう、明日の夕刻までには間違いなく出られます」

カールが胸を叩いた。

「なんたって一番面倒臭いのは、酔っぱらいの大男達を船に担ぎ上げることですから」

ブランは軽口で、カールにまた頭を小突かれた。

「船長、カール、ブラン。くれぐれも気をつけて」

代表して答えたのはダービーだった。

「音さん、船長としてブランの言葉を借りるのも恥ずかしいが、その通りなのだ。宝順丸は、無敵だよ」

ダービーの笑顔には、一点の曇りも感じられなかった。

まずダービーが外に出、カールが続き、ブランが続く。

音吉はこの夜、久し振りに深い眠りを貪った。夢さえ見ない眠りであった。

翌日、音吉は朗報を携えてリトルの病院に張老人を見舞った。

「頼もしい社員達が大丈夫と云い切って船出しました。ご安心下さい。張一族の財産も徳も、きっと守ってくれますよ」

謝謝、謝謝と、何度も繰り返しながら張老人は涙を流した。玉成も泣いた。

そして三日後、執念を灯火に燃やし続けただけの命であったのか、張元玠はアルメニアン教会の鐘の音に送られ、眠るように息を引き取った。

晴れて穏やかな死に顔であった。


尤老五から詳細な位置を聞き、翌日の昼過ぎには帆を上げた宝順丸がサッスーン商会の船を見つけたのは、三日後であった。迷うことはなかった。漕幇七百人の情報は正確であった。

「なるほど、あの船か」

離れた小島の蔭から突き出したバウ・スプリットの上に立ち、ダービーは望遠鏡をカールに手渡しながら呟いた。

「ほっ。聞く以上にでかい船だなあ」

覗きながら云うカールの口元に、しかしあるのは笑みである。

「けれどな、カール」

「わかってますよ、船長。船の能力は、でかさじゃありません。一年掛けて、何度聞かされたと思ってるんですか」

何も云えず、ダービーは突き返される望遠鏡をもう一度覗いた。

未だ遥かな先、外界から遮断されたような入江の奥に、縮帆したペラナカンの船十四隻と一五〇〇総トンと聞くサッスーンの船があった。チャン塗りも黒々とした、五本マストのスクーナーである。ペラナカンの船もたいがい大きな船であった。宝順丸よりも大きいだろう。が、サッスーンの船はそれを遥かに上回った。ダービーが見る限り、一八〇〇総トンは確実にある船であった。

「風は、入江から沖か」

バウ・スプリットを降り、ダービーは最上後甲板、船長の位置を目指した。カールが後ろをついてくる。

「ゆっくりと近づいてタッキングで返す。ここからなら、左舷から右舷だ」

「了解っ」

カールがダービーを追い抜いて走る。向かうのは後甲板、伝令管の前である。

「ブラン、左舷からいくぞ。準備だ」

──わっかりましたぁ。

二人の遣り取りを過ごして最上後甲板に上がる。宝順丸のすべてが見渡せた。

(不思議な巡り合わせだが、悪くない)

ダービーは潮風を胸一杯に吸った。

「キャプスタン回せっ。錨を上げろっ」

破鐘の声が一瞬にして宝順丸の隅々にまで緊張をもたらす。

──せぇっ。

遅滞なく甲板上が騒がしくなる。

「総帆下ろせっ。進路は前方、目標は入江のスクーナー！」

──せぇっ。

「タッキングで左舷からっ。セールの角度、合わせ！」

──せぇっ。

次々に帆が開き、かすかな揺れとともに宝順丸は白波を切って滑り始めた。

(いい船だ。そして、いい船乗り達だ)

最新の大砲だけが武器ではない。だから無敵だと、ダービーは一人頷いた。

島影から姿を現し、宝順丸はゆっくりとした速度で入江に近づいた。サッスーンのスクーナーが展帆し始める。望遠鏡を覗けば、甲板上の慌ただしさも見て取れた。見つかるわけはないと高を括っていたのが見え見えであった。

宝順丸は斜角からスクーナーを目指した。タッキングとは風上に向かっての廻頭法である。やや船首に角度をつけて風上に向かい、風を受ける舷が反対に変わったところで素早くセールを操り、一気に変針するのである。狭い水面の範囲で、かつ短時間で廻頭が済む利点はあったが、その分水夫に高度な熟達が要求される方法であった。

（問題ない）

ダービーの信頼は盤石にして揺るがない。

「船長っ。そろそろですかっ」

やがて、肉眼でもはっきりと船影が見て取れるようになる頃、カールが伝令管の前から声を張った。

ダービーは一度望遠鏡を覗き、空に風向きを確かめて深く頷いた。

「カール、まず挨拶しようか」

カールはにやりと笑って伝令管を開いた。

「ブラン、挨拶だ。任せる。適当にな」

――はい。お任せ。

数瞬後、アッパーガンデッキから砲音が上がり、遥か彼方の海面に水柱が立った。

宝順丸と巨船の、中間にも届かない辺りである。

　ダービーは望遠鏡を覗いた。巨艦が展帆を止め、ふたたび帆をたたみ始めていた。アッパーガンデッキは主砲の位置である。敵艦の射程が短いとまともな船長なら考える。再度の縮帆は、船の揺れを極力抑え、自艦の射程に入ったら叩き潰すという意思の表れに違いなかった。

「いい感じですね、船長」

　カールの楽しげな声が聞こえた。

　狙い通りだった。敵はダービー発案による、宝順丸の攻撃手順にまんまと嵌まったのだ。

「ああ、予定通りだ」

　ダービーは訓練の途中で、副砲として下層に置いたカロナーデ砲を両舷のアッパーガンデッキに三門ずつ上げ、アームストロング砲と交互に並べたのだ。今撃った挨拶の砲は、そのカロナーデ砲によるものであった。

　ダービーはもう一度風を確かめた。

「よし、風が移るぞっ。これからが本番だっ」

　ダービーは腰溜めに望遠鏡を仕舞った。

　――せぇっ。

　揃った声が伸びやかに響く。緊張感を保ちながらも声には自信が漲って聞こえた。

「檣楼(しょうろう)総員、もたもたするなよっ。風をつかまえるぞっ」

——せぇっ。

カールが伝令管を開く。

「ブラン、右舷っ。廻頭したら本番だ！」

——もうやってますよっ。

頼もしい、実に頼もしい仲間達だ。この仲間といる限り、ダービーは誰にも負けることはない。

風が左舷から船首に移る。

「よしっ！　廻頭一気。ハード・ポート！」

——せぇっ。

鮮やかな手並みで帆が伸び、縮み、帆桁(ほげた)に角度が与えられる。

宝順丸は瞬く間に敵艦の位置を左舷から右舷に変えた。

「ヒーヴ・トゥー」

ヒーヴ・トゥーとはセールとヤードの角度を順逆に調え、錨を降ろさずその場に留まる手段である。

——せぇっ。

軋(きし)みをあげて宝順丸が足を止める。

「よお、そろぉっ」

腹の底から絞るダービーの声が甲板に響いた。

――よお、そろっ。

一斉に満足げな、海の男達の声。そして続く、一瞬の静寂。

厳密に云えば、ダービーの仕事はここまでであった。

「ブラン、ガンポート開けっ」

カールの声が緊張し始める。

――終わってますっ。

「なら砲身出せっ。ぐずぐずするなっ。フォア、メイン、スパンカー、ええぃなんでもいい、とにかくマストだ、ぶち折るぞっ。角度合わせ！」

――メイン、ミドル、ジガーに照準。準備万端！　先をどうぞっ。

ダービーは知らず、頬に笑みが浮かぶのを覚えた。一年聞き続けた、いつもの会話。変わらずいつもであるからこそ、訓練と実戦に境がない。

なら万全。アームストロング砲は、必ずや敵方を粉砕する。

「ってぇぇぇっ」

カールが腕を右舷遥かに伸ばす。

――ドォオオオン。

三門の砲が爆音を響かせ、大気を揺るがして火を噴く。

「ごほっ。けっ。どうだぁぁっ」

煙の中でカールが噎せながら叫ぶ。

砲弾の行方を見定めるべく、ダービーはゆっくりと望遠鏡を手に取った。


約束の日は、ついに来た。

「心配いらないよ。船長達も一緒に、今日はきっと賑やかな夕食になる」

バクストンとの約束通り午後も早い時間に、音吉はルイーザに送られてジョンストン埠頭に向かった。

いまだ宝順丸は帰らないが、音吉の信頼は揺るがない。きっと、たとえ一分一秒前になっても変わらない。帰ると云ったら必ず帰るのだ。それが、海の男というものである。

――おっ母ぁ。大丈夫、元気で帰るから。

突然、故郷の浜辺が脳裏に浮かんだ。

「ふふっ。そう云って帰れなかった私が思うのもなんだけどね」

セントアンドリュース・ロードを抜け、シンガポール川を渡って港通りに出る。言語を混じり合わせて賑やかなテロック・アヤの熱気や喧噪は、冷めもせず遠くもならず、音吉の目に耳に変わらず繰り返す日常であった。

「そう、何も変わらない。いつも通りの一日だ」

日常に接して普段を感じられるのは、自分が冷静であるからだ。それを確かめ、音吉は強く頷いた。

人混みを掻き分け、オトソン＆ベルダー商会の二倍はありそうな建物の前に立った。それがサッスーン商会シンガポール支店であった。胸をくつろげ、大きく息を吸う。太陽が左側から眩しかった。陽がだいぶ傾き始めていた。

「やあ、ちゃんと来ましたね。それだけでも大したものだ。支店長はそういう男だと云っていましたが、私は半信半疑でね。さあ、こちらへ」

扉を開けると、慇懃無礼を隠さないバクストンが待っていた。案内されて通されたのは立派な応接室であった。西と南に開かれた大きな窓から差す朱い陽を背に、一人の男が待っていた。目を細め手を額に翳すが、男は人型の影のままであった。

迎える側が時間によっては影になるような配置は普通ならしない。目を床に落とせば、ソファを引きずった跡があった。もったいぶった演出なのだろう。音吉は聞こえぬように溜め息をついた。変わらぬ性根。小者にたかる、蠅の性根。

バクストンが男に寄った。

「やあ、ミスター・オトソン。一別以来ですね。私を覚えていますか」

男が立ち上がり、近寄ってきて手を差し出した。左手であった。触れるだけの握手を交わす。

「覚えているよ。変わらないね、ゴーランド君」

「変わりましたよ。私は腕をなくした」

男は元ジャーディン・マセソン商会上海支店の、ゴーランドであった。市蔵に右腕を斬り飛ばされた男である。

覚えているというより、音吉はすでに知っていた。

――船探しの途中でアヘンの栽培場に幾つか立ち寄った。主達は皆、サッスーンのシンガポール支店長のことを〈片腕〉と呼んだ。気になって部下に探らせてみたら、ジャーディン・マセソン商会の名が出てきた。おそらく、あの男だ。

それが、船団の発見とともに尤老五から上がってきた報告であった。

勧められるままにソファに腰を下ろす。陽の角度が変わり、ゴーランドの顔がはっきりと見て取れた。

口元から顎に掛けての髭は変わらなかったが、顔つきは変わっていた。頬が驚くほどに削げていた。肉の厚みもかつてに比べれば半分ほどか。眼光だけが、以前よりも鋭く精気を窺わせた。

「こんなですからね、ジャーディン・マセソン商会をお払い箱になったあと、いや苦労しましたよ」

　ゴーランドは云いながら右の上腕をさすった。

「運良くサッスーン商会に拾われてからは無我夢中でね。片腕などと揶揄されながらも、どうにかシンガポールの支店長にまでなりました。あなたは小者の小者とも蝿ともおっしゃいましたが、これでなかなか私も優秀なのですよ。私はあれから――」

「ゴーランド君」

　音吉はゴーランドの前で手を振った。

「そんな話は誰にでもある。苦労を前面に押し出すうちは、やっぱり小者の小者だよ」

　ゴーランドが針のような視線を投げ掛ける。音吉は平然と見返して受けた。

「だが、随分と入念な仕掛けだった。それだけは認めてあげよう」

「お褒めにあずかり」

「全支店を巻き込んだのだね。ダヴィッド・サッスーンも了承済みか」

「いえ、息子のイリアスの方です。むしろ進んで動いてくれました。イリアスも、ことさらにアヘンを毛嫌いするあなたを快く思っていなかったようですよ」

「イリアス。上海にいるサッスーンの二男か」

　イリアス・ダヴィッド・サッスーン。後に清国に長く繁栄する新サッスーン商会を興す男である。

「ええ、清国の支店はあそこが中心です。イリアスがこうと云えばこうなのでね。仕掛けといっても楽なものでした」

ゴーランドとサッスーン商会のつながりも、元を辿れば上海か。

「アヘンと云えばあなたも乗ってくるだろうと思っていましたからね。実際、釣れたときは実に痛快でした」

この一言で優位に立ったと思ったのか、ゴーランドはわざとらしく足を組んだ。

「私がロンドンに行っていたのは本当ですよ。一人で、全支店分のランカシャー綿の仕入れにね。当然、それはすべてボンベイ本社に運んでアヘンに換えます。嘘の話で懸命になってスパイスを集める者達がいて、常の変わらぬ仕事として綿を買い付ける私の対比。往復の船の上では笑いが止まりませんでしたよ」

音吉は溜め息とともに首を振った。

「何人もの人が死んだよ」

「関係ありません。何人死のうが私の右腕より重いはずはない。あなたの命より重いはずはない。バクストン」

ゴーランドは見ずに呼んで肩越しに左手を出した。控えていたバクストンが何かを運んできて渡す。

「さて、無駄話はここまで。ミスター・オトソン、商売の話をしましょうか」

テーブルの上に広げられたのはかつて見た、サッスーン商会が使う革張り(かわば)の契約書であった。

「ここに記載された条件を呑(の)むのなら、サッスーン商会としてはスパイスに関する契約を破棄してもいい」

音吉は書面に目を落とした。

〈オトソン&ベルダー商会の財産と取引のすべてと引き替えに、マレーの故張元玠とその一族に対するオトソン&ベルダー商会の債務の半額を弁済し、なおかつサッスーン商会とオトソン&ベルダー商会の間で結ばれた契約を破棄する〉

要約すればそんな内容であった。

「値切ったものだ」

「好条件だと思いますがね。張一族もそれだけ恵んでやれば、私財と合わせて支払いは出来るでしょう」

「それで、膨大(ぼうだい)な量のスパイスと我が社のすべてか。まあいい。だが、これはなんだ」

細々と書かれた書面の、追記の部分を指差しながら音吉は顔を上げた。

〈加えて、ジョン・マシュー・オトソンのすべて〉

ゴーランドが低く笑った。

「あなたは一生、サッスーン商会に隷属するのですよ」

奴隷制度がまだ廃止には到っていない時代であった。

「サインのあとに死ぬのは勝手ですがね。さて」

ゴーランドの合図に、バクストンがペン立てをテーブルに揃えた。

「ゴーランド君、そう焦ることもないだろう。少しくらい考える時間をくれても、大した損になるとは思えないが」

音吉はソファにゆったりと足を組み、取り出したパイプに煙草を詰めた。

「あなたの場合、その少しが大損だったりするのですがね。まあいいでしょう。限られた時間だ。どう使っても、間もなく期限の日没が確実にやってくる。バクストン、ミスター・オトソンに珈琲を」

ゴーランドは命じながら窓を振り向いた。西の空に、陽がだいぶ垂れていた。

音吉はパイプに紫煙と、さすがサッスーン商会の薫り高い珈琲を存分に楽しんだ。

目を閉じ、ゴーランドやバクストンの存在を打ち捨てて思索に耽る。

サインか、否か。自分のことだけなら一笑に付すが、サインをすれば少なくとも張一族は救われる。手詰まりの思考は、どれほど時間を費やしても明確な道程を導き得なかった。

許しながらも質(たち)なのか、やがてゴーランドの靴(くつ)が苛立(いらだ)たしげな音を立て始めた。

「そろそろいかがでしょう。決断は優秀な経営者に必須ですが」

音吉はゆっくりと目を開けた。微睡(まどろ)んでいたようでもあった。パイプに三度目の煙草はいつの間にか消えていた。ゴーランドの背越しに見える海が、夕陽を浴びて一面の金色に煌めいていた。

「夢、か」

音吉の呟(つぶや)きに、ゴーランドは大声で笑った。

「はっはっ。ミスター・オトソン、これは恐れ入った。この期(ご)に及んで夢に逃げますか。そこまでの小心者でしたか。はっはっはっ。夢などではありませんよ。夢などではなく、現実の地獄の始まりですよ。わっはっはっ」

だが、ゴーランドの哄笑(こうしょう)は長くは続かなかった。

「そうか、夢ではないのだね」

莞爾(かんじ)と笑って音吉は、いきなり革張りの契約書を取り上げると見もせず背後に放り投げた。

「な、何をするっ」

腰を浮かし掛けるゴーランドを手で制し、音吉は指で窓を示した。

「……なっ。まさかっ！」

愕然としてゴーランドが振り返り、バクストンが窓に駆け寄って悲鳴を上げた。

黄金の海原から、十隻以上の大型船団がちょうど港に入ってくるところであった。

圧巻であった。シンガポールであっても、かつて入港したことがないほどの船団であったのだろう。通りから、行き交う人々のどよめきや口笛さえが聞こえた。

中でも、三本マストに帆掛けて滑る先行の一隻は、夕陽を浴びて輝くようでさえあった。

「ゴーランド君。私の勝ちだ」

ペラナカンの船団である。先頭は間違いなく宝順丸であった。

「う、嘘だ。有り得ないっ。嘘だぁっ」

ゴーランドが叫びながら応接室を飛びだしてゆく。

「あっ、支店長っ」

バクストンが慌てて追った。音吉は、パイプに煙草を詰め直してから腰を上げた。

通りに出て見物の人混みを掻き分ければ、桟橋近くに、うずくまって頭を抱えるゴーランドがいた。脇にバクストンが呆然として立つ。

音吉はゆっくりとした足取りで近付き、バクストンの肩を叩いた。

「さあ、始めようじゃないか。ミスター・バクストン。スパイスの契約は、履行される」

膝から崩れ落ち、バクストンはゴーランドに並んだ。

――音さぁん。

潮騒（しおさい）に混じってカールの声が聞こえた。

見れば輝く船の上で、頼もしき海の男達が手を振っていた。


宝順丸が船団を引き連れて帰港してから一週間後、バクストンとゴーランドは人知れずどこかへ消えた。

それでも契約は契約である。二カ月後、サッスーン商会シンガポール支店はオトソン&ベルダー商会に、契約の金額を本社振り出しで平然と支払った。ぐずぐずしないところはさすがに巨大商社であった。

巨万の富を手に入れはしたが、音吉の心はどこか浮かなかった。生気に乏しいと云っても過言ではなかった。

張元玠、志俊親子を始め、多くの者達が命を落とした。富は、その尊い犠牲を対価として得たものである。アヘンの売買は嫌いだが、それといったい何が違うのだろう。

それでも渦中（かちゅう）のときには張りもあった。失った命は多かったが、倍して守らなければならない命があった。

だが、事が済んでみれば、残ったのは親しき者達の死と、腐臭を放つ富だけである。

——君は立派な商人なのだろう。出来たら私に、命を売って欲しいものだ。

ロバート・リトルの言葉が今さらになって胸に痛かった。

商人になったことに後悔はないが、商売が少しばかり怖かった。机に向かっても人にあっても、今ひとつ集中出来なかった。

そうして三カ月も過ぎた頃、音吉はいったん仕事を離れた。

——休暇もいいかもね。ずっと走り続けてきたんだから。

ルイーザの勧めであった。カールやダービーが助けてくれるという。

——海の上に一年いたからね。しばらくは陸にいようとは思うが、何もしないのは退屈だ。

慣れない仕事ではあろう。契約書の些細な不備をルイーザに指摘され頭を掻きつつも、ダービーは笑って肩を叩いてくれた。

大商いはなかったが、それでも商売自体は中小取り混ぜてどれも優良で順調であった。ルイーザが上手く調整していた。

チャイナタウンからの道路も早、整備が始まっていた。漕幇を含む苦力達はみな真面目で、オトソン&ベルダー商会は総督府から信頼とともに次の仕事も受けていた。

皆に有り難いと感謝しつつ、音吉は毎日シンガポールの街をぶらついては、整備中の道に苦力達を見舞い、五〇〇フィートほど未開地に入った先にある崖に登った。

大して高くはない崖であるが、海が見渡せた。先端近くに突き出た岩に腰掛けると、水平線に沈む夕陽が格別であった。

そういえばしばらく海に出ていないと、海に出たいなと潮風に呟くのもまた、音吉の日課であった。

サッスーン商会との一件から四カ月が過ぎようとしていた。

その日も音吉は、いつも通り苦力達を見舞った。椰子の木やガジュマルの街路樹を分けて崖へと向かった。と、この日ばかりは先客がいた。音吉と同じように岩に座り、海に夕陽を見ていた。

右袖が風に、寂しげにはためいていた。

「やあ、ミスター・オトソン」

立ち上がって振り向いたのは、見窄らしい格好をしたゴーランドであった。よく見れば、彼の日と同じ服である。ただ、なぜか声や態度からは険が取れ、穏やかに見えた。

「待っていたのですよ、あなたを」

左手を胸元に差し入れる。取り出したのは姿格好に似つかわしくない、黒光りする拳銃であった。

「最後の金をはたいて、これを買いました」

ゴーランドは愛（いと）おしそうに拳銃を眺（なが）め、音吉に向けてにこやかに突き出した。

「私を殺そうと待っていたのかい」

「いえいえ、そうではありません」

音吉の問いに、ゴーランドは緩（ゆる）く首を振った。

「見届けて欲しくて、待っていたんですよ。どう足掻（あが）いても勝てなかったあなたに、見届けて欲しくて」

何がしたいのかはそれで十分であった。

「待て」

音吉は三歩前に出た。ゴーランドは合わせて三歩下がった。崖の際であった。だからそれ以上、音吉は動けなかった。

「サッスーンは甘くないですよ。逃げ切れるもんじゃない」

「私がなんとかしよう」

つい、口を衝（つ）いて出た。策を弄して数多（あまた）の命を奪った男ではあるが、一個の命には変わりなかった。

途端（とたん）に、ゴーランドの顔が歪（ゆが）んだ。

「これ以上、私を惨（みじ）めにしないで下さい。あなたは、ただ見届けてくれさえすればいいのです」

銃口がゆっくりと動き始める。自身の方へ、自身の口の方へ。

「私の命は、何があっても私だけのものだ。あなたにも売り買い出来ない、私だけのものだ。絶対、あなたには売りませんよ」

突き抜けた微笑みを見せ、いきなりゴーランドは銃口をくわえた。

――轟っ。

手を出す暇も何もなかった。

仰向けに倒れ、ゴーランドは夕陽とともに海に沈んでいった。


音吉はゴーランドがいた場所に力なく進み、岩に腰掛けて項垂れた。

黄昏時である。海と空が境をなくし、すべてが虚ろであった。

「……また一つ、失ったのか」

やがて星々が満天に輝き、月が玲光を差し掛けても音吉は項垂れたまま、一人夜に埋もれた。

どれほどそうしていたかの自覚も、観念もなかった。ふと、辺りに漂う煙草の香りに顔を上げる。いつの間にか夜に、少しばかりの光が差し始めていた。

「可愛い奥さんを徹夜で待たせて、こんなところで野宿かい」

煙草の香りにも声にも覚えがあった。音吉は勢い込んで立ち上がった。

「ビール」

振り返れば東雲(しののめ)の光を朧(おぼろ)に受け、パイプを片手にビールが立っていた。

「どうしてここに」

「ルイーザに聞いたよ。多分ここだと」

「違う。どうしてあなたがシンガポールにいるかってことだ」

「おかしなことを云う。君が呼んだんじゃないか」

煙草をひと口吸い付け、ビールは音吉の横に並んだ。

「上海でのあの祭りを、シンガポールでもやるという招待状をもらったぞ」

「あっ」

たしかに書いた。たしかに送った。サッスーン商会との揉(も)め事が起こる二カ月前、たしか上海の黄砂の頃。

今の今まで、音吉は失念していた。そういえばルイーザもカールもダービーも、このところ特に忙しそうであった。音吉に負担を掛けぬよう、黙って準備を進めていたに違いない。

「まあ、ことさら祭りに参加しようと思ってきたわけではないがね。遅ればせながらデント商会を辞めたんだ。ロンドンに向かう途中、君のところに寄って行こうと思ったら招待状の時期だった」

「そうか、辞めたのか」

「ああ。でも、私は商人は辞めないよ。妻と二人、ロンドンでささやかに貿易の仲介でもするつもりだ」

　ビールは地面に腰を下ろし、音吉を招いた。誘われて座る。岩よりほのかに、地べたは暖かかった。

「少し話をしないか。聞くことくらいしか私には出来ないけどね。話せば楽になることもある」

　音吉の心を、穏やかな声がそっと押す。

「……私の周りで、大勢の人が死んだ」

　音吉は話し始めた。

「まず漂流の宝順丸では、十一人が死んだ。かけがえのない仲間だった」

「そうだね」

「エリーゼも死んだ。エミリーも死んだ。大事な家族だった。楫取（かじとり）も死んだ。開芳も市蔵も死んだ。家族も同然の者達だった」

「そうだね」

　ビールは真摯（しんし）に受け止めてくれる。音吉はうちにわだかまるすべての澱（おり）を吐き出すかのように語った。

「張家の親子も死んだ。キルビーもゴーランドも死んだ。敵味方など関係ない。皆、私に縁付く者達だった」

「うん、そうだね」

「私は一体、何を買って何を売ったのだろう。私は一体、なんなのだ。いや、商人とは一体、なんなのだろう」

「なるほど」

音吉が話し終えるとビールは尻を払って立ち上がり、煙草を詰め直して音吉に差し出した。深く吸う。空の心に、長い年月を一緒に過ごした男の香りが滲みた。

「私がデント商会を辞めた理由の一つもその辺にあってね。長く居すぎたり余裕が出過ぎると、余計なことを考えるようになる。仕事の如何に拘わらず、人は時に、初心に返ることも必要だよ、音さん」

言葉にせず、パイプを返す。ビールは紫煙を海に流した。

「ようこそ、デント商会へ。お望みの物はなんでも御座いましょう」

ビールの掛け声、いつもの言葉。

「君に初めて掛けた私の言葉だ。君はこの言葉から商人の道に入った」

「……ああ、久し振りだね。こっちで聞くと、新鮮だ」

「音さん、ただの掛け声ではないよ。これはね、私の信念でもあるんだ。――お望みの物は、なんでも御座いましょう」

　東の空からの曙光が、西の海に差し始める。

「万物を仕入れ、ありとあらゆる物を売るのが商人だよ、音さん。時には死も売るかも知れない。でもね、音さんだって私に云ったよ。アヘンを売らなかったのはなぜだい。高麗人参を仕入れたのは、なぜだい。宝順の名を冠するデント商会に入ったのはなぜだい」

　アヘンは夢を結ばず、夢ごと人の命を喰らうから。高麗人参は、アヘンと違って人を生かすから。

　デント商会が、自分の運命を運ぶ船と決めたから。

「音さんはちゃんとやってるよ。迷うことはない。信じるんだ。自分のしてきたことを、しようとしていることを。ただ信じることが商人の道だよ。信じてさえいれば、商人は夢や希望も売れるんだ」

　ビールは満足げに頷き、一歩海に近づいた。

「ここは、夕陽が格別なんだってね。私の故郷で見る、アイリッシュ海に沈む夕陽と同じだ。――青臭い話をしようか、音さん」

　突然振り返ってビールは笑った。

「アイリッシュ海に沈む夕陽の美しさが、私はずっと欲しかった。私が商人の道に入った最初はそれだったかな。私は今でも信じている。信じれば、商人はそれだって買えるかも知れない、売れるかも知れない。私は今でもあの夕陽の美しさが欲しい。これは、私の夢だ」

ビールは海に突き出した手の平を握り締めた。

「ははっ、見果てぬ夢だけどね。でもその見果てぬ夢さえ信じて、売ってくれと云われれば大海に漕ぎ出し、秘境に分け入り、探し出すのが商人だ」

ビールの笑顔に朝陽が輝く。

「音さん、立ち止まっている暇はないよ。商人はね、忙しいんだ」

知らず、音吉はまた地べたに座り込んだ。心は熱く震えていた。血潮は身体中を駆け巡り始めていた。ただ、膝に力が入らなかった。

「……教わるね、ビール。あなたには、教わりっぱなしだ」

「ははっ。当たり前じゃないか。私は君を商人の道に導いた男だ。君に商人の一から十までを教えた男だ。私は、今でも君のただ一人の上司だと思っているよ。そして」

肩に乗せられるビールの手が優しかった。

「君の上司であることを、私は誇りに思っている」

音吉はビールの温もりを糧に立ち上がった。

「行こう。祭りはもう始まっているよ。みんながオーチャードで待っている」

背を押され、歩き出す。一度動き出した足は、滑らかにして止まらなかった。

チャイナタウンから港通りに入る。上海同様各社は自社持ち出しの食品や商品を前に並べ、テーブルやパラソルを出し、東西からの海の中継地点であるシンガポールらしく、無国籍な屋台が通りを埋め尽くしていた。早朝にもかかわらず、賑わいは上海以上であった。中でも、オトソン&ベルダー商会の賑わいはひときわである。

そういえば、祭りではそのときの在庫をすべて半額で提供すると決めたことを思い出した。

——評判になるよ。きっと笑顔が無数に集まる。祭りには笑顔だね。他には何もいらない。

そう云ったことも、思い出す。

「安いですっ。今ですっ。今日だけですっ」

雛壇（ひなだん）に立ち、復唱のような掛け声を掛けるブランに手を振りつつ、音吉はビールに促されて先を急いだ。

人混みを縫（ぬ）い、シンガポール川を渡ってスタンフォードからオーチャード・ロードに出る。

オーチャードの丘にはすぐにも音吉の住居兼事務所が見える、はずであった。

音吉は目を見開いて立ち止まった。

家がなかった。いや、見えなかった。庭に入りきれなかった人が、通りにまで溢(あふ)れ返っていたからだ。喧噪は上海より、今見た港通りよりもさらに上であった。

息を整え、ゆっくりと近づく。

――あ、ミスター・オトソンだ。

――やあ、おはよう、音さん。

知人も見知らぬ人も皆笑顔である。自然と開く道に従って中に入る。

広大な庭に世の東西を問わぬありとあらゆる商品が積まれ、社員が客の対応に大わらわであった。箇所箇所には小さな屋台も設(しつら)えられていた。

「やあ、我らが大将のお帰りだ」

一番奥、玄関脇に調(ととの)えた段の上からカールが大声を張った。海の男の、よく響く声であった。

誰もが音吉を探し、見つけ、道を空けた。

人々の笑顔に導かれて足を踏み出す。

左右にパラソルがあった。

右にビールが寄った。パラソルの下に、先にダービーがいた。張玉成がいた。尤老五と魏老五がいた。胡雪岩もいた。

「なんという」

左のパラソルには、徐鈺亭と徐潤がいた。オリファント商会のキングがいた。香港の力松と庄蔵もいた。皆、笑顔であった。

玄関に、ルイーザが立っていた。少しやつれて見えた。このひと月、か細い肩にすべてを背負わせた。

「ルイーザ、私は――」

「商人さん」

優しく差し止め、ルイーザは愛らしく小首を傾げた。黄金の髪が、扇に揺れた。

「商人さん、どうか私に、幸せを売ってくれませんか」

涙が出た。どうしようもなく涙がこぼれた。精一杯にルイーザを抱きしめる。

「ルイーザ。どこまでも、共に歩こう」

段の上から、カールのもらい泣きが聞こえた。

背後がやけに静かだった。涙を拭って振り返ると、誰もが音吉とルイーザを見ていた。

音吉はルイーザを抱き上げ、カールを押しのけて壇上に上がった。

人達の顔がよく見えた。笑顔の海原に音吉は大きく息を吸った。

「ようこそ、オトソン&ベルダー商会へ。お望みの物は、なんでも御座いましょうっ」

途端、歓声が沸き起こった。天地を響動(どよ)もすほどの大歓声であった。

(ああ、私はやっぱり、商人なのだ)

止まぬ歓声を耳に、音吉は遠く遥かを見上げた。

抜け渡る蒼(あお)い空に、南国特有の二層の綿雲が流れてゆく。

シンガポールは、今日も暑くなりそうだった。

引用・参考文献

『にっぽん音吉漂流記』春名徹（晶文社　一九七九年五月）
『新約聖書』日本国際ギデオン協会
『奇談・音吉追跡』田中啓介（日キ販　二〇〇三年十月）
『鎖国をはみ出た漂流者　その足跡を追う』松島駿二郎（筑摩書房　一九九九年二月）
『ペリー提督　海洋人の肖像』小島敦夫（講談社　二〇〇五年十二月）
『ニッポン人異国漂流記』小林茂文（小学館　二〇〇〇年一月）
『新訂　福翁自伝』福澤諭吉（岩波書店　一九七八年十月）
『横浜開化錦絵を読む』宗像盛久編（東京堂出版　二〇〇〇年一月）
『黒船来航と音楽』笠原潔（吉川弘文館　二〇〇一年六月）
『The Career of Otokichi』シンガポール日本人会
『帆船模型』草野和郎（海文堂　一九八〇年一月）

『アメリカ彦蔵』吉村昭（新潮社　二〇〇一年八月）
『大帆船』リチャード・プラット著・北森俊行訳（岩波書店　一九九四年四月）
『江戸漂流記総集　第四巻』石井研堂（日本評論社　一九九二年九月）
『ジョン・マンと呼ばれた男　漂流民中浜万次郎の生涯』宮永孝（集英社　一九九四年一月）
『実録アヘン戦争』陳舜臣（中央公論社　一九八五年三月）
『ペリー艦隊黒船に乗っていた日本人「栄力丸」十七名の漂流人生』足立和（徳間書店　一九九〇年四月）
『洪秀全と太平天国』小島晋治（岩波書店　二〇〇一年七月）
『近世日本国民史　開國日本④　日・露・英・蘭条約締結篇』徳富蘇峰（講談社　一九七九年六月）
『東インド会社　巨大商業資本の盛衰』浅田實（講談社　一九八九年七月）
『マレーシアの歴史』ザイナル＝アビディン＝ビン＝アブドゥル＝ワーヒド編・野村亨訳（山川出版社　一九八三年八月）
『帆船６０００年のあゆみ』ロモラ＆R・C・アンダーソン著・杉浦昭典監修・松田常美訳（成山堂書店　二〇〇一年一月）
『町屋と町人の暮らし　図説江戸③』平井聖監修（学習研究社　二〇〇〇年六月）

『大和型船　船体・船道具編』堀内雅文（成山堂書店　二〇〇一年九月）
『戦前シンガポールの日本人社会』シンガポール日本人会
『美浜町史』美浜町
『ノースチャイナ・ヘラルドの幕末時の日本関係記事』沖田一（龍谷大学論集）
『描かれた幕末明治　イラストレイテッド・ロンドン・ニュース
日本通信1853-1902』金井圓編（雄松堂書店　一九七四年）
『ビジュアル・ワイド　江戸時代館』（小学館　二〇〇二年十二月）
『ビジュアル・ワイド　明治時代館』（小学館　二〇〇五年十二月）
『黒船前後の世界』加藤祐三（岩波書店　一九八五年十一月）
『歴史群像　幕末大全 上下』（学習研究社　二〇〇四年二月、三月）
『歴史群像　高杉晋作』（学習研究社　一九九六年三月）
『東アジア中世海道　海商・港・沈没船』国立歴史民俗博物館編
（毎日新聞社　二〇〇五年三月）
『中国幇会史の研究　青幇篇』酒井忠夫（国書刊行会　一九九七年一月）
『中国幇会史の研究　紅幇篇』酒井忠夫（国書刊行会　一九九八年二月）
『中国商人儲けの知恵　一代で巨富を築き上げた胡雪岩・商売79の秘訣』
欧陽居正著・正木義也訳・解説（総合法令出版　二〇〇五年四月）

『商経　無一文から一兆円稼いだ中国商人の教え』史源著　和泉裕子訳　守屋洋監修
（インプレス　二〇〇五年三月）
『上海人物誌』日本上海史研究会（東方書店　一九九七年五月）

この作品は2012年10月徳間書店より徳間文庫にて刊行された『海商　幕末の日本を変えた男』（柳蒼二郎名義）を改題、加筆修正しました。

徳間文庫

海商

2023年10月15日 初刷

著者 鈴峯紅也
発行者 小宮英行
発行所 株式会社徳間書店
東京都品川区上大崎三－一－一 〒141－8202
目黒セントラルスクエア
電話 編集〇三（五四〇三）四三四九
販売〇四九（二九三）五五二一
振替 〇〇一四〇－〇－四四三九二
印刷 大日本印刷株式会社
製本 大日本印刷株式会社

ISBN978-4-19-894894-8 （乱丁、落丁本はお取りかえいたします）